麻绳人岭

著 窦可军

中国言实出版社

图书在版编目(CIP)数据

麻线岭 / 窦可军著 . -- 北京：中国言实出版社，
2022.6

ISBN 978-7-5171-4195-2

Ⅰ.①麻… Ⅱ.①窦… Ⅲ.①长篇小说—中国—当代
Ⅳ.①I247.5

中国版本图书馆 CIP 数据核字 (2022) 第 097466 号

麻线岭

责任编辑：郭江妮
责任校对：王建玲

出版发行：中国言实出版社

　　　　地　　址：北京市朝阳区北苑路180号加利大厦5号楼105室

　　　　邮　　编：100101
　　　　编辑部：北京市海淀区花园路6号院B座6层
　　　　邮　　编：100088
　　　　电　　话：010-64924853（总编室）　　010-64924716（发行部）
　　　　网　　址：www.zgyscbs.cn　　电子邮箱：zgyscbs@263.net

经　　销：新华书店
印　　刷：成都市兴雅致印务有限责任公司
版　　次：2022年6月第1版　　2022年6月第1次印刷
规　　格：710毫米×1000毫米　　1/16　　14印张
字　　数：245千字

定　　价：69.80元
书　　号：ISBN 978-7-5171-4195-2

序

　　雄壮的呐喊，铿锵的鼓点。"虎""豹""熊""狮"辗转腾挪，花棒摇曳。这是黄龙猎鼓独有的韵味，"鼓"振黄龙，山水流韵。

　　黄龙，一座山川秀美的城市。它北靠延安，南依白水，东邻韩城，西接黄陵，拥有着富饶的自然资源，沉积了深厚的文化底蕴。

　　这里山清水秀，四季分明，土地广袤，群山绵延，是横亘在关中和陕北之间的一道绿色屏障。这里花果飘香，物种繁多，田畴似锦，宛如一幅幅美丽的农林山地画卷。这里是名副其实的"中国核桃之乡""中华蜜蜂之乡"，素有"绿色明珠""天然氧吧"的美称，被誉为"陕西的一叶肺"、黄土高原上的"香格里拉"。

　　这里历史源远流长。在黄龙这块神奇而古老的土地上，自古就繁衍生息着世世代代的"黄龙人"。1975年，修建尧门河水库出土的"黄龙人"头盖骨化石，引起了考古界的重视，该化石经鉴定属更新世晚期古人类化石，距今已有3万年至5万年的历史。"黄龙人"头盖骨的发现，对研究亚洲早期智人向晚期智人过渡提供了一个线索，填补了我国人类史研究的一个缺环。

　　在黄龙这块广袤的大地上，星罗棋布地留下了众多的历史文化遗址，且名类繁多。魏长城、麻线岭古道等240余处古文化遗址见证着历史的硝烟，瓦子街战役为红色教育基地书写了浓墨重彩的一页。

　　黄龙人口来自全国11个民族24个省区，移民文化的碰撞交融造就了黄龙多元的民俗和饮食文化特色。特殊的人群聚集，形成了黄龙特殊的文化，在这里，各种文化相互融合，一声声猎鼓、一张张剪纸、一场场豫剧表演、一碗碗馄饨……似乎都在诉说着远古的记忆。在烟波浩渺的历史中，黄龙文化留下了不可磨灭的印记。

　　近年来，秉持"创新、协调、绿色、开放、共享"的发展理念，黄龙县委、县政府带领全县人民撸起袖子苦干实干快干，奋力追赶超越，全县经济社会呈现出蹄疾步稳、百花齐放的发展态势。

　　黄龙县以文旅融合为统领，优化升级生态旅游产业，加快推进康养项目，巩固康养度假在生态旅游中的主体地位，黄龙山 4A 级景区、濂水源省级旅游度假区获批，2 镇 4 村入选全省旅游特色名镇、示范村；黄龙县抓好培训承接、赛事引进、展会承办，常态化举办超级越野跑等重大赛事，积极打造"旅游 +"的全域旅游新模式，先后获得全国体育旅游精品目的地和省级旅游示范县等荣誉。

　　通过文化搭台，旅游唱戏，黄龙这个曾经"藏在深闺无人知"的山水小城，一时间声名远播，成为人们心中的"诗与远方"，引来游人如织。文化是旅游之魂，而当前黄龙的文化发展与蓬勃发展的经济形势、丰富多彩的旅游创建、五彩缤纷的人民生活还不相适应，特别是文艺创作方面，还是一块短板，需要补齐。

　　文艺要因时而兴，随时代而行，与时代同频共振。基于这种规律性的认知，在黄龙县文联的推动下，黄龙县作家协会的"笔杆子"们激情高涨，《放歌黄龙山》《山重水复》《黄龙公路六十年》等一部部作品应运而生。在 2022 年这个春回大地、万象更新的季节，长篇小说《麻线岭》即将问世。殷切地希望这部作品，能为黄龙的文化繁荣和经济社会发展增添活力。

　　2021 年 12 月 14 日，中国文学艺术界联合会第十一次全国代表大会、中国作家协会第十次全国代表大会在北京人民大会堂开幕。中共中央总书记、国家主席、中央军委主席习近平指出："推动社会主义文艺繁荣发展、建设社会主义文化强国，广大文艺工作者义不容辞、重任在肩、大有作为"。

　　是的，广大文艺工作者一定要"扎根脚下这块生于斯、长于斯的土地，接住地气、增加底气、灌注生气，在文化激荡中站稳脚跟"。

　　在此，我希望黄龙的本土作家们不忘初心，增强"四个意识"，坚定"四个自信"，做到"两个维护"，以强烈的现实主义精神和浪漫主义情怀，关注人民的生活、命运、情感，表达人民的心愿、心情、心声，多创作传之久远的精品力作；不离中心，讴歌黄龙发展，挖掘黄龙文化渊源，提炼黄龙文化精髓，找到黄龙文化根脉，服务黄龙生态旅游宣传。

李晓民

2022 年 2 月

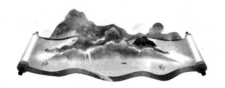

目　录

引　子

黄龙猎鼓

黄龙为什么叫"黄龙",而不叫绿龙?

史载:"自神道岭(大梁)东北迤于如意川和河清川之间,有盘古山。"盘古山者,盘古诞生之处也。初,盘古开天辟地,乾坤始成,万物向阳,世间生灵始得繁衍。然,盘古薨逝,身体化为山川河流,大地之上,欣欣向荣,人类社会自此谱写华章。

神道岭位于陕西省黄龙县境内,盘古山位于陕西省宜川县境内,与神道岭毗邻。相传,黄帝与蚩尤作战初期,蚩尤军勇猛,又善驱使虎、豹、熊、狮为之所用,黄帝不敌,因神道岭毗邻黄河且群山绵延,于是将军队隐于山中,整日操练,终寻得破敌之法,大败蚩尤。

黄帝乘龙升天之际,众生不舍,遂将衣冠留下,众生将黄帝衣冠冢筑于神道岭以西的桥山之巅,是为黄帝陵,炎黄子孙世代拜谒。

然,黄帝升天所乘之黄龙完成使命,则伏于神道岭之侧,亦如盘古那般,身体化为山川,此地便得名黄龙。

黄龙之龙头位于城东吉家河村，人们在此修筑龙柱一座。两条金龙绕着柱盘旋而起，一龙缠柱腾升，一龙凌空旋绕，二龙汇于柱顶，龙口含瑞珠昂首向东，到了夜晚，熠熠闪光。龙柱下部为莲花型的底座，龙柱两边立着篆体的青石书刻，左面是"黄龙人山体浮雕"简介，右面是一篇"黄龙献瑞"的文赋。整个雕塑雄浑古朴，寓意金龙腾飞，纳八方之福，采东来紫气，献祥瑞于人间。北面山崖正中，气势磅礴的书着"黄龙人"三个大字，摩崖石刻笔锋犀利，颇有于右任先生书法之韵味。

　　黄龙之龙尾位于龙尾湾村，因山势奇特，延旅集团在此打造锦绣黄龙一座。锦绣黄龙生态旅游度假区集住宿、餐饮、会议、游乐、拓展、购物、休闲为一体，毗邻水波激滟的龙湖，"近水如烟，远山含黛"，风景秀丽，宛如江南。

　　以上便是黄龙为什么叫黄龙的原因。在黄龙县神道岭上，立着麻线堡古道碑记。麻线岭古道乃明成化年间朝廷为防止北方蒙古部族的侵扰，修筑延绥镇长城运送物资兵员的军事快捷运输主干道，后来成为一条茶马古道。

黄龙献瑞

第一回　石坷村发生奇案
　　　张大夫雪夜独奔

起风了。

紧接着是彤云密布，气温骤降，降到了零下二十一摄氏度。

这是1953年的腊月，眼看就要过大年了，在陕西黄龙县人民医院的一排矮矮的瓦房内，一个北京来的年轻人正准备把炉火打着，让自己暖和一点，他冻得实在扛不住了。外面的风呼呼地刮着，把窗户纸刮得哗哗啦啦地响，冷气肆无忌惮地从门缝里、窗缝里往进闯，尽管他穿着大棉鞋，脚也冻得生疼。

他叫张延谨，今年二十出头，一看就是从大城市来的，一米八五的瘦高个，肤色白皙。不像本地人，本地人要么长得黢黑黢黑的，要么是蜡黄蜡黄的。他留着偏分头，头发有点长了，八成新的中山装烫熨得笔挺。他是北京医疗队来支援黄龙县的医生，来黄龙都一年了。就在快过年时，一起来的另外两个女同事回家了，他主动要求留下来值守。

本来他舍不得打着炉子。没有煤，只有他准备的一点柴火，他想等过年跟前，再把炉火打着，让屋里暖和一点，可是没想到天气突然变化了。天空已经飘起了雪花，紧接着，大片大片的雪花纷纷扬扬地往下落，不一会，地上就全白了。他拿着柴，站在门口看呆了，好久没见这么大的雪了，那雪花在空中旋转着、舞蹈着，太美了。

突然，传来了脚步声，一阵咳嗽声过后，他看到一双穿着军用鞋子的脚。站在他面前的是医院的白院长。

"张大夫，公安局刚才打电话给我，向咱们求助，说是在大岭山下面石坷村发生了案件，有一个人受了重伤，需要立刻治疗，因为很严重，病人没有办法来医院，你看你能不能……"白院长说。

"好！我立刻去！我骑上自行车，可能需要做手术。"张延谨听到任务，毫不犹豫地答应了。

"这天马上都要黑了，又下雪了，我让小韩陪你一起去，路上做个伴，你们要把马灯提上……"白院长说。

"不行，我去过石坷村，有三十多公里呢！路不好，上坡下坡的，咱们只有一辆自行车，我一个人骑着能快些！"张延谨说。

"那你小心点，把公安局给你配的枪背上。"白院长说。

"好！我这就走。"张延谨看到天色不早了，骑着自行车，要抵达大岭，最快也得一个小时，上山还得半小时，如果运气好雪能停了，再骑下山，到了石坷村估计都半夜了。

张延谨收拾好了药箱，绑在自行车架子上，马灯挂在车把上。正准备出发，忽然想起白院长交代他把枪背上，又回去取了那把老毛瑟步枪，背在身上，骑着自行车出发了。

路面被白雪覆盖得像一条白缎，只有他自行车压的一道车痕，煞是好看。天地间，除了雪花飞舞，除了"白缎"上有一个移动的小黑点，其他一切都是静止的。

雪仍然在下，不过好像比开始小了点，但是保不齐大岭会下得很大，张延谨使劲地蹬着自行车，想着至少等天黑透的时候抵达麻线堡。有人说，大岭山上有金钱豹出没，不过没听说有豹子伤人的事情发生。

他背着枪，所以胆子也壮了。他并不害怕这些野兽，只是害怕会遇到特务。就在他来黄龙的第一个月，公安局来人给他配了枪，当时他说，我不需要，我又不喜欢玩这个。公安同志说，这是上级给你配的，你需要！你以后下乡要带着它。

张延谨他们的主要任务是地方病防治工作，来黄龙一年，大大小小的村子他都跑遍了。看到黄龙生活条件和医疗条件极其艰苦，他下决心要扎根这里，把这里的地方病彻底解决掉。

雪又开始下了。这次下得很猛，不再是悠然地飘落，而是大团大团地往下坠，仿佛是要赶着在今夜把山岭完全掩埋住，为新年送一个洁白的世界。尽管张延谨自行车骑得很快，可就在他赶到大岭山脚下时，雪已经快埋住脚脖子了，自行车骑不动了，但是路还是能看得见，因为有雪，光线比平时走夜路时还好一些。

他推着自行车，踏着埋到脚踝的积雪向山顶走去，不一会鞋子湿了，雪灌进鞋子里，他的脚被冻麻了。好不容易爬到了山顶，山顶的积雪更厚，自行车推着都很困难，更别说骑了，雪沫冻在胶轮上，塞满了链条与护链板之间的空隙。但是，他知道不能停，一定要尽快赶到石坷村。

"不知道这雪要下到什么时候？如果雪再深一点，怕是要把我埋在这大岭山上了。"他心想。大岭山原来叫麻线岭，群众习惯叫它大岭，山上有个"大岭客栈"。"大岭客栈"自古就有，不过现在已经荒废了。

当他好不容易快走到"大岭客栈"时，忽然看见有两盏马灯在向他这个方向移动，无声无息。

张延谨吓了一跳。他是无神论者，当然不相信有鬼，但他害怕这就是传说中的特务。他刚一踏进黄龙县，就听说黄龙面临三大任务：防病、防特、防火。防病是他们这次北京医疗队最主要的任务。防特就是防特务，新中国刚刚成立时，国民党留下很多特务，他们藏匿在黄龙大山里，一到晚上就出来活动，尤其在这风雪之夜里，特务们更容易出来活动。防火是因为黄龙山是林区，植被茂密，有许多原始森林，木材上乘，是祖国建设的栋梁之材。

在这样的雪夜，在这荒山野岭之中，两盏无声无息移动的马灯，一切都说明，这是特务们出来活动了！张延谨想到这，立刻把自行车放倒，就近选择了小树林埋伏了起来，把老毛瑟步枪上膛，等着马灯靠近时，好喊话让他们缴枪。

张延谨趴在雪地里，眼看着马灯离他越来越近，他的心跳到了嗓子眼了。近了，近了！接着他听到一个人说："咦！这路边怎么会有一辆自行车？"

"不许动！你们最好乖乖地缴枪！我已经瞄准你们了！"张延谨赶紧在树林里喊话。

就只听见"妈呀"一声，一个人提着马灯转身就跑，另一个人一屁股坐在雪地上。张延谨没想到特务这么胆小，他就大着胆子从树林里走出来，来到那个人跟前，借着马灯的光一看，像是当地群众。他赶紧说："你们不要怕！我是去石坷村治病的医生。你们是什么人？"

那人听见他说自己是医生，才舒了一口气说："妈呀！吓死我了！妈呀！"然后从地上爬起来，转头喊道："憨娃子，不要跑了，看你那德行！"

"你们是去哪儿？干啥的？"张延谨又问。

"我们就是来接你的！村长派我们来的，那个是董憨娃，我叫狗子。"那人说。

"误会！误会！我把你们当特务了。"张延谨不好意思地说。

"我们也把你当特务了。"狗子说。

"多亏你们来了，要不我都要迷路了。"张延谨说着，从雪地里扶起自行车，狗子赶紧帮忙把药箱背上。

董憨娃拐回来，从张延谨手里接过自行车，扛在肩上，说："这玩意！平时人骑它，雪地里它要骑人。"

第二回　张延谨挑灯救人
　　　　石坸村董家认亲

　　雪停了，月亮出来了，照得山川河流到处白茫茫的。

　　张延谨来到患者家里，了解到情况是：患者名叫董长兵，22岁，昨天凌晨因与老婆厮打意外受伤。伤情严重，阴囊被锐器割裂，急需手术。

　　要是张延谨再晚来一步，患者就危险了，此刻伤口还在流血，需要先消炎，然后缝合。消炎好办，张延谨带了消炎药，但是要手术的话，条件却达不到。没有手术灯，患者受伤部位太隐秘，要缝合，真的是高难度。但是不缝合又不能止血，伤口也很难愈合。张延谨当即决定，就在马灯下为患者做手术！于是，他让家属烧了一锅开水，把手术器具消了毒，挂起两盏马灯，试着开始做手术。

　　出发时，他有做手术的准备，特意带了麻药和消炎药。麻药打下去，在伤者他大的配合下，他勉强缝了一针。可是，光线实在太差了，他根本看不清。就在这个时候，派出所的同志赶来了，他们带着手电筒。张延谨让他们帮忙用手电筒照着，慢慢地把患者的阴囊缝了起来……

　　民警李公安告诉张延谨："我干了那么多年公安了，啥事没经过？可这个事也太怪！你说这个董长兵，命咋那么不好？娶了个漂亮媳妇，还是城里的，可人家就是不愿意把身子给他！"

　　从派出所民警的口里，张延谨了解了事情的大概经过。昨天半夜，董长兵睡醒后，实在难受，想着自己身边睡着一个那么漂亮的女人，愣是不让碰！她既然是自己的袖子（媳妇），就应该有传宗接代的义务嘛！都说"打出来的袖子（媳妇）揉出来的面"，是不是自己太软弱，男人应该强势点！他划了根洋火，点着了旱烟锅。

　　董长兵借着旱烟袋忽明忽暗的光，看到了焦云霞。焦云霞背对着他，好像睡得很沉。她把被子裹得很紧，可能是天太冷。被子很薄，隔着被子也能看到她身子的曲线。看不见脸，只有头发露出被子。"她又没脱衣服！炕烧得那么热，她衣服都不脱……"董长兵自言自语地嘟嘟囔囔。

　　黑夜给了这个年轻男人无限的遐想，也让他的荷尔蒙迅速膨胀。抽完一袋烟，按常规动作，董长兵应该是起来尿一泡，然后继续唉声叹气地自顾睡去。可是今天，他决定按照他爷爷教给他的办法，完成一次历史上划时代的突破，尽管这项工作不太适合他的性格，难度很大，但有他爷爷传给他的旱烟袋陪着，他的胆子大了起来。

他先在被窝里除去了自己身上唯一的一件遮羞布，轻声喊了一声："袖子（媳妇），袖子（媳妇）……"没有啥反应，确定她是睡着了，于是他使劲地拉扯她的被子，被角居然从她的身子底下扯出来了。他就势钻进了她的被窝……后来不知道怎么回事，撕扯中，焦云霞就用剪刀把他的阴囊戳烂了。

焦云霞连夜就跑到韩城去了。董长兵一开始没太在意，后来就发现血越流越多，就喊来了他大，他大一看这还了得，给胡乱包扎了一下，让他不要动，在炕上躺着。老头跑到公社的派出所报了案，派出所给局里打了电话，说明了情况。公安局就联系到了县人民医院，让先给受害者看病。

张延谨怕董长兵伤口发炎，就决定先不回去了，观察几天再说，再加上大雪封了山，弄不好这个年就在石坷村过了。

董长兵他大是董德坤，爷爷叫董祥龙，曾爷爷叫董家驹，曾经是麻线岭古道旁大岭客栈的主人。

说起这件事的起因，董祥龙老泪纵横，他告诉张延谨说："都是孽缘呀！孽缘！我这孙媳妇，打心里就没看上长兵。自从嫁到我家，整天吵架。吵归吵呗，谁知这还动上手了！你看她狠不狠，把我孙子差点弄残废！"

"那她是咋嫁过来的？"张延谨问。

"那还是上辈子的渊源了。她奶奶叫黑萩灵，原来就是石坷村的，后来跟着一个叫焦志明的跑了，跑到了韩城，在那里落下了脚，生了两个娃，这个焦云霞是黑萩灵老二家的闺女。不知道我孙子跑韩城赶集时咋就认识了她，回来就茶不思饭不想，跟着了魔似的。这几年，城里饿肚子，咱农村还能吃饱饭，我寻思托人给说媒，没准能成。没想到她爷爷一听是老董家求亲，就一口答应了。可那闺女反倒不愿意！真是强扭的瓜不甜！"董祥龙摇摇头，叹了口气。

真巧！黑萩灵、董家驹、焦志明……这些人的名字，张延谨小时候似乎从奶奶讲的故事里听到过呢！

"我奶奶的老家就是黄龙县石坷村的，她叫董诗龙，不知道你听说过吗？"这是张延谨到黄龙县之后，第一次向人提起他奶奶的名字。

"龙娃子？大英雄！你就是龙娃子的孙子？"董祥龙惊得下巴都要掉了。

"我奶奶是大英雄？"张延谨怎么也不能把他奶奶那样一个瘦弱的老太太和大英雄联系起来，感觉有点奇怪。

"是的呀！我们这一片的人谁不知道她？说起来你得叫我舅爷呢，我和龙娃子年龄相仿，她爱把我叫祥哥！"董祥龙长满褶皱的脸上有了一丝笑容，那褶皱里藏了多少故事？张延谨更觉好奇了。

"我奶奶到底干了什么，你们都称她为大英雄？我怎么从没听爷爷奶奶说起过？"张延谨一定要把它搞清楚。

"说来话长，你在石坷村过年，算是来对地方了。你且多住些时日，听舅爷慢慢地给你讲，故事太长，怕是十天十夜也讲不完。"董祥龙慢悠悠地说。

"好，我一定要听完，你现在就给我讲吧。"张延谨有点迫不及待了。

"行，那我就从你爷爷张川海从陕南来到黄龙山石坷村讲起。"董祥龙点了一锅旱烟，吐了一口烟雾，那烟袅袅上升，就像是在酝酿着一段神秘的往事……

第三回　麻线岭传来噩耗
##　　　　张川海二入深山

董祥龙讲故事还真行。多年来，他在种地的时候脑子不闲着，一直回忆曾经发生在石坷村的传奇故事，一遍遍地给人讲。他对历史也知道一些，能把小小的石坷村和历史联系到一起，也不管能不能对得上。董祥龙从光绪帝登上帝位讲起，绘声绘色，张延谨就像看电影一样深深地陷入其中。

同治十三年（1874）十二月，年仅四岁的爱新觉罗·载湉被两宫皇太后扶上皇帝的大位，由慈安、慈禧两宫太后垂帘听政，史称光绪帝。

就在光绪帝整日为大清"操劳"的时候，陕西秦岭之南的一座小城里，有一户张姓人家，正在给刚满四周岁的儿子过生日。小男孩头戴黑色镶金瓜皮帽，身着红色缎子对襟祆，里衬白色棉布衫，下着黑布开裆裤，脚蹬绸面圆口鞋，天庭饱满，面容清秀。

"尿了！尿了！"一个低矮的男人双手捧着一个青瓷大碗，小男孩正在往碗里尿尿，热气腾腾的尿溅在那男人的脸上，那男人长着两颗龅牙，他伸出舌头，舔了一下溅在他嘴角的童子尿，咂巴一下嘴，满意地转过头，对孩子的爹爹说："真好！小寿星的尿味道真好！这一碗尿让我那三姨太小心肝喝下去，病就全好了。"

"好了，没有了！"穿开裆裤的小男孩尿完，从椅子上蹦下来，骄傲地坐到饭厅八仙桌旁，等着吃饭。

"淘气！他太淘气了，别介意。"男孩爹爹爱怜地看着孩子，对小心翼翼端着一碗童子尿的龅牙男子说。那男子如获至宝，说："我先把这药引子送回去，让我那心肝宝贝趁热喝了，马上过来给小寿星过生。"

龅牙男子是当地大茶商姓王名春和，字景明。这条街茶店里的茶叶大多是王春和供应的，这个人是中间商，从茶农那里收来茶叶，再供应给茶店，从中赚取差价。他一年就忙一个春天，可是赚的银子比谁都多。别看他个子不高，但挺胖，头上就剩下稀疏的几根黄毛绑在脑后，脸色黄蜡蜡的，三角眼，两颗龅牙配上尖嘴，活像一只大老鼠。可是他的嘴挺能说会道，无论生人熟人，他见面先打招呼，接着就是一通阿谀奉承，很多人就这样对他产生了好感，也就不在意他的长相了。

男孩的爹爹姓张名川海，字容山。他面容俊朗，身材伟岸，年方二十六岁。这个家里，现在只剩下三口人，除了张川海和他的儿子，还有一个姑娘叫茉莉，男孩管她叫姑姑，是川海的妹妹。那么，男孩的妈妈去哪儿了呢？他爷爷奶奶又在哪儿呢？那就得从头说起了。

张川海年少时，被爹爹送去终南山学艺，机缘巧合，学成了八卦掌。他十八岁时，爹爹来接他回家，他含泪告别了师父，跟着爹爹张大立开始了"蹚古道"的生涯。

张大立"蹚古道"主要就是做茶叶生意，把本地的茶叶运出去，换回上好的皮子、马匹等，再卖了赚取差价，利润很高，但风险也很大。

张大立一年只跑一个来回，有的地方山高路险，运气不好的话，遇见劫匪就完了，一年就白干了。他把川海送去终南山拜师学艺，就是为了将来让川海当保镖，跟着自己一起"蹚古道"，万一遇见土匪，可以保护财物。张川海跟着爹爹蹚过三次古道，分别去过上郡、鄂尔多斯、兰州等地。

那年，张川海二十一岁，长成了大小伙子，一表人才，在整个利康城里，无人不知，无人不晓。又因为张家家境殷实，媒婆上门提亲不断，他便奉父母之命成了婚。婚后，爹爹便不让他跟着出去了，因为"蹚古道"不仅需要吃苦，而且一走少则几个月，多则半年才能回家。爹爹体谅他新婚宴尔，就留他在家打理茶店。

转眼五年过去了。这五年，张川海经历了人间的生离死别，大喜大悲。

命运对张川海来说，真像天空突然集聚起一团乌云，并迅速酝酿成一块块硕大的冰雹，漆黑漆黑的天幕中，突然电闪雷鸣，猝不及防地从天而降，打得人毫无还手之力。绝望中，只能看到满地乱滚的冰蛋，和那些被冰雹打碎了的希望。

这年，先是妻子怀孕。这个消息着实让家里的每个人都喜上眉梢。然而，谁也没有料到，不幸的乌云却悄悄地笼罩在张家的上空。

那是暮春的一个下午，家里来了一个陌生人，同时带来了爹爹客死异乡的消息。带话的人说是张大立被黄龙山的老虎吃了。母亲听闻噩耗，承受不了打击，昏死过去，醒来了后精神失常了。

正当这个时候，张川海的妻子怀胎十月，就要临盆了。手忙脚乱的张川海请来了接生婆，谁知妻子却是命苦，难产、大出血都摊上了……生完孩子，妻子身体一度羸弱。

然而，一波未平，一波又起，就在儿子半岁不到时，妻子便香消玉殒了。他刚刚办完了妻子的丧事，母亲就病倒了，不吃不喝，不久也仙逝了。

可喜的是，儿子一天天长大，健康活泼。张川海给儿子取名叫张逸轩。

张川海的母亲曾收养了一个孤儿，是个小女孩，收养时她才六岁。女孩的父母亲因一场火灾去世，川海的母亲心善，就把她领回家，当作川海的妹妹，取名张茉莉，比张川海小两岁，这年二十四岁。

二十四岁的女人少了青涩，更加成熟，她皮肤白皙，有一双水灵灵的眼睛，身段娇小玲珑，陕南女子温婉可人的风韵在她身上显露无遗。川海妻子过世，母亲也去了，只有茉莉和他相互依靠。茉莉帮着川海把儿子带大，实际上担任了母亲的角色，但她一直让逸轩叫她姑姑。在小逸轩的心中，"姑姑"就是妈妈。

"轩儿终于长大了！"张川海凝视着儿子，嘴角带着微笑。

"轩儿，以后就让你爹爹给你请一个先生，教你读书识字，怎样？"茉莉问到。

"好呀，就像逸伟哥哥一样读书。"四岁的张逸轩兴高采烈地说。

"唉——"张川海叹息了一声。

"我知道你一直准备再去'蹚古道'，你心里放不下爹爹的死。我不拦你，我会把茶店打理好，也能把轩儿带好。"茉莉看着张川海，郑重地说道。

随着年龄的增长，茉莉对川海的感情与日俱增，她不仅把逸轩当作了自己亲生的儿子，在她心里，张川海就是她的丈夫，只是这层窗户纸还没捅破。但，那是早晚的事。

她清楚，现在还不是说这个的时候，川海心中太苦，两三年间，连失三位亲人，心结没有解开，等这一切都过去了，她和川海结为夫妻当是自然而然的事。

她记得很清楚，就在前年的这个时候，马帮有个熟人把爹爹"蹚古道"

骑的"大青"牵了回来，另外还有几件旧衣物。他说："你爹爹出事了，我们在黄龙山大岭客栈等了他三天，只等到他的马驮着这些衣服回来。我们沿着茶马古道往北找了50里路，没找到任何有用的线索，只好放弃了……听当地人说，最近那边有虎患，土匪也很猖獗……"

母亲当时就昏厥过去了。醒转后，不停地念叨着什么。"他爹呀，你要是死了就给我托梦吧！他爹呀！你这是被人害了吧？我连你最后一面也没见着！"自此后，时而清醒时而糊涂。

母亲下葬那天，张川海对茉莉说："我一定要重走一趟麻线岭古道，一则继承父业，二则查明爹爹出事的真正原因。"

有了这个决定，张川海的心就再也宁静不下来了，他早早就开始准备"蹚古道"的货物和行李，制订详细的路线、行宿计划，等等，只等来年春暖花开，便可成行。

陕南的春天，来得不算晚。清明节前夕，大秦岭已是层峦叠翠。张川海将刚收来的一千来斤"明前茶"分成了八筐，每头驴子驮四筐，把自己的行李也整理成一箱。他在箱底藏一把祖上传下来的"凤鸣"短剑，锋利无比，传说是用陨石提炼出来的矿物质锻造而成，配有一个精致的檀木剑鞘。说它是短剑，是因为它只有六寸长，只比匕首长了一些。

临行前，茉莉精心为他烹了一桌饭菜：酸菜粉肠、粉蒸肉、腊肉炒芹菜、白菜炒大虾。另外有一个大骨头菠菜粉条汤。

看着这一桌丰盛的家宴，张川海的鼻子微微发酸。茉莉虽说是一位普通的陕南女子，但是贤淑能干，她的茶艺在整个利康城都是有名的，很多利康城的茶客，都是奔着她的茶艺到茶楼品品茶，再买些回去。因此，他家的茶楼生意还不错。

也正是因为茉莉很能干，这次他才能放下心来出远门。他知道茉莉的心思，但是家里接连发生了那么多事，他完全没有心思续弦。再说，要是真有那么一天，那也必须用八抬大轿将茉莉迎娶进门，婚礼所有的环节一样都不能少。

王春和和堂兄张川河也来为他饯行。前一段时间，因为给张川海供货的原因，王春和就又往张川海家跑得勤了，得知张川海要"蹚古道"去了，今天专程赶来饯行。

平日里，王春和有事没事，就爱到张川海家里混饭吃，边吃边大声夸奖茉莉："嗯！这个菜做得好，好吃，好吃。嗯！这个汤味道更好。"

茉莉挺讨厌这个人的，觉得他总爱占小便宜。有时，张川海不在家，他也会来，还会说些乱七八糟挑逗她的话，茉莉就当作没听见，她也不好得罪他，因为他几乎垄断了利康城的茶叶供应。茉莉暗地里给张川海说过，王春和这个人不怎么厚道，没事的时候别搭理他。张川海说："他这个人就是嘴太能说了，别的倒还好吧？"茉莉默不作声。

"轩儿读书的事，我跟堂兄说好了，就和他家的孩子一起读，等他请好了先生，就会来接轩儿。"张川海对茉莉说。

"家里的事你放心好了！倒是你，出门在外，要多个心眼。"茉莉心疼地对他说。

堂兄张川河说："新请的先生姓王，是个老秀才，估计这几天就能来，来了就让轩儿过去和他哥哥一起读书。你也早去早回。"

"放心吧！我算好了，我最多三个月准回来，家里就辛苦你了。"张川海故作轻松地对他们说到。

第四回　茶马古道遇豹子
　　　　大岭客栈逢马帮

辞别了家里，张川海按照既定的路线，把乌黑发亮的大辫子盘起，身着一件青衫，内套粗布对襟棉袄、薄棉裤，脚蹬千层底布鞋，白粗布袜子，骑着"大青"，牵着两头驮着货物的驴子，直奔西安，当日夜宿西安城。

一夜无话。第二日晨曦微露，他就立刻起床，收拾停当后，胡乱吃点随身带的石子馍，就启程了。从西安出发，走到关中平原的尽头，红日刚刚西坠，层层叠叠的大山阻住了去路。

这就是黄龙山，虽没有大秦岭险峻，但山高林密，沟壑纵横，宛如一道屏障，横亘在关中平原的千里沃野和上郡之间。它为关中良田挡住了来自毛乌素沙漠的风沙，良好的植被和森林净化了这里的空气，尤其是到了夏季，凉爽的山风带着森林中的松香味不断吹着，农夫们在田野间劳作也会感到惬意。

张川海在一个叫冯原的村子找了家旅馆投宿，放下行李，让店老板给大青马和两头驴添加了饲料后，他去街上找到了一家正在营业的饭堂，名叫"老李家羊肉"，美美地咥了一碗当地有名的水盆羊肉，沉沉地睡去。第二日，他精神抖擞地上路，直奔黄龙大山。

　　凭着当年的记忆，他找到了爹爹当年带着他去鄂尔多斯的茶马古道。这条古道起起伏伏，蜿蜒在黄龙大山茂密的丛林中，走这条路的人多数是去上郡、榆林或者大草原的商人。道路狭窄陡峭，两旁忽然是石崖，忽而是深壑，忽而又是遮天蔽日的密林。一路上，他没有遇到一个人，只听到婉转的鸟鸣，阵阵松涛伴着大青马身上的铜铃声。

　　黄龙山的春天比秦岭来得晚点。是时，山桃花开得格外娇艳。走着走着，他到了一架不知名的山上。这架山从山脚到山尖，密密麻麻的全是红艳艳的山桃花，山腰怪石嶙峋，仿佛一头头怪兽。张川海走累了，停下来休息片刻，他向那山眺望，觉得自己被桃花包围了，牵着马慢慢地走，大青马似乎被春风里的桃花醺得醉了。在这样的大山中穿行，倒不觉得寂寞。

　　走过了这架山，便来到松林中。松林如海，斜阳透过树缝射了进来，松针闪闪发亮。林中灌木很少，脚下是松软的松针，踩上去很舒服。

　　忽然，大青马停了下来，不论张川海怎么拽缰绳，它也不往前走。奇怪，这是怎么了？再看后面两头驮着货物的驴子，向后倒退着，眼神甚是惊恐。

　　顺着驴子眼睛惊恐张望的方向，张川海看到一棵合抱粗的大松树后面，卧着一只金钱豹。那豹子也正向他看来，和他的目光正好相遇。

　　豹子的皮毛非常光滑，浑身披着美丽的花纹，宛如绣上了铜钱。豹子与他对视了约一分钟，目光由凶狠慢慢地变得若无其事了。

　　张川海这是第一次近距离地遭遇豹子，十分紧张，他做好了与豹子搏斗的准备。只是他手无寸铁。他后悔没把短剑随身带着，而是放在了驴子驮着的箱子里。他害怕豹子太饥饿，会突然袭击他的马。就在他想着如何制服豹子时，他忽然看到豹子不再盯着他看，而是若无其事地看着远方。他悬着的心放了下来，并把豹子当劫道的土匪一样，给豹子喊话道："休要挡道！快快让路！"那金钱豹似乎听懂了一般，忽地爬起来，扭头朝山坡处跑去，瞬间便没了踪影。

　　大青马和两头驴子这才恢复了正常，有一头驴子还扯开嗓子叫了一声，似乎在说："主人威武！"就这样有惊无险地走走歇歇，穿过了茂密的松林，太阳将要落下去的时候，张川海终于来到了他要住宿的地方：大岭客栈。

　　当年，大岭客栈是麻线岭古道上非常有名的一个地方。南来北往的马帮、客商谁没有在这个地方住宿过？凡是走到这里的人，体力大都已经耗尽，不管你身上有没有银子，你都得住店。不住店会有什么样的后果？首先，密林中潜伏着野兽，其中就有凶猛的金钱豹，它们会在夜晚出来觅食。其次，即使你带着干粮，但是你的水一定喝光了，不住店你就没水喝。最后，这里海拔很高，夜晚低温，不住店没办法御寒。

摘星台是大岭的制高点，大岭客栈就位于摘星台下不远的地方。张川海远远望去，写有"大岭客栈"四个隶体字的杏黄旗在向他招手，此时，早已人困马乏，饥肠辘辘，他好想美美地沏一壶茶，烫一壶酒，吃二斤牛肉，再沉沉地睡去。十间石屋一字排开，石屋上面是茅草屋顶，用松椽紧紧地压着，格子窗上贴着白生生的红窗花，每间屋子都有一盘土炕，一张比较粗糙的八仙桌和两把八仙椅子。

张川海喊了一声："老板在吗？"

只见从最西边的屋子中走出一个壮汉，五十开外，身材高大，紫色脸皮，硕大的鼻子，厚厚的嘴唇，辫子在脖子上缠着，身着一件对襟粗布黑短褂，粗布黑裤，打着裹腿。他说话声如洪钟："客官今天是第一个到的！看样子走了不少路，来来来！把牲口给我，我先给你喂着，你随意推开一间屋子，进去歇会儿！"

张川海把行李和货物卸下，把"大青"和两头驴交给了店老板，找了最中间的一间屋子，把东西搬了进去。屋内虽然简陋，倒也收拾得干净清爽，八仙桌上，还有几支特意采来的桃花在一个酒罐中插着，使屋子温馨了不少。

大炕上铺着席子，放着一排叠得整整齐齐的被褥，有七八床。张川海累极了，就势倒在炕上，想稍微休息一会。就听得窗外有女人在喊："客官先不要睡，我给你沏一壶茶，想吃什么我给你做！"

张川海坐起来说："最好！我现在是又渴又饿！"

门开了，走进来的是老板娘，戴着一个花头帕，眼袋很大，因为整日被山风吹着的缘故吧，脸上的皮肤很粗糙、有很多皱纹，但也鼻端口正。她上身穿一件碎青花大襟袄，下身穿着大裆棉裤，也打着裹腿。

老板娘将一个瓷壶和一个粗瓷大碗放在桌子上，满满地给碗里添了热茶。张川海坐了过来，呷了一口："咦？这是什么茶，竟如此清香？"

"这是我家掌柜自制的茶，就是用这座山上连翘叶子炒的，还是去年的，今年还没发出叶子呢！"老板娘说。

张川海在陕南老家时，整日研究茶，可从没喝过连翘茶，再加上他今日渴坏了，所以觉得这连翘茶非常好喝。

"客官要吃什么呢？要肉的话，我们这儿有些野味。"老板娘问。

张川海要了一盘炒野兔肉，一碗玉米面饸饹。老板娘很是麻利，不到片刻工夫，就把菜饭备齐，用一个大木盘子端了上来。这时，已到掌灯时刻，张川海将桌子上的马灯点亮，坐在八仙桌旁独自享用起来，感觉那滋味赛过了他吃过的所有的珍馐佳肴。

正吃着，只听见外面马叫声、人声嘈杂。看样子，是一队马帮到了。

第五回　韩掌柜店外吃酒
　　　　虬髯客劫持女子

"老董！快！把我们的马拉去喂上，货物不要卸。"一个山西口音的粗嗓门大声叫着。

"哎呀，乖乖！是韩大掌柜！"这是大岭客栈老板的声音。

张川海记起来了，老板姓董，当年爹也叫他老董。

只听老董喊道："龙娃子！赶紧去马棚把你瘸子叔和哑巴大伯喊来，让他们把韩大掌柜的这些马牵过去喂上，告诉他，多加饲料！"

张川海从门缝里向外看时，天已经黑透了，隐隐约约看不太清。只见外面人头攒动，每人都提着一盏马灯，十来匹马都驮着货物，把院子挤满了。

随着老董的喊声，从西屋飘出来一个身影，看样子很年轻，像是个少年，头戴瓜皮帽，身材颀长。他应了一声，就飞快地跑了，该是去马棚叫人了。

张川海继续回到屋子，快速地把饭菜吃完，又喝了一碗热茶。他想到炕上再休息一会，又听见外面热闹，想着这样肯定睡不着，不如去院子里走走，看看都是些什么人，今晚他们应该也是要住宿的吧？

外面起风了。这个大岭客栈的窑洞是修在一个沟边的，后面依托着一段矮墙，前面一亩来地的院子，再往外就是深沟了。晚上，看不清沟那边有什么，只望见黑魆魆一片。下午张川海刚到时，记得这是一个绝佳的观景地。

还记得跟爹爹来的那次，大岭正是秋季，也是大岭最美的季节，来往的客人没有一个不赞叹的，那时候，山红得就像燃烧起来了，一架一架的山连绵起伏，红得通透。想起爹，张川海不由得轻轻叹息了一声。

张川海开门走出来时，院子里十余人围着一个圈，有就地坐着的，有蹲着的，他们正忙着吃饭。说是吃饭，其实很简单，就是用随身带着的瓷碗，倒了些客栈的开水，撒上盐巴，泡着自己带的饼子吃。

其中，有一老一少两个人比较讲究，他们各坐着一只小板凳，一人面前有一碟小菜，一个酒囊，就着小菜，老的不时地自己给自己斟着小酒。少的却是个女人，不到三十岁的模样，虽是坐着，却也显出身材颀长，长发被风吹得不时飘起，她吃着一碗热气腾腾的饸饹。

正当这时，老董从上面的马棚走回院子。"韩大掌柜！"老董喊道，"马都给你喂上了，我叫伙计们多给马加饲料！"

"好你个老董！你这么说是又想多问我要钱呢？我们今晚上不住店了！"正在独斟独饮的韩大掌柜抬起头说。

"别别别！我老董是什么人，你老哥不知道吗？我咋会多向你要钱哩！你老哥想给我留多少就留多少，我没二话，再说，你又从来没有亏待过我！"老董急忙说。

"韩大掌柜是开玩笑呢。不过，老董，我们今天吃完饭就走是真的。你不晓得今天后半夜会下雪吗？这要是一下雪，我这十几号人就困在你店里了，不说别的，光吃的你也供不起！"那个吃饸饹的女人说。张川海听那声音，清丽而又柔和，十分舒服。

"啊？这天会变？不过也是的，黄龙山的天气，每年到这个时候，都会有倒春寒，正暖和着呢，突然就来一场暴雪，我没想到的是，今晚就有雪？"老董问。

"是，今晚有雪。"韩大掌柜说。

正说着，蓦地听见有马蹄声由远而近。须臾，就见一男一女共骑着一匹马，女的在前，男的在后，进了院子。

"谁是老板？快给爷弄点吃的，打扫一间屋子，把炕烧暖了！爷今晚要住宿！"一个嘶哑的声音叫喊着，听不出是哪里的人。

张川海就着昏黄的灯光看时，却见那男的长相十分凶恶。一脸虬髯，豹眼，短发，身材胖大。女的身材苗条，玲珑有致，虽看不清面容，但能感觉到是个美人。

这少女怎么能跟着此等人？张川海很是纳闷。

"客官今晚要住店？都到春天了，炕就不烧了，你看，除了最中间那个屋，你自己选吧，想住哪间，推门进去就是，把马给我，我先给你喂着，等安顿好了，我再来给你张罗饭菜！"老董对新来的说。

虬髯大汉把马交给老董，拉着少女，进了张川海隔壁的屋子。刚进去，就听见"砰"的一声，把门紧闭了。

第六回　救女子牛刀小试
　　　展身手大闹客栈

张川海看到这里，正准备也返回屋子睡觉，谁知他隐约听见了呼救声："救命——救命呀——"

叫声就是从隔壁屋子传出来的！不好！虬髯大汉原来是劫持了这个女子！张川海暗暗地想，顾不得想太多，张川海立刻来到那间屋子门前，朗声喊道："客官！请把门打开！"

"格老子的！谁他妈活腻歪了？敢多管闲事！等老子办完事出来宰了你！"虬髯大汉咆哮着。

"你劫持良家女子，算什么好汉？我等岂能看着你在此作恶？"张川海向着门内喊话，同时，他环顾了一下院子，那些客人也都看着这间屋子，但没人说话。张川海心里有底了，至少这些客人是来自正道的。

门突然开了。虬髯大汉手握一柄匕首，站在门口，那女子被绑在了八仙桌旁的椅子上。

"这是我婆姨！我和婆姨路上闹了不合，这会不听我的话了，你瞎掺和什么？"虬髯大汉对着张川海喊。

"哦？是吗？我看你俩咋不般配呢？你长得像个土匪，人家可像个大家闺秀！"张川海揶揄道。

"格老子的！你找死！"虬髯大汉暴怒，抬脚踹向张川海。

张川海身子微微一侧，让过他的脚，接着，寒光一闪，那匕首就顺着鼻尖刺过，张川海扬起手来，"啪"地抓住了虬髯大汉的手腕，往下一压，再借着他刺来的力，向外一带，只听"啊呀"一声，那大汉竟然直接趴在门外，匕首也甩了出去！

"好身手！"马帮中的女子喊道。

没想到，虬髯大汉跌了一跤后，并不服气，他爬起来，直扑张川海，似饿虎扑食一般。张川海早就料到他会再来，原地移步，伸手抓着大汉的腰带，使劲一旋，就把他举过头顶，轻轻一丢，把大汉扔在地上。再上前一步，踏住他的胸部："说实话可以饶你性命！这个女子是不是你抢来的？"

"是、是、是！我放过她就是，好汉也放过我吧？"虬髯大汉喘息着说道。

"小兄弟，多一事不如少一事！我看还是放了他吧？你救了那个女子也就是了！"老董见势，赶紧过来说。

"好，看在店老板的面子上，那我就放了你。起来！赶紧骑着你的马，滚！"张川海对大汉说。

"赶紧起来走吧！我给你牵马去。"老董慌忙说。

虬髯大汉磨磨唧唧从地上爬起来，仔细地打量了一下张川海，抱拳说道："小兄弟古道热肠，我黄胡子今天算是栽跟头了！但是，你我也就此结下了梁子！"

"路不平有人管，张某就这性格。你要有什么本事，以后再遇到，尽可以使出来。"张川海轻蔑地说。

第七回　李嫣然仗义相助
　　　　　张川海结识马帮

老董将虬髯大汉的马牵了过来，那大汉再不说话，跨上马，双腿一夹，就消失在漆黑的夜里。

"赶紧看看屋里那姑娘怎样了！"马帮中的那个女人喊道。"对呀！对呀！"马帮的弟兄都附和着说。

张川海和马帮弟兄来到屋里，把那姑娘解开。

"你是怎么被劫的？不要害怕，我叫李嫣然，是马帮的，看样子我比你年长，你就叫我姐姐好了。"马帮女子说到。

张川海这才知道她叫李嫣然，他不再说话，等着李嫣然安慰被劫持的姑娘，弄清楚是怎么回事。

"俺屋在韩城。俺今回板桥村，看一路上春景好，路上贪玩，走得慢了些，和俺娘走散了，我到麦子地寻她，忽然就冒出这厮。这厮先是调戏俺，俺想跑，却被他一把抱住，直接就放到马背上，一路狂奔，就到了这儿了。我当时都吓晕了，连话都不会说了。刚进了这院子，看见这么多人，才回过神来。"那姑娘边回忆，边哆哆嗦嗦地说着。

"看来我猜对了！"张川海插话说。

李嫣然看了张川海一眼，微笑着说："年轻人就是脑子好使，我老婆子咋就没觉察到！"

"你不老！你不老！"张川海急忙说。李嫣然非但不老，而且风姿绰约，要不是有几分江湖儿女气，比大家闺秀还更可人。

"怎么着？我把她交给你了，你救人救到底，把她送回家吧？估计她娘都快急疯了。"李嫣然说。

"可惜我力不从心，我要去的地方不是韩城！敢问你们去什么地方？"张川海记得他们韩大掌柜似乎是山西口音。

"我们去韩城。你英雄救美，我可不敢夺人所爱呢！"李嫣然调侃道。

"好了，别为难小兄弟了，我们正好路过板桥村，马上就走，可以带着这个姑娘，像你说的，她家人一准要急坏了，要是被大雪再封山，耽搁几日，不知道出什么事呢！"韩大掌柜说。

"这下可好了。"张川海长吁了一口气。

原来，李嫣然是韩大掌柜的外甥女。李嫣然喜欢到处游逛，自韩大掌柜带着马帮开始，她就央着舅舅带上她，出来见见世面。韩大掌柜开始不同意，但是架不住嫣然的央求，嫣然又自幼习武，性格像个男孩子，韩大掌柜也就同意了。

嫣然其实和张川海同岁，女人看起来成熟一点，两个年轻人很能说到一起。说到武功，嫣然一点也不服气张川海，两人还就着马灯比试了一回，没分高下。嫣然能察觉出张川海没使出真功夫。

风越来越大。韩大掌柜说："弟兄们，我们吃饱喝足了，估计马也歇好了，赶紧上路，不然后半夜下起雪，山路就不好走了。"

嫣然一听要走，也就顾不上和张川海多说什么了，她拉着那位姑娘的手，说："你一会儿和我同乘一匹马，我一定负责把你送回家！"

韩城姑娘已经回过神了，她还小，看起来有十六七岁的样子。她说："我回去一定让我大多谢这位哥哥，还有姐姐你。"

张川海说："不必不必，省得你爹娘担心。你就别提绑匪了，就说是这个姐姐把你拐到这儿的。"这句话居然逗笑了那姑娘，小姑娘的精神恢复得挺快。

第八回　张川海岭上赏雪
　　　　　董诗龙女扮男装

目送马帮的队伍消失在茫茫夜色中，张川海和老董一家，也各自回屋。关上门后，万籁俱寂，张川海觉得困意袭来，就将炕上的铺盖展开，钻进了被窝，蒙头大睡。

不知道睡了多久，就听见各种鸟鸣。先是"啾啾啾"，再是"喳喳喳"，还有"咕咕咕"。鸡鸣声让张川海不得不睁开了眼睛。他爬了起来，打开门一看，哇呀！白茫茫一片，天地、山川没有了界限，雪还在像蝴蝶一样的飘落，往远处眺望，到处玉树琼枝，昨天看到的漫山的花朵，与白雪相映，景色更加奇特。

看来，韩大掌柜说得没错！多年带马帮的经验，让他有了识天气的特殊本领。这下可好，他被大雪困在了大岭客栈，不知天什么时候放晴，现在雪还在起劲的下着。

张川海走了出来，雪边下边化，并没多厚。老董正在扫路，看见张川海，笑着说："怎么样，今天是走不了了吧？"

"可不是，你们山里的天气还真是奇怪。"张川海说。

"客官，你是不是姓张？"老董突然问。

"哦！没错，我姓张，怎的？"张川海诧异。

"你可是从陕南来？"老董又问。

"是！"张川海更加吃惊。

"不要紧张，我认识你骑的'大青'马，那是你大一直骑着的，你大叫张大立，和我也算是老朋友了。"老董说。

"哦！"张川海这才明白，"这么说，我大出事，你知道？"张川海问。

"我光听陕南马帮说，大立出事了，没找到尸骨，找到了大青马和衣物，并不了解详细情况。"老董说。

张川海说："唉，那年去我家报信的说是家父丧生虎口了，我一直不信。"

"不过，我推测，不会是还活着吧？因为他出事前后，并没有听说这片林子有猛兽伤人的事件，也没听见说土匪绑票杀人。对了，你昨天打跑的那个大胡子，八成是盘古山上的土匪。"老董说。

老董的话让张川海心里燃起了一丝希望，但听到昨天遇见的那人可能是土匪，他又有些紧张。"哦？真有土匪？那会不会来报复？"张川海赶忙问。

"那倒不会！"老董自信地说。

"这是为啥？难道土匪还讲道理？"张川海说。

"常言说：盗亦有道。再者，我这里有柳沟神机营的军爷护着，土匪再猖獗，也不敢和军爷对着干。"老董说。

原来，大岭客栈前面摘星台是柳沟神机营的瞭望台。摘星台是整个黄龙山的制高点，名为摘星，就是说可以随手摘下一颗星星，当然，这是夸大其词。

但是，此处甚高，视野开阔，天气晴朗时，最远可以望见黄河倒是真的。在大岭下方不远的柳沟城里，驻扎着大约一百来号兵勇的清军神机营。摘星台有一古寨，十余个士兵轮班在这里站岗放哨，原来是防农民起义军的，黄河沿岸一有异动，就放狼烟。最近几年，太平天国起义失败了，捻军也被镇压下去了，这些士兵也松懈了。

因为这里有大岭客栈，士兵倒是很喜欢，值班累了，可以过来聊聊天，甚至可以打打牙祭，改善一下伙食。老董和他们的关系相处很好，尤其和其中一名小头目薛利仁关系最好。摘星台下有一眼石泉，他们把这口泉水叫神龙泉，泉水清澈，四季不断，老董之所以在这儿开客栈，也就是依着这口泉水。

这泉水被士兵传得神乎其神，因为泉水上面有一巨石，无论怎么看，巨石就像一尊天然的石猿，他们说这是石猿守神泉，这天然的泉水可以治百病。不过，老董用它来做饭、泡茶，味道的确好，士兵们都喝过老董泡的连翘茶，薛利仁还喝过客商留在这儿的正宗的紫阳茶，那滋味当然比连翘茶更好。

"那这雪下个不停，今天总不能就在屋子里睡觉吧？"张川海说。

"有没有兴趣跟我去林子里转转？说不定可以打一只山鸡，回来下酒？"老董说。

一听说打猎，张川海来了兴趣："那敢情好，我还没在大雪天打过猎呢！"

"大——我也去！"应声而来的是昨晚张川海看到的那个少年。依然是头戴瓜皮帽，不过，昨晚天黑没看清，这下看个仔细，皮肤白皙，鼻梁精致高挺，睫毛弯弯，眼睛清澈如水，身着对襟蓝布短褂，黑色裤子，身材娉婷，根本不像是男孩。

"你在家陪你娘吧？好不容易来几天，别出去疯了！"老董对少年说。

"我不！我的弓箭比你准，说不定可以打一大的呢。"少年说。

"这是令郎吗？"张川海问。

"不怕你见笑，这是我女子。我把她当男孩养着，她爷爷给取的名字也像个男孩，叫董诗龙。她自小在爷爷奶奶身边长大，这不才来了几天，就又待不住了，早吵吵着要回爷爷家呢！"老董说。

"她会弓箭？"张川海问。

"会是会，不太精，自幼爱舞刀弄枪。"老董说。

"那就叫她一起吧，我也好和她切磋切磋。"张川海想起昨晚和嫣然切磋的情景。

"哦？看来你是想和我较量一下喽？说吧，是比拳脚还是比弓箭？"董诗龙一点也不怯生。

"岂敢，岂敢！我只是想开开眼，看看你这个山娃子怎么打猎的。"张川海说。

"这还差不多。一会儿怕猎物多得你都背不动！"董诗龙调皮地说。

第九回　林间狩猎遇险情
　　　　川海挥剑斩野猪

一行三人踏着乱琼碎玉，往山下走去，渐渐走进白雪皑皑的密林中。林间的雪更厚，一直埋在脚踝以上。景色很是怡人，树枝像银条，低矮的树木像是盛开着的白色花朵，高大青翠的松树被白雪装扮得更加精神了。

"春雪下得猛，化得快，只要太阳一出来，这些积雪就变成了水，哗哗地流向山下的小河。"老董说。

"你看，天什么时候能放晴？"张川海问。

"下午雪停，明天放晴。"董诗龙接过话茬。

"你真不愧是黄龙山长大的！你说说这山里有老虎吗？"张川海一进黄龙山，满脑子都是老虎。

"有！有大老虎，你可别不信。"董诗龙说。

"有大老虎你还敢进林子？我当然不信。"张川海说。

"她说的是她爷爷讲的故事，故事是真的。"老董说。

张川海心里一紧，忙问："昨儿来的时候路上遇到了豹子，不过像是一只大猫，难不成黄龙山还真的有老虎？有没有老虎伤人的事呢？"

老董给他讲了一件发生在乾隆年间的事，是这条茶马古道上真实的故事，地方县志多有记载。

最初，黄龙山被称作古梁山，和山西的吕梁山是一个山脉，而且是相连的。大禹治水时，为了开凿河道，将这座山从中间分开，黄河水汹涌而过，形成了壶口瀑布、禹门口等壮丽的景观。当地人就把附近这座岭叫作麻线岭，也叫神道岭。

后来到了战国时期，此地属于魏国，由于秦将白起经常领兵在此和魏国交战，白起死后，百姓视他为战神，在山上修筑了将军庙纪念他，人们也把这一带叫白起山。

白起山幽深险峻，时出虎豹，为害地方。

老董说："我也是听我大说的。我小时候，我大他常指着一本叫《刘志》的书给我念：乾隆四十九年（1784），白城桥等处，老虎数出，生员郭文学被伤，居民不敢入出，田地荒废。上司调宜君兵营七十名，马二十匹，驻白城桥三月，共获八虎。最后一只体重三百余斤，腹内有四只幼虎。"

"幸好这些猛虎被乾隆他老人家干掉了，不然我们几个还不得当它们的点心？"张川海笑着说。

"虽然没有猛虎，但是还有金钱豹。你昨天遇见豹子，一点也不奇怪。不过豹子这东西警惕得很，经常是它在林中能看到你，你根本就看不到它，它不会伤人，奔跑速度快，要是偶尔见到它，还以为是一只大狗卧在那儿呢，但它瞬间就消失得无影无踪，你这才知道是金钱豹，因为大狗跑不了那么快。"老董说。

正说着，董诗龙一把拉住张川海的胳膊，示意止步。

灌木丛中，有一群野鸡正在雪地里觅食，它们怎么也想象不到，此时，危险正在向它们靠近。

董诗龙拿出随身携带的弩，喊了一声，野鸡受到惊吓，扑棱棱飞起来七八只。董诗龙一箭射去，只见其中一只从空中滑落。

"中了！"董诗龙喊道。

张川海向野鸡滑落地方飞奔过去，在树丛中找到了被射中的猎物，足足有三斤重。

一行人兴高采烈地说笑着，顺着林间被大雪覆盖的渠道，继续往山下走。临行时，多亏董诗龙提醒张川海换上防雨雪的靴子，川海在翻行李箱时，顺手把那把凤鸣短剑拿了出来，藏在身上。

正跌跌撞撞地往下滑行，忽听"嗷——"的一声惨叫。

三个人站稳，屏住呼吸向发出叫声的方向望去，又听见那边"扑通扑通"野兽乱踢腾的声音。老董往高处站了，继续观察了一会儿，却笑着说："哎呀！我以为是老虎呢，没想到是头野猪，被谁下的野兽夹子夹住了，走，看看去！"

岂不知，老董还是有点大意了。山里的猎户都知道，上山打猎，最怕遇见三种动物：一猪二熊三老虎。也就是说，老虎才排第三，最凶的不是老虎，不是熊，而是野猪。为啥？因为老虎可以用弓弩对付它，它会审时度势，看见人多势众，又带有弓弩时，便溜之大吉了。熊比较笨重，如果有两个猎人，它就是发起攻击，也会顾此失彼，基本没什么危险。野猪这家伙，它是一根筋，你要是惹恼了它，它就盯着你不放，横冲直撞过来，弓弩对付不了它，它的皮很厚，常年在老松树上蹭痒痒，把那松脂黏了一身，倒像是铠甲一般，根本射不透，一般的刀剑也难以刺穿。它追着"仇家"满山跑，你就是上树也不行，它用獠牙不停地啃，一会就把树啃断了……

老董在前边大步地走着，张川海随后，董诗龙跟在最后。果然，松林里，一头肥壮的野猪正在和铁夹子较劲，只听见它凶猛地吼叫着，用獠牙拼命地啃着夹子，后腿使劲地甩动。老董走到距离野猪五米左右的距离，站着观察，想着结果这厮的对策。野猪也稍停了下来，目露凶光，瞪着老董。老董嘲讽地说："你带着铁夹子，还凶啥凶，今晚你就是下酒菜。"

正在这时，那野猪突然发力，直奔老董，铁夹子居然被它挣脱！老董吃了一惊，本能地往旁边一闪，野猪扑了个空，在距离张川海不到一米的地方站住了。"嗖"的一声，董诗龙对着野猪就是一箭。没想到，那箭就像射到一堵墙上，被弹开了。野猪一看，这边有人攻击它，认定董诗龙是它的仇人，放弃了老董，直扑董诗龙。

董诗龙本能地躲向张川海身后。野猪想绕开张川海去攻击董诗龙，所以向川海的一侧跑去。正在这时，又听见"嗷——"的一声惨叫，董诗龙定睛看时，张川海的凤鸣短剑已插入野猪的脖子，随着寒光一闪，川海又将短剑收回剑鞘。一股鲜血像是泉水一样，从野猪的脖子喷出，那厮像是喝醉了一样，摇摇晃晃，站立不稳，须臾功夫，便倒在雪地里。

第十回　老董石坷村求助
　　　　川海麻线岭结缘

老董几乎吓得瘫软了。等他回过神来，野猪已经快僵硬了。董诗龙还在用脚使劲地踢着野猪的尸体，说："叫你凶我！你还敢凶我？"虽是如此，那野猪仍然十分吓人，獠牙暴露在嘴外，有二寸来长，鬃毛如刷。

老董说："这家伙也快三百斤了吧？要不是林子中雪这么厚，咱们就把它抬出去了。这里离石坷村不远了，要不这样，我去村里叫几个人，帮忙抬出去，你俩在这看着，就怕有猎户来再把咱们的猎物给弄走了，这么大个家伙，可值不少钱！"

张川海略一思忖，觉得老董说得很对。再说，有董诗龙留下陪着自己，在雪后的松林里踏雪赏景，享受大自然的静谧，这也挺好，就爽快地答应了。

老董拎起那只野鸡，踏着积雪往林子外面的马路上走去，这里暂时恢复了寂静。松林里只剩下川海和诗龙，还有那头倒霉的野猪。

这时候，天空的云散了，太阳从松树的缝隙洒下，照射到林间雪地上，很是刺眼。诗龙一定是对刚才的情景心有余悸，此刻就坐在雪地里，静了下来，一缕午后的阳光正好斜斜地照到她脸上，那脸蛋白里透红，长长的睫毛上挂着从树上落下的雪粒。

川海想打破这种寂静。他问："哎！小姑娘，能不能告诉我你芳龄几何？"

"不能！我奶奶说，女人的年龄男人不能乱问的。除非……"董诗龙答道。

"除非什么？"张川海觉得挺有意思。

"除非人家想告诉他嘛！"董诗龙脱口而出。

"那你怎么就不想告诉我了？"川海继续问。

"我和你又不熟。不跟你说了。"董诗龙说。

"对，是不熟。不过，刚才我不是还替你收拾了野猪吗？"张川海没搞明白女孩的意思。

"哎呀，不说这么多了。你一定饿了吧？吃点东西。"董诗龙从随身带的布包里拿出一个玉米面饼子，从中间掰开，给张川海扔了一半过来。

"确实肚子空了。这可是个好东西。"张川海看着酥黄的玉米面饼，很是稀奇，咬了一口，甜丝丝的。

张川海吃着玉米饼，董诗龙从随身带的褡裢里拿出一支竹笛吹了起来。笛声悠扬，她吹的是《柏峪小调》：

> 黄花川，是桃源。良田美景满山川。
> 靴子崖，晒经山，石坷村中把家安。
> 芝麻开花十里香，情郎吆牛到田间……

不知不觉间，红日西移。先是听见林间有说话声，接着是一阵脚步声。又听老董喊道："龙娃子——你们在哪儿？"

董诗龙站起来，挥着手喊："大！在这呢——"

老董领来了四个壮汉，手里拿着绳索和杠子。他们走到跟前，稀奇地说："没见过这么大的野猪，后生真厉害！"

张川海抱拳说："侥幸，侥幸！诸位辛苦。"

老董向张川海介绍了他领来的人。原来，老董家本就是石坷村的。他大董振兴、母亲王一萍以及叔父董振业、董振山等人还都健在。可以说，石坷村现在有一半人都和老董是亲戚。老董夫妇在麻线岭上开店，因为远离村庄，就把儿子、女儿都托付给父母抚养，董诗龙也就是在爷爷、奶奶的呵护下长大的，村里来的这几个人她都不陌生。

四个壮汉用绳索将那野猪捆绑结实，把大扛子插了进去，一起弯腰上肩，喊了一声："走!"就开路了，一行人像是得胜的将军归来，不一会就来到石坷村村口。

石坷村就位于麻线岭脚下。村庄错落有致，房屋白墙黛瓦，被青山合围，尤其是一层层依着山势建成的石墙、石屋和屋顶勾檐相映成趣，村里炊烟袅袅，狗吠声、鸡叫声、牛铃声连成一片，煞是热闹。

村中央，早有人支起一口大锅，熊熊烈火舔舐着锅底，锅里水沸腾着，就等着这头野猪来洗热水澡。这石坷村有七八百人口，隶属于韩城县。村里人以种玉米为主，间或种些花椒等树，等秋季摘了花椒后拿到韩城换点碎银子使用。因为离山西不远，受晋商影响，也有一部分人不安心务农，常年在外经商，但凡赚了银子，就回来翻修房屋，因此，村子里的房屋修建得十分讲究。

闲话少说。当时，村子里男女老幼听说抬回来一头大野猪，都来到锅台旁看热闹，太阳将要落山，那些在地里干活的也回到村里了，驻足在锅台旁，看几个杀猪匠给野猪剃毛，一名杀猪匠用个短短的吹管，插入野猪屁股上皮囊内，嘴像是对着那野猪的屁股，使劲地吹，另一名用棒槌在野猪身上"嘭嘭嘭"地锤，野猪身上就鼓起来了，剃毛的迅速把沟壑处的余毛剃完。野猪被剃完毛，浑身光溜溜、白生生。

"好家伙! 比咱村里黑寡妇白多了!"刚从地里干活回来的董家宝喊了一声。

"你见过黑寡妇剃光的时候?"王二锤随口就问。

"他见过，他见过!"大家一阵哄笑。

野猪被剃光后，就被吊起来，在架子上晃晃悠悠地摆来摆去。

"家宝，你看这像不像黑寡妇在扭秧歌?"王二锤又说。

众人又是一番大笑。

少顷，野猪被开膛破肚，大卸八块，扔进了沸水锅里，煮了起来。

第十一回　石坪村设宴请客
　　　　董家驹表演猎鼓

　　张川海被请到了董诗龙爷爷家里。她爷爷是本村的老村长，德高望重，房子位于斜坡上去第二层，面南背北，门楼修得很气派，上悬匾额，写着"耕读第"。进入院内，对面四间正房，一侧四间耳房，院内栽一杏树，杏花正是含苞欲放时。右手一间留作客厅，摆着四张八仙桌，很多方凳、八仙椅子。

　　老村长董振兴从里屋走了出来，七十开外的样子，精神矍铄，留有山羊胡子，辫子花白。他朗声说道："自古英雄出少年！小兄弟的事我都听说了，果然古道热肠！请坐，请坐！"张川海在一张雕花镂刻的八仙桌旁坐了，桌子上掌着灯，摆上了自酿的玉米酒、黄酒等。

　　"我看贵村民风淳朴，屋舍俨然，真乃世外桃源，这应是老村长之功。"张川海说。

　　"惭愧，惭愧！我们这村子也是老村，是颇有些历史的。《诗经》上说：'奕奕梁山，维禹甸之。'俺们这就是梁山，自大禹起，就开始有人在这儿居住了。"老村长说。

　　张川海想起他家门匾"耕读第"的字样，觉得确实很般配。

　　忽然，听见门外一阵喧闹，张川海不由得站起身，向外观望。

　　老村长笑着说："今天是谷雨，过了今天就该忙农活了。我们村子每年这个时候都要欢庆一次，为了给农忙鼓干劲，今天也恰好赶上迎接尊贵的客人，我们今晚要点起篝火，打猎鼓，扭秧歌，许是他们已经开始了，咱们一起去观看吧。"

　　在村庄晾晒粮食的场里，篝火点起来了，大家围成一圈，围着篝火在跳舞。其中，有一个女人跳得十分妖娆，还有几个人在一旁击鼓奏乐，场面热烈。张川海正在观看时，突然有人拉着他的手加入跳舞队伍，侧脸一看，那人却是董诗龙。此时的诗龙已换成女儿装，秀发披肩，一身裙钗让腰身凸显，散发着十七八岁少女青春的气息。张川海不由自主地跟着她的节奏跳了起来，舞蹈其实很简单，无非是左右各两步，然后踢腿，旋转，一起发出"嗨嗨嗨"的喊声，接着再向右四步……

　　随着鼓点骤停，秧歌队伍四散离场，却只剩下董诗龙和张川海在篝火前，俩人意犹未尽。突然，刚才那位跳得很妖娆的女人尖声喊道："猎鼓队的老少爷们，该你们上场了！"

"好咧！黑姐，我们早就准备好了，就等黑姐你的招呼了！"猎鼓队队长董家驹答道。

黑姐？莫非就是刚才进村时，那位村民口中的黑寡妇？她不黑呀，非但不黑，在篝火的映照下，皮肤色泽还格外娇艳呢。张川海一脸懵懂。

"黑姐不黑，她姓黑，因为她男人死了好几年了，她也没改嫁，所以，村里男人背地里都叫她黑寡妇，最爱拿她开玩笑。"董诗龙大概是看出了张川海的疑惑，小声跟他说。

原来如此！"哦？这么年轻男人就死了，到底怎么回事？"张川海还是不明白。

"以后有时间再告诉你，说来话长。"董诗龙说。

正说着，猎鼓队上来了。张川海看到一些带着虎豹熊狮面具的人跑了上来，后面有穿着兽皮、手持长矛的人在追赶，顿时，他感受到了一种粗犷豪放、气势磅礴，那彪悍有力与不屈不挠的精神令人震撼。

只见表演者有的面戴"虎、豹、熊、狮"面具，身着象征兽衣的鼓手，他们像是凶猛的野兽；有的披肩长发，头戴冠冕，手持花秆敲锣击镲，他们像是黄帝部落的先民在驯兽。

表演很长时间，"出巡、兽现、围猎、欢庆"四个部分才演完，张川海看得有点懵懂。

老村长董振兴十分健谈，他看到张川海满脸疑惑，就依据家里那本叫《古事拾趣》的古书，给他介绍了黄龙猎鼓的特点。

很久以前，陕北黄土高原和关中还是一片汪洋的时候，唯独黄龙地域是露出海面的"小岛"。这里山峰奇秀，层林密布，虎豹野狼出没，人迹罕至。生活在这里的人们在恶劣的环境中，创造了工具，用刀、斧、锣、鼓"驱虎豹"，与野兽搏斗，靠采集和狩猎维系生活。

锣鼓、棍棒、花枪、铜器具有震慑野兽的力量，这是"黄龙猎鼓"的开始。

又说，据石坷村不远有个九龙山，从九龙山巡视开去，山峰排列活像一处梅花方阵，东边是老虎脑，西侧称豹子岭，南面叫熊掌坡，北端有狮子石林。九龙山得名于黄帝时代，这里就是"黄帝的练兵场"。在遥远的古代，部落氏族争雄称霸，天下混战，炎黄两军与蚩尤在新郑进行了一场激战，由于蚩尤无比凶猛，又有法术和功力，夸父也为他叱咤沙场，使炎黄两军屡遭惨败。

东海龙王闻讯，差遣九位龙子，把轩辕黄帝从困阵中解救出来。轩辕黄帝重整旗鼓，带领九位龙子来到九龙山，收降了"虎""豹""熊""狮"四路兵将，在此地又将四路兵马训练了七七四十九天，根据本领和武艺的高低分封。

黄帝封虎为"先行王"，并在老虎额头嵌上"王"字，这是个权威性的标志。黄帝率领这支庞大的虎、豹、熊、狮勇猛上将，无敌于天下，与蚩尤殊死激战，将其一举擒杀。

这个故事恰巧印证了黄帝时代天下大战，黄龙山区是轩辕黄帝的练兵场一说，古老的猎鼓也印证了远古的黄帝文化，于是在黄龙山区世代相传。

听了老村长的讲解后，张川海似乎看到了黄帝时代先民们围猎、狩猎的壮观场面，看到了炎黄部落先祖们改造自然，不屈不挠的刚劲风骨。他更对这个隐藏在黄龙大山里的村子充满了好奇。

"难怪一进这个村落，就感到不同寻常，不想藏在黄龙大山中的石坷村，村中的文化底蕴竟如此深厚！"张川海说。

猎鼓表演结束，村民陆续散去。大岭客栈的老董走了过来，说："川海侄子，饭菜早就备好了，快回家吧，俺娘也在等着你呢！"

"家梁，告诉你娘，把酒器也准备好，我要和这后生饮几盅。"老村长董振兴说。

张川海这才知道老董的大名叫董家梁。他和老村长、董诗龙一起，向董家院子走去。坐到屋内的八仙桌旁时，多了几位董家的人。分别是王一萍、董振业、董振山，以及晚辈董家梁、董家宝、董家驹等。桌子上摆了满满一盆刚刚烹熟的野猪肉，香味入鼻，不禁让人垂涎。另外还有炒野鸡肉、炒鸡蛋、凉拌香椿芽、凉拌五倍子芽、油泼荠荠菜、苦苣浇蒜泥。

"请！农家饭没什么珍馐佳肴，这四个野菜，我们把它叫生调'四野'，今天再加野猪肉、野鸡肉，凑成'六野'，六六大顺嘛！自己养的鸡下的鸡蛋，自己酿的玉米酒，今天为了迎接英雄，唯有大口吃肉，大口喝酒才好！"说着，老村长董振兴举起杯子，张川海和大家一同举起酒杯，一饮而尽。

第十二回　麻线堡下忆往事
　　　　大岭客栈遭劫匪

酒宴散时，已过子时。张川海因被轮番劝酒，稍稍过量，当时就睡在老村长家西屋的炕上，一觉醒来，天已大亮，一轮红日正照着贴着窗花的格子窗，村子里又是一番鸡鸣狗吠声。

他急忙起床，想着这下雪化了，就可以上路了。货物和大青马还在客栈，那一千来斤茶叶，在本地不算贵重，可要是到了蒙古，估计换来八匹骏马，再把马在中原卖掉，是他经营茶楼几年的收入呢！他隐约感觉有点想家。

昨晚梦中似乎梦见了茉莉，但又不是茉莉，又像是董诗龙。那场景是他们骑马走在麻线岭古道上，一起骑着大青马，古道上鲜花盛开。有桃花，有杏花，有时，身边还会出现怒放着的黄蔷薇，那耀眼的黄色花瓣，大胆而骄傲地舒展在柔嫩的枝条上，一朵朵，一簇簇，那些暗红的枝条藏着小刺，带着这些美丽的花朵，随风轻轻摇曳着。他们下了马，牵着手走，走在紫色的丁香花海中，连"大青"也放慢了脚步，左顾右盼，许是丁香花的香味太浓，让它留恋吧？

正在胡思乱想，董诗龙来到门前，拍打着门环说："大英雄，都啥时候了，还不起床？要不要吃早饭？"

"早就起来了，怕打扰你们，所以没敢出来。"张川海回答着，打开了门，走了出来，跟着董诗龙来到东屋，看样子，饭菜已经备好，老董他大董振兴正在等着客人来吃饭。

大家寒暄了一会儿，按顺序坐定，开始用餐，主菜还是野猪肉，每人一碗蒸麦饭，甚是可口。吃罢，张川海起身抱拳："多谢老村长的盛情招待，川海因要去蒙古，不敢耽误，打算这就返回大岭客栈，取了货物行李，好启程赶路。"

"都是农家的粗茶淡饭，招待不周！我知道你有要事，并不敢多留，以后路过此处，记得来家里！"老村长起身说道。

告别了老村长，张川海、老董、董诗龙三人步行上路了。果然，树上那积雪被太阳一照，便融化了，路上的积雪也开始化了。老董说："得走快些，不然等雪完全化开，路上会有泥泞。"于是，三人加快速度，向山顶的大岭客栈奔去。路上，董诗龙给张川海讲了关于黑寡妇的故事。

黑寡妇名叫黑荻灵，是五年前从邻村嫁过来的，嫁给了董诗龙的堂叔董家城。当时把黑荻灵娶进村时，全村的小伙子眼睛都看直了。蒙着盖头的新娘自然是看不到脸庞，然而光看那身段，那叫曲线起伏，凸凹有致，走路如扶风弱柳，婀娜多姿。

待第二天新娘子在村里一露脸，再一看，皮肤白皙如雪，吹弹可破，明眸皓齿，一颦一笑都好看，光那迷人的小酒窝就让多少男人晚上睡不着。

然而，董家城小两口婚后却不十分恩爱，村里人都不明白是什么原因。老人们都骂董家城，说他不知道疼媳妇，亏了先人了。但也从没见他两口子打过架。倒是黑荻灵，整天就是一幅受屈辱或受骗的模样，也不和村里人说话。

  董家城的心一直在"蹚古道"上，他不想常年在家务农，结婚三年，黑荻灵也没生出个一男半女。于是，董家城想趁着自己年轻，跟着那些"蹚古道"的前辈跑上几趟，就能摸清行情了。

  女人拦不住他，也不拦他。

  那一年刚立秋，他就骑着自家的枣红马离开了家。谁知才到了立冬，枣红马被一位经常路过石坷村的马帮兄弟送了回来，另外还有董家城出门时带的衣物，那位马帮兄弟说："家城兄弟八成出事了，我们在路上等他，等了整整一个晚上，第二天就看见枣红马独自跑来，背上驮着他的衣物，我们返回去找了几十里，也没寻见踪迹，就像人间蒸发了一样……"

  听到这里，张川海心中一惊！这岂不是和爹爹当年出事时的情形一样吗？而且，时间也那么接近！这两件事之间莫非有什么关联？

  正暗自思索，却远远地望见了"大岭客栈"的杏黄旗。

  "今天我们走得好快呀，以前就恨路长！"董诗龙道。

  可是，老董却觉今天有些异样。以前这个时间，总能看到瘸子和哑巴在忙活着，不是往马棚运草，就是清扫院子。石屋里冒着热气，烟筒里冒着白烟。今天却一片死寂。

  "不好！"老董喊了一声，加快脚步向石屋奔去。

  只见中间屋子门大开着，这间就是前天夜里张川海居住着的。老董跑进去一看，惊出一身冷汗。自己的老婆被五花大绑在八仙椅上，嘴里塞着一块烂布。瘸子和哑巴被捆粽子一样，直挺挺地丢在炕上，嘴也被塞着。张川海的行李箱、货物都被翻得乱七八糟。

  老董上前一步，一把拽掉了老婆嘴里的烂布。张川海赶紧去倒了一碗水，说："先漱漱口，喝点水，压压惊。"接着，张川海又赶紧去炕边，扶起瘸子和哑巴，给他们也松了绑，这边，董诗龙已惊得像个木偶了。

  待几个人恢复平静，哑巴先开口了。但他只是"咿咿呀呀"地比画，根本弄不清事情的原委。

  瘸子喘了一会儿气，开始讲昨晚可怕的经历。

  昨天，就在掌灯时刻，瘸子和哑巴见没什么客人，就去马棚给张川海的大青马、驴子和客栈自己养的白马加了草料，回到自己的窑里，准备早早睡觉。刚想脱衣服上炕，就听见西屋老板娘受到惊吓后的喊叫声。俩人一起壮着胆子出门看，哑巴推开西屋的门，就看见那虬髯大汉黄胡子，手里拿着一把明晃晃的大刀，架在老板娘的脖子上。

黄胡子看到瘸子和哑巴后，大喝一声："站住！不然我就结果了她！"

两人吓得没敢动。只见黄胡子从搭袋里拿出一根绳子，扔给瘸子，说："把他俩绑了！不然我就弄死你们！"瘸子看到黄胡子凶神恶煞的样子，吓得不敢不依。哑巴哪里见过这场面，早就吓得尿裤子了。黄胡子看着瘸子把哑巴和老板娘绑好以后，又从搭袋里拿出一根绳子，自己动手，把瘸子绑了，问："客栈今天还有什么人？"

老板娘哆哆嗦嗦地说："大雪封山，今天再没人，有一个客人今天跟着死鬼去打猎了，还没回来……"

"走！到他住的窑里去！"黄胡子押着老板娘往外走，顺便查看了一下瘸子和哑巴捆得牢不牢，用刀在哑巴脸上拍了一下，说："你俩倒是懂事。"

来到张川海的屋子，黄胡子把老板娘一把按在八仙椅上，用绳子把她和椅子靠背牢牢地捆在一起。老板娘吓得直叫："妈呀！不得行——妈呀！不得行！不得行！"

黄胡子笑了，说："格老子的！什么不得行？老子也不想办你。说！这些是不是那愣小子的东西？那小子还有些啥？从哪儿来的？"

老板娘这才弄明白他要干啥，舒了一口气，说："我也不知道他从哪儿来的，这些东西都是他的，那些框子里是茶叶，应是贩茶叶的，那个行李箱也是他的。他还骑了一匹大青马，在马棚里……"

黄胡子放开了她。翻看那些框子，果然都是茶叶，就不去管框子了，再翻行李箱，见有一个兽皮做的皮囊，里面装着一些散碎银子，还有一张发黄的图纸。

黄胡子就把这个皮囊装进自己的搭袋里。他对老板娘说："那小子回来了，你告诉他，我把他的马骑走了，这点银子算他给爷赔罪的。想要马，去盘古山找我，只要他敢去，我不但把马奉还给他，还要请他喝酒！"说完，就径直走出门，奔马棚而去。随后，就听见马的嘶鸣声，黄胡子牵了大青马，返回客栈，把瘸子和哑巴再捆紧些，把他俩都扛到中间窑里，扔到炕上，扬长而去。

第十三回　诗龙相助集义庄
　　　　　川海登上盘古山

　　张川海听完事情的经过后，暗想：原来这一切都因我而起！去看行李箱时，只是丢了钱袋。那些散碎银子不算啥，只是，那张地图可是爹爹亲自绘制的陕西境内茶马古道路线图，其中，详细地标注了路途中在哪儿交易，在哪儿住宿，交易线人的姓名、住址，包括过那些比较险峻的山路、沙漠等地要注意的事项。爹已经不在了，大青马和古道图是他留下的纪念物，绝不能丢！

　　想到这儿，张川海坚定地说："川海不才，因秉性刚直，惹了大祸，以至连累客栈！抱歉！那黄胡子如此猖獗，公然挑衅，拿走了家父留下的纪念物，我绝不会就此罢休。我决意去盘古山一趟，要回古道图和大青马。否则，将遗憾终生！"

　　"不得行！不得行！"老董说。

　　张川海自然明白，此去凶多吉少。且不说盘古山高大险峻，悍匪人多势众。再加上山高路远，只身徒步前去，至少得两天时间，到了地方疲劳至极，却不知道匪窝在哪儿。况且这黄胡子说，和他结下梁子了，就是找到了他，他会按他说的请喝烧酒？这是他的奸诈计谋，只是想骗自己上山，自投罗网，然后报仇！

　　但是，纵然如此，也不能退缩。"龙潭虎穴，我也定要闯上一闯！"张川海坚定地说。

　　老董见劝他不住，只好作罢。董诗龙在一旁若有所思。

　　张川海按照老董给他说的路线，从大岭客栈出发，向左下方的密林中走去。老董说："顺着一片白桦林往下走，再经过一大片白皮松林，听见哗哗的流水声，就到了沟底，小河的水现在不大，可以蹚过小河，到对面有一条农夫常走的路，沿着这条路一直走，可见柳沟城屯兵处。若有士兵盘问，千万不可说是去盘古山的，因为他们知道盘古山是土匪的老巢。若是说是前往丹州城，士兵便会放行。"

　　张川海照此路线走着，果然来到柳沟城屯兵处，只看到兵营，却也没有什么士兵把守。

　　此处并非什么重要关隘，设置兵营只是为了山上的摘星台哨所站岗，不轮班的士兵或者聚在营内赌博，或者蒙头大睡，并没有站岗放哨的。

各位看官，请允许说书人啰唆一阵。这里必须交代一下：柳沟城建于清顺治十二年（1655）。清嘉庆《韩城续志》载：神道岭营游击1员，千总1员，把总2员。外委千总1员，马战兵126名，步战兵85名，守兵56名，分驻柳沟、马家咀、石堡、合阳、韩城5地。清道光至光绪年间，神道岭营驻兵裁剪，以至荒废。

张川海继续向前，不知走了多少里路，忽听水声大作，往左边一看，一条瀑布水花四溅，碧山环抱着洁净的石岸，溪流倾斜而下，飞花溅玉，跃进落差三米有余的石潭。这就是"柳沟瀑布"。瀑布下面，潭水格外清澈，深处呈碧绿色，小潭以整块石头为底，如一盏玉碗中盛满琼浆玉液，山光水色，赏心悦目。岸边石岩有些部分翻卷着，呈现鹰嘴、虎头、犬齿等各种不同的形状。青翠的树木半遮半掩，参差不齐，倒映水中。"水至清则无鱼"，但却有泥鳅自由游弋。形状各异的鹅卵石露出水面，被清冽的流水冲刷得格外可爱。

张川海不由驻足，一屁股坐在瀑布上面的石岩上，想边欣赏美景，边歇息片刻，吃点老董给他带的玉米面饼，补充一下体力。

只听见一阵"哒哒哒"的马蹄声由远及近。张川海蓦地站起来，警惕地四处张望，同时拿出凤鸣短剑。来的是一匹大白马。马上的少年上身穿一件白色箭袖衣服，下身黑色灯笼裤，脚蹬黑色马靴，头戴紫蓝色瓜皮帽，大辫子飘起。顷刻间便到了张川海身边，川海细看，来人却是董诗龙。

"吁——"董诗龙勒马站住望着张川海。

"你来干什么？"张川海有点意外。

"我来助你一臂之力呀！"董诗龙道。

"土匪窝岂是你一个女孩子可以去的？这不是羊入虎口吗？"张川海说。

"你看我像女孩子吗？我明明是男孩子！"董诗龙说。

"不行，那会露馅的。"张川海拒绝。

"我用大白马把你送到盘古山下，我就走，你这样什么时候能走到？我好不容易才瞒着我大跑出来，肯定不会就这样回去的。"董诗龙坚持说。

看她那么执拗，张川海只好答应她，让她送一程，并说好了，快到盘古山时她就赶紧返回。

张川海跃上马背，两人同乘大白马向盘古山飞奔而去。两日多的交往，张川海已经非常熟悉这个调皮而胆大的姑娘，只是从没这么近距离地接触过。现在骑在同一匹马上，挨得那么近，少女的体香如兰，若有若无的飘进他的鼻孔，乌黑的秀发不时在他脸上拂过，一时间，竟让他难以自持。

然而，董诗龙却一心一意地赶路，拼命地用脚驱赶着白马，张川海突然感到脸在发烧，那是因为自己不该在这个时候开小差。

一路比较平坦，只看到此处山势奇特，高高低低的山岭，遥望如同打碎的蛋壳，奇峰兀立，怪石嶙峋，盘古山就藏在"蛋壳"之间。过了丹州集义庄东北方向，山势陡然孤峰突起，海拔近两千米，山上苍翠的树木遮天蔽日。

张川海问："这大概就到了盘古山下了吧？"

董诗龙说："正是此处。我去集义庄找一家店歇着，等你回来，你可要小心应对。"

张川海一再叮嘱说，千万不可让人认出她是女扮男装。要董诗龙找一家店吃完饭就只管在店里待着，不要乱逛，等自己与黄胡子交涉完，能够早点脱身，就到集义庄寻她。约定好之后，俩人就此分手，目送董诗龙骑马的背影消失在视线里，张川海就向盘古山深处走去。

又在崎岖蜿蜒的山路上走了一个时辰，太阳就要落山了。这时，看见了登向山巅的路，就在悬崖上开凿而出。顺此路登上山巅，张川海俯视万山，远处层层叠叠的山峰如同十里画廊。

哪里有土匪的人影？倒是看见了盘古庙。张川海觉得肯定被黄胡子骗了，他们的老巢或许就不在盘古山。

第十四回　盘古山历险奇遇
　　　　聚义堂义士相聚

要说这盘古山，和神道岭一样，只要是马帮的弟兄，都知道它的一些传说。

盘古庙嘉靖二十九年重修，最早修建于何时至今无据可考。"它东临黄河，遥望壶口万象通变，俯瞰群山朝圣景观。四周云蒸霞蔚，承载着仙境与人烟垂接的气息，大有气吞宇宙之势，不失为开天辟地之处"。在金元时期建筑寿峰寺发现的一块明代残碑，镌刻有"西峁盘古真梵"几个字，印证早在明代盘古真梵就在寿峰寺西。

盘古山有古庙三处，存留石碑、石刻、神像、木匾、石匾、石洞若干。东峰上的盘古庙，保存完整，庙前石碑字迹依稀可辨。不远处另有一座山峰稍低，二者外形酷似，与盘古山比肩而立，传说这是盘古妹妹的居所。

民间传说，盘古山分公山、母山。此二山为盘古兄妹，盘古开天地之后，兄妹二人上山卜婚，各携一爿磨扇，从山顶推磨而下，两扇石磨滚落山涧，竟然神奇地合在了一起。兄妹二人遵从天意，遂行婚配，繁衍了一地人口。

闲话少说。且说张川海独自在盘古山几个庙宇之间转来转去，也转饿了，就又拿出玉米面饼，寻着一块床板大的石头，坐在那吃了。倦意袭来，他就躺了下来，想休息片刻，如果找不到土匪，那就准备下山，与董诗龙会合再说。

刚迷迷糊糊想睡着，突然被人按住了双臂双腿，动弹不得。睁眼一看，四个大汉，一个个长相怪异，一看就是常年钻山跃林的土匪。张川海想要挣扎，哪里还动得了？双脚和手已被绳索捆住。

张川海暗暗责怪自己太大意了。土匪们把他拉起来，用一块黑布蒙住他的眼，把他身上搜了一遍，搜出了那把凤鸣短剑。然后，就将他的脚松了绑，其中一个说："我们等你多时了，哈哈哈！走，我们二头领说话算话，你敢来，他就敢和你喝酒！"

两个大汉押着张川海，另两个在前面领路。因为眼睛被蒙得严严实实，他只觉得高一脚低一脚地走，一会上坡，一会下坡，一会还要翻过几块巨石。至于去哪儿，有多远，土匪不告诉他。

等到了地方，天已经黑透了。有一个土匪把蒙着他眼睛的黑布揭开，解开绑手的绳子，说声："得罪了！让你看看，我们的聚义堂到了。"

张川海睁开眼看，只觉得到处黑魆魆的，什么都看不清，隐约见有些灯光。定了一会儿神，渐渐适应了这里的光线，才看到，现在位于一个山窝窝里，眼前是一片较为平坦的土地，靠着山体，挖了五面土窑洞，每孔窑洞里都亮着灯。

"请！"一名土匪给他做了一个手势，让他往中间窑洞走。

现在，不管面前是刀山，还是油锅，该上就得上，该跳就得跳，张川海心想。窑洞门窗齐全，中间窑洞的门楣之上，还悬挂着一块牌匾，抬头细看，写着"聚义堂"三个大字。

走进去便看见一盘土炕，挨着窗子，炕上放着一张炕桌，八个小方凳。炕对面的地上，还摆着四张带靠背的椅子。一名大汉跟了进来，指着一张椅子说："先坐！"然后就转身出去了。

张川海不知道他们葫芦里卖的什么药，不去管他，且歇一下再说。片刻，听得外面有说话声："赶紧去！生火造饭，把窖里存的那两坛子酒也挖出来。"

话音刚落，门外进来一人。此人看起来却是儒雅，浓黑的一字眉，八字

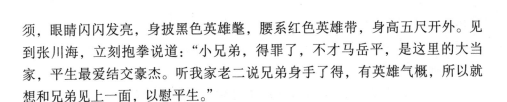

须，眼睛闪闪发亮，身披黑色英雄氅，腰系红色英雄带，身高五尺开外。见到张川海，立刻抱拳说道："小兄弟，得罪了，不才马岳平，是这里的大当家，平生最爱结交豪杰。听我家老二说兄弟身手了得，有英雄气概，所以就想和兄弟见上一面，以慰平生。"

张川海听他这样说话，倒觉得客气，也很对脾气，因此也连忙起身，抱拳说道："张某也多有得罪，不该和二头领起冲突，应当前来告罪！"

"哪里的话！我家那个老二就是犯浑！要说他倒也算个汉子，就是今年，不知怎么了，总念叨着为我寻个所谓的'压寨夫人'！我说，我们不能把自己当作土匪，要什么压寨夫人，可是谁知让他下了一趟山，就犯下那事，还多亏了小兄弟仗义，及时出手救了那女子！"马岳平道。

张川海这才明白事情的原委，原来那黄胡子不是为自己强抢民女，而是为了他大哥。这么说，倒也是重兄弟情义之人。听马岳平一番话，不像一般的土匪，倒有点梁山好汉的感觉。

一个壮汉抱来了两坛酒，放在了炕桌上。

"请！"马岳平示意张川海坐到炕上。

"黄胡子兄弟怎么不在？"张川海问。

马岳平说："那家伙脾气不好，这会估计还生你的气呢，我怕你俩再起冲突，因此呀，我先和你说说话，好让你了解了解我们。"

"我看贵地窑门上挂着'聚义堂'的牌匾，莫非大当家的想学水浒中的梁山好汉？"张川海问。

马岳平摇摇头，说："梁山好汉虽是挂着'替天行道'的杏黄大旗，其实没什么作为。再说，他们名为好汉，实为投降派占上风，真正的好汉没有几个。我们却要做一番惊天动地的大事。"

"哦？什么大事？"张川海惊得瞪大了眼。

马岳平微微一笑，捻了一下八字须，说了一席话，这一番话，张川海生平从未听过，既令他震撼，又让他深思。

第十五回　西捻军东进失利
马岳平隐居深山

马岳平从1840年鸦片战争说起，一直说到太平天国起义，大清朝闭关锁国，软弱无能，以至于民不聊生，老百姓背井离乡，而满洲贵族却还是不思进取，贪图享乐，鱼肉百姓。后来太平天国失败了，但捻军还在为推翻清政府奋战不息，可惜天时不利，被李鸿章、左宗棠击溃。但是，为了天下苍生，有志之士仍未放弃终生信仰，誓死与腐朽的大清王国决战到底。

马岳平说："马某曾加入捻军，为推翻封建王朝而誓死奋战，可惜我们寡不敌众，全线溃败。众弟兄死的死，伤的伤，也都散了。我与老二黄利国被逼无奈，只好从河南来到陕西，藏身在这盘古山中。跟随我们的弟兄还有两个，过了几年又收留了两个孤儿，后来又加入两名，现在我们号称盘古山潜龙，想重聚天下有志之士，一旦得知我们头领张宗禹的下落，振臂一呼，届时，将摧枯拉朽般的推翻大清王朝，送他们回姥姥家去！"

张川海在陕南就听说过捻军首领张宗禹的事迹，他也经历过捻军起义，经常听从外面回来的人不是津津有味地谈论太平天国，就是传捻军怎么英勇，作战如何了得。

各位看官，请容说书人在此补叙一段捻军的历史，莫嫌啰唆。

捻军起义是爆发在太平天国时期北方的农民起义。19世纪初开始活动于皖、鲁、豫一带。所谓"捻"，即农村迎神赛会时要搓捻子燃油，因此得名。他们活动分散，每一股称为一捻，少则几人、几十人，多则不过二三百人。越是荒年，人数越多，"居者为民，出者为捻"，多是一些生路艰难的农民群众。捻军的斗争自1853年开始，坚持了16年，在北方大地沉重打击了清朝腐朽统治。

1866年，西捻军首领张宗禹从河南率军入陕，联合回民军。次年元月于西安灞桥大败清军。当时，西捻军有3万余人进入陕西华阴县境，署理陕西巡抚刘蓉当时正率一万四千名湘军在陕甘交界处堵击回民起义军，在得知捻军入陕后，感到形势严重，请求清政府速派援兵。但陕甘总督左宗棠借口筹备粮饷，停兵湖北，踌躇不前。清军援军难以很快入陕，为西捻军的作战行动提供了有利条件。西捻军进入华阴后，立即西进华州、渭南。刘蓉不得不将所部东调，对付捻军。提督刘厚基率兵3000人由渭南东进，在赤水镇与捻军遭遇，一触即溃，败退渭南。知府唐炯指挥湘军各营，分兵三路再次发动进攻。捻军于华州敖水东面的树林里设伏，大败湘军，歼敌近千人。

初战获胜后，西捻军乘胜西进，进抵西安东面的灞桥镇。然后折向东南，占领蓝田县的泄湖、蓝桥镇等地。为了调动西安清军，后又佯趋商州、雒南。

待清军东向追击，捻军又北走渭南，并虚造东攻潼关之势。当湘军北上堵截时，捻军又迅速西进，摆出攻打西安的架势，并在灞桥十里坡周围村庄设下伏兵，布好伏击圈，等待敌军到来。

1867年，湘军追至临潼东北的新丰镇。捻军派出少数部队诱敌，与湘军且战且退，将湘军诱至十里坡。记名提督杨得胜、千总萧德扬、提督刘厚基、道员黄鼎等部敌军相继进入伏击圈。捻军诱敌部队立即回马反击，伏军步队从两旁村堡杀出，马队从两翼包抄，将湘军团团包围，湘军阵势大乱。时值风雪弥漫，湘军士卒因连日奔走，疲惫不堪，冻饿交加，士气低落，无心作战，火药又被雨雪浇湿，不能点放。捻军则士气高昂，勇猛冲杀，与湘军展开白刃格斗。半日之内，连斩千总萧德扬、提督杨得胜、萧集山、萧长清、布政使衔候补道萧德纲等湘军将领，歼灭敌军3000余人，收降数千人，取得了入陕以来最大的一次胜利。

后来，西捻军为援助遵王赖文光所率东捻军，从陕北南下，经山西，逼天津，南下山东，被清军包围，第二年八月转战至黄河边，张宗禹下落不明。

且说马岳平和张川海两人聊得甚是投机，一谈就是一个多时辰。就听见外面有人大嗓门喊："大哥，我都饿了，你们还没说完？"一听就是黄胡子黄利国的声音。

黄利国要进来了，前天俩人还打了一架，这么见面，会不会很尴尬？张川海急忙起身，下炕，等着黄利国疾风骤雨的爆发。

没想到的是，黄利国一进来，先给他作了个揖，赔话道："小兄弟莫见怪，我也是一时糊涂，我大哥已经狠狠地收拾了我，以后再也不敢犯这样的错了。"

张川海见如此，便也作揖道："我那天出手太重，还望黄兄原谅。"

"我皮糙肉厚，莫说被你摔在地上，就是打一百军棍也受得起！"黄利国哈哈大笑。

说话间，进来五个壮汉，分别端着一个菜，放到炕桌上。无非是炒洋芋、炒白菜、凉拌野菜之类的。"请！倒酒！"马岳平说。

八个人各举起一大碗，一饮而尽。

张川海忽然想起，刚才马岳平说到，山上居住八人，怎么少了一个？于是问道："另外一个弟兄何在？"

马岳平说："他说不便见你，自己去后山打猎去了，说不定今晚运气好，可以打两只野兔呢。"

"为何不便见我？"张川海满腹疑问。

"他那样说，我们也没多问。"马岳平答道。

酒喝得差不多时，马岳平问："小兄弟，你看我的弟兄们如何？"

"哥哥，我觉得你们豪气干云！"张川海答。

"那兄弟能否加入我们的队伍，为天下苍生干一番大事？"黄利国接着问。

"这个——却是不可！我家事未了，还有一个刚满四岁的孩子，要养育成人。此事待之后再议如何？"张川海断然拒绝。

马岳平叹息一声，说："人各有志，不可强求。我们是不会为难兄弟你的。我酒力不济，就不多陪了，兄弟请尽兴。"说罢，起身离开。

第十六回　古道图蹊跷丢失
　　　　凤鸣剑无故被扣

当夜，张川海就歇在聚义堂的土炕上。第二天一早，起床后走出窑洞，再看周边，层层大山包围，雾气蒸腾，云蒸霞蔚，果然是藏匿的好地方。

黄利国正在院子里打拳。看到张川海起床，停了下来，走过来大声说："小兄弟，老大嘱咐，今天吃了早饭，便送你下山。"

"多谢款待！马首领可好？"张川海问。

"老大和另外四名弟兄去后山耕田去了，留下我和两名弟兄，招待你吃早饭。老大说了，既然张兄弟现在不愿意加入我们的队伍，也不强求，看张兄弟的人品，也绝不会出卖我们，就尽早送你下山。"黄利国说。

说话间，闻见香喷喷的肉味。黄利国说："张兄弟有口福，昨晚，老三果然打到了两只野兔。"

吃饱喝足，黄利国道："这就让留下造饭的两名弟兄送张兄弟下山。还是要先委屈一下张兄弟，把你的双眼蒙住，这是我们的规矩，任何人都不可破。到了山下，这两名兄弟自会去把你的大青马取来，交还与你。"原来，因为盘古山太过陡峭，马匹没办法上来，大青马就寄养在山下一户人家中。

张川海一直惦记着古道图，就问："黄兄，你可曾见我的钱袋？"

黄利国一愣，说："哈哈，见了，里面有些散碎银子，被我花掉了！这点银子，你莫非还想要？"

张川海说："哈哈，银子是小事，主要想请黄兄把钱袋里的古道图还给我。"

"什么古道图？我没见，钱袋也被我扔到沟底了。"黄利国说。

"什么？怎么可以如此？那古道图乃是家父所传，我视若珍宝，你怎么可以扔掉？还有，我的凤鸣短剑怎么也不见还我？"张川海有点恼怒。

"凤鸣短剑被我昨晚送给大哥了，我没说是你的，就说是在韩城买的。"黄利国说。

"你！走，领我找大首领去，我们要把这事说清！"张川海急了。

黄利国一看张川海如此着急，说："兄弟莫急。实话告诉你，那张图没有丢，凤鸣短剑我大哥也不要。我大哥今天实是为了躲你，你也找不着他。"

"这却是为何？"张川海一头雾水。

"你既不入伙，岂能这样两手空空上山？再说，我们这山上的条件如此艰苦，还拿好酒好肉招待你，你咋能吃了就走？"黄利国笑着说。

哦，原来是想敲竹杠！看来还是像土匪！张川海心想，问道："那阁下需要多少银子？只要物归原主，张某自会去筹集。"

黄利国想了想说："不需要许多，五百两纹银便可，也让我们弟兄解一下吃穿用度的燃眉之急。"

"好，看在你们是义士的面上，张某下山便去筹集，只是请黄兄保管好张某的物件。"张川海说。

"这个自然。救救急嘛，哈哈。"黄利国说。

张川海重新被蒙了双眼，被一壮一瘦两名弟兄带着往前走。待走到盘古庙一带，才拿掉黑布。那两名弟兄指着下山的路说："张兄弟可从这里下山了。"

"马呢？"张川海问。

"哦，忘了说了，张兄弟下山后，前去集义庄找一户姓袁名亮的，就说黄大掌柜的叫你来这取马便可。"瘦子说。

第十七回　大青马失而复得
　　　　董诗龙别后重逢

那最好，董诗龙刚好也在集义庄等我。张川海暗想。

按照瘦子说的，张川海下山后，步行到集义庄。集义庄属于丹州，位于丹州与韩城的交界处，比一般的村子略大一点。

临街开着一个饭馆，张川海掀开门帘进去，却见生意很冷清，没什么客人。开店的是中年妇女，扭着肥胖的腰身走了出来，问："想吃什么哩？"

"我想打听一个人。你有没有见过一个十七八岁的少年，骑着一匹大白马从这儿走过？"张川海道。

"没有。"胖女人一听不是来吃饭的，不高兴了。

"哦！对了，镇上有没有一个叫袁亮的？"张川海再问。

"鬼脸？在最后那一排！好找得很，他家有开着客栈，有养马棚，喂着许多马。"胖女人把头向后甩了一下，示意到。

镇上的房子多是泥坯墙、灰瓦顶结构，来到最后一排瓦房，一眼就看见有一个较大的马棚，有五匹马正在马棚里拴着。

果然，张川海看到了自己的大青马，大青马几日没见到主人，有些焦躁，这会远远地就发现了主人，仰头发出一阵嘶鸣声。忽然，张川海还看到，就在大青马身边，董诗龙骑的大白马正在吃草，听到大青马嘶鸣，也昂起了头。

张川海感到心头一暖。快步走进院子，喊了一声："掌柜的在吗？"从瓦房走出一个人，把张川海吓了一跳。莫非这就是刚才那个胖女人口中的鬼脸？那脸的确是鬼脸，半边红得像猴屁股，半边却是煞白的。

"掌柜的可是姓袁？"张川海抱拳问到。

"是的，客官是要让我喂马？"鬼脸问。

张川海说："那大白马的主人去哪儿了？我们说好了在这儿会合的。"

"哦？你说那个俊俏的少年？他根本待不住！在这住了一晚上，一早跑出去了，到现在没见他回来。"鬼脸说。

听到董诗龙到现在没回来，张川海有点担心，但他知道，董诗龙很是机灵，再加上会些武功，一般是不会有什么事的。

张川海又说："阁下认识黄大掌柜吗？他让我来牵大青马。"

"是黄胡子吗？"鬼脸问。

"正是。"张川海答。

"哦！大青马是你的？他是前天半夜牵来的，当时我正睡得香，硬是把我从被窝里拽出来，让我给马加料。他这个人呀，就是粗野！还大掌柜的，我看就是土匪！"鬼脸唠唠叨叨地说。

"那他给你说什么了吗？"张川海问。

鬼脸说："说了，要是有一个操着陕南口音的人来牵马，就把马给了，但是饲料费要出，还要出双倍的，因为这儿还有一匹黄胡子的马。"

听说要出饲料费，张川海为难了。他问："饲料费那得多少？"

鬼脸说:"总共得二两银子。"

"这……"张川海摸了一下口袋,空空如也。他的钱袋被黄胡子拿走,盘缠都在里面!

正在为难,忽然听见董诗龙说话:"还好还好!你福大命大!我都担心死了……"

张川海转过身,看到董诗龙迈着轻盈的步子走了进来,面带笑容。他顿时感到如沐春风,紧绷了很久的神经一下子轻松起来。

四目相对,那笑意中竟然藏着泪花!顿感温暖。客居异乡,有人牵挂,遇到危险,有人陪伴,这该是人生中最该铭刻在心的温暖吧!

"还好,还好,挺顺利的,酒也喝了,饭也吃了,这不,大青马就在这儿呢,没有想象中那么惊心动魄。"张川海说。

"原来就是它?我说它怎么和我的大白马那么友好呢!"董诗龙调皮地说。

"可是……"张川海欲言又止。

"你们要现在走的话,就把账结了吧,我算算,连住店的钱总共三两三,给三两银子吧!"鬼脸说。

"什么?不是说好的一晚上一两银子吗?"董诗龙问。

"呵呵,你是一两,他呢?"鬼脸朝着张川海努努嘴。

"你也太黑了吧?"董诗龙说着,拿出荷包,取了三两银子。"给你,只不过喂了两天嘛!我今天高兴,不和你计较了。"

从集义庄策马奔出,两人下了马,慢慢地牵着走,张川海把上盘古山的经过详细地说了一遍。

"我有点糊涂了。你说这些人像匪又不是匪,不是匪又像匪。尤其是大头领,跟你说的大道理的确也不差,但是又指示黄胡子跟你要钱……这一切都很矛盾呀!"董诗龙说。

张川海说:"这个嘛,我倒是能想通,因为他们不是匪,所以平时也没什么来钱的门路,在山上开荒种地,但那点薄田,要养活八个大男人不容易,总需要些花费用度什么的,如果我有钱,倒很乐意帮他们一把!"

"那你有钱吗?"董诗龙问。

"没有,但是有那些货物,要是能尽快出手,或许可以凑足五百两纹银。"张川海说。

"有一个地方,我还是不太明白,你说有个人说'不便见你',那这个人为啥不便见你?那他一定是认识你才会这么说的。"董诗龙说。

"啊?这——这还真是的,我当时觉得有点诧异,没来得及多问,脑子就跟着大头领走了……"张川海说。

盘古山谁会认识我？谁会"不便见我"？莫非是……突然，张川海心里一震！但他没法确定，也没敢说出口。

第十八回　董诗龙暗生情愫
　　　　　　张川海筹集银两

因为急着筹集银两，张川海和董诗龙没有敢在路上多做停留，两人飞身上马，并道而行，一路上若遇到比较狭窄的路，俩人默契地对视一下，诗龙就跑到前面，川海则紧跟在后。

都说人与人之间，相逢便是缘，然而相逢后，命运被自然而然地连在一起，那就是天意；命运相连，息息相关，又那么默契，或者就不仅是天意了，而是在前世的一万次回眸，换来今生一次邂逅，心灵深处有那一线相牵，便成了心头今生再也解不开的结。

等回到大岭客栈，已到了下午时分。瘸子先看见他们，大声喊道："家梁、凤叶——小姐回来了！"瘸子比老董高一辈，因此喊老董就只喊名字，凤叶是老板娘，也就是诗龙她娘的名字。

老董和老婆吕凤叶跑了出来。凤叶捶打着诗龙："你咋那么不听话呢，你大都快急疯了，你要被黄胡子掳走了，我们该咋活呢？"接着便哇哇地哭着，抹着眼泪。

老董默默地看着她们，然后转身一声不吭地走了。凤叶哭了一会儿，又笑了，说："傻孩子，让娘看看，有没有受伤？"

董诗龙原地转了个圈，说："瞧！我不是好好的。"说完也咯咯地笑。

吕凤叶说："我给你们做饭去，想吃什么？"

张川海说："我觉得玉米面饸饹最好吃，不然就吃这个吧？"

董诗龙马上说："好呀，好呀，我最爱吃我娘下的饸饹啦！"

老董从窑洞了走了出来，示意张川海跟他过去。川海和老董进了他住的窑洞，老董把门关上，问："小子，你老实说，你有没有成家？"

川海一愣，听出了老董的意思，他一时竟不知怎么回答。停了几秒钟，他觉得必须说实话，于是说："川海在家已经成婚，还有一个四岁的孩子。"

老董说："算你小子诚实。其实你不说，我也知道了。因为你大上次住我客栈时，我问过他，他说因为你刚成家，就没带你出来。"

川海答道："川海做人做事，从无欺瞒，光明磊落，诚实守信是川海毕生做人的准则。"

老董点点头，说："我虽说是乡野村夫，没什么见识，但你说的这个做人准则，我觉得是人人需要遵从的。我自从在麻线岭开了客栈，南来北往的客人无数，我也做到了我大说的'童叟无欺'。你不管有钱没钱，都可以先住店嘛。你没钱，我就是开水也管饱喝，你有钱，我就拿出最好的让你吃。几年来，虽没挣得多少银两，朋友倒是交了许多，自己觉得口碑也不错。"

川海说："董伯父所说属实，川海佩服之至。却不知为何要问我婚事？"

老董叹息一声，说："你又不是憨憨。都说：'女大不中留，留来留去留成仇。'我娃虽是个十七八岁的丫头，但也正是情窦初开。你不觉得她对你很上心吗？"

川海说："川海何德何能，敢有此心！但诗龙对川海的情意，川海心领，可当作兄妹之情。"

老董说："这样也好，我只怕这丫头不知深浅……"

正说着话，忽闻得诗龙在外面喊："大，川海哥，到西屋吃饭！"

吃饭时，诗龙问："大，你刚才和川海哥在密谈什么，都不许我去听。莫不是帮川海哥筹钱？"

川海一听，忙说："正是，正是。"

老董说："筹钱？要钱做什么？"

诗龙一听，她大还不知道这事，就着急起来，饭也顾不上吃，就从头到尾把黄胡子向川海要钱的事说了一遍。

老董一听，问川海："你有啥主意？"

川海说："我打算赶紧把我的货物卖掉，我那一千斤茶叶是上好的紫阳茶，本打算去鄂尔多斯，现在看来是去不了了，还是赶紧赎回那两样东西为好，怕他生变。敢问伯父，附近城镇有没有相熟之人，把我的货物收了？"

老董说："要说最近的城市，那就是韩城。韩城经常住我这儿的人，刚好就是韩大掌柜的。他倒是可以收了你的货，只是不知道最近在不在韩城，另外，能不能给你想要的价钱，这都说不好。"

诗龙接过话来："这事宜早不宜迟，我陪川海哥去一趟韩城，找韩伯父说说，看能不能把茶叶收了，再给个好价钱。"

凤叶说："你这丫头，不能再乱跑了。"

诗龙说："我不领着川海哥去韩城，他怎么能找得到？就是找得到韩伯父，马帮弟兄又不熟悉他，不一定放他进去，更不要说收他的货物了，人家先前怕也没这样过。要不然，大，你领着他去？"

吕凤叶说："可不敢再让你大离开了，我到现在还胆战心惊。"

老董说："就让龙娃去吧。把大白马骑上。"

第十九回　韩城县川海卖茶
　　　　　党家村诗龙认姐

川海在戏里听过韩城这个地名，但从没去过，听说是个繁华之地，尤其是党家村，是有名的富庶之村。

川海重新收拾了茶叶，他不知道把这些货物交给马帮，可以换来多少银两，但五百两纹银应该是可以凑够的，因为他在两个筐子的下面，还藏了些金银首饰，这可比茶叶还要值钱，再不济，就把那两头驴也卖了。

川海这样思索着，早早地洗了脚睡了，只等第二天一早，就和诗龙一同出发，前往韩城。

晨曦微露时，川海就起床了。站在大岭客栈院子里，往对面看去，经过一场春雪，桃花已经大多凋零了，取而代之的是一树树的杏花，还有的粉红的花骨朵正含苞待放，娇羞可人。

去韩城正好要路过石坷村。川海与诗龙各骑一匹马，后面跟着驮着货物的驴子，向韩城奔去。因为要照顾驴子的速度，一路上走得也并不是很快，两人偶尔就会说些话。每走到一村一地，诗龙就向川海做些介绍，最大的村叫柏峪，接着有下柏峪、乱麻科、五角树、王村、牛心村等。还有什么靴子崖、晒经山、狮子山、赵廉坟……

川海看这些村大多和石坷村的布局相同，也都错落有致，说："经历了这么多年的战乱，没想到你们这里却如此宁静，人们还都安居乐业。"

诗龙说："可能是我们这儿被山神护佑着的缘故。"

半日功夫，渐渐进入韩城县。远远地就望见一座高塔建在山上。诗龙说："这是金塔，听说是金朝建的。"

果然是一座繁华的古城。从城门进去，但见巷道纵横交错，商铺林立，做各种买卖的人川流不息。他们下了马，牵着驴子，在人群中往前走。"韩城有七十二巷道，每条巷道都不一样，我们现在走的三庙巷，这里有著名的文庙、武庙，还有一座很大的城隍庙，每到晚上，城隍庙里都会坐满了戏迷，听当地人唱戏……"诗龙说。

董诗龙虽然随老董来过几趟韩城，但也不知道韩大掌柜的马帮究竟位于何处，只知道他的马帮名叫"恕轩马帮"。于是他们选了一家饭馆，暂时把马和驴子拉到后院拴好，要了两碗羊肉饸饹，先填饱肚子再说。吃饭间隙，董诗龙问老板："知不知道'恕轩马帮'在哪里？"老板一听就说："这个容易找呀，这不是党家村的马帮吗？你去党家村就是了。"

吃完饭，他俩立刻去了党家村。但见党家村屋舍俨然，门楼高耸，拙朴厚重的砖块白灰勾缝，这样砌成的墙壁坚不可摧，历经风雨的蓝瓦熠熠闪光，幽深的小巷，被家家门楼上挂的红灯笼映衬出些许画意。有悬挂着"肃凛容声"牌匾的祠堂，有"节孝碑"，还有"看家楼"，还有护院的庄丁拿着红缨枪走来走去。

整个党家村村容如舟，小巷四通八达，纵横交错，主次分明，全部用条石或卵石墁铺，古色古香，别具一格。房屋木、石、砖三雕俱全，有很多古代题字，文化氛围浓厚。

张川海不禁赞叹："党家村真乃集古代中原文化、建筑之大成，是人类文明的宝贵遗产。这么精良的建筑，丰富的内涵，村寨合一，既可防御土匪，又能防避自然灾难。"

"川海哥，你说什么呀，就像念经一样，我都听不懂。"诗龙觉得张川海太文绉绉的了。

说笑着，看到一座瘦高的宝塔，上题"文曲阁"，此塔位于一私塾院落。有村妇领着几个孩子前来文曲阁，每人上香三炷，虔诚拜叩后，绕塔一周，看来是期望以后文有所成。村妇出私塾后，诗龙忙上前询问："'恕轩马帮'在哪？"村妇说："在古寨呢，需向寨上通禀一声。"

诗龙和川海来到古寨下，向"哨门城楼"上的值班庄丁报了"大岭客栈"和老董的名号，说要去见韩大掌柜的。不一会儿，庄丁出来喊道："韩大掌柜喊二位入内。"

一名庄丁在前领路，共三人、两匹马、两头驴顺暗道上去，经过神像、老池、古井、火药库等，这就进入了古寨。距离古井不远，进入一座很大的四合院，院中有园，环环相套，这便是"恕轩马帮"所在。

刚一进门，就看见一个"驼子"弓着腰，在那儿扫地。尽管是"驼子"，说话声音却出奇的响亮。他见庄丁领了人进来，就扯着嗓子喊了一声："大掌柜，来客人了！"

就听见脚步声从内院传来，接着就看到韩大掌柜领着两个人走了过来。"老董兄在哪儿？能亲临舍下，真是意外！"韩大掌柜说。

董诗龙说："家父因事务繁忙，没能前来，故令小侄来看望韩伯父，还望伯父见谅。"

韩大掌柜定睛一看，方说："哦！原来是贤侄。这位莫非是那夜古道热肠的侠义青年？"

"过奖，过奖！正是在下张川海。"川海抱拳说到。

"是你？你来我们家有何贵干？"李嫣然突然跑了出来。那夜因为是在晚上，看得不是十分清楚，只觉得她身材颀长，说话声音清丽柔和。

现在，她突然又出现在诗龙和川海眼前，俩人都不由得多看了她一眼。因为是在家的缘故，她穿着女儿装，但这种柔媚中也透出几分侠骨，她发髻蓬松地挽起来，插着一根银钗，虽没有浓妆艳抹，却更显雅致端庄。"清水出芙蓉，天然去雕饰。"张川海想到这句话。

"难道你就是和我交手的女侠？怎么看也不像呀！"张川海说。

"不像什么？"李嫣然不太明白。

"不像走江湖的。"张川海本来是想说，不像他想象中的那种风尘仆仆的，整天顾不上梳妆打扮的女人。

"请两位移步，到大厅用茶。"韩大掌柜说。

大厅非常宽敞，可容二十余人，内设雕花镂刻的黑漆木椅两边各十把，正堂前一张雕花八仙桌，两边各有两把椅子，共二十二把椅子。正堂上方悬挂一幅山水画，两边是一副对联，写着：壁立千仞，无欲则刚；海纳百川，有容乃大。横批：厚德载物。

张川海暗想："这对联怎么和我的名字暗合了？莫非是命中注定要来到这里？"原来，这恕轩马帮的创始人就是党家村的党恕轩，传至今天，现在的东家居住在洛阳，经营着一个大票号子，这马帮就全权交给韩大掌柜打理。党家经商，最讲诚信赢天下，以德服人，所以大厅里悬挂着这幅字画。

分主宾坐定，有两个十六七岁的童子，端来茶水。

"请，二位先品一下茶，等会让厨房为二位做几个菜，好让我略尽地主之谊。"韩大掌柜说。

"不用，不用，我们这次来却是来叨扰大掌柜的呢，不好再让你破费，小侄有一事相求。"董诗龙忙说。

"我就说嘛！无事不登三宝殿，你们来肯定是有事的。"李嫣然快人快语。

张川海说："实不相瞒，川海虽与韩大掌柜只有一面之缘，但也觉得出你是古道热肠之人。川海现在有一急事，需要银两，本打算把一千斤茶叶及一些金银首饰拿去鄂尔多斯，但事情迫在眉睫，只好前来求助大掌柜，可不可以低价收了我的货物，以解燃眉之急。"

"哦？我们马帮是帮人送货的，你要有什么需要运送的，我倒是可以帮忙，却没有收货的先例。"韩大掌柜说。

"是什么原因，竟让你这样火急火燎的？据我所知，你的这些货物，要是到了蒙古，那可能换不少马匹呢！"李嫣然问。

于是，董诗龙把大岭客栈怎么遭劫，张川海怎么上了盘古山，黄胡子怎么问他要钱的事从头到尾讲了一遍。

那晚，张川海仗义出手时，韩大掌柜是亲眼所见，当时自己也听见呼救声，可是心里想着管这种事或许会给马帮带来麻烦。当时，他就暗暗敬佩张川海。现在，韩大掌柜听了董诗龙说的这些事情，觉得这个年轻人不但仗义，而且有胆量、重信诺，正合恕轩马帮的宗旨。因此，他表示愿意帮助这个青年。

张川海听闻韩大掌柜肯收了他的货物，也非常高兴，就和董诗龙一起领着韩大掌柜、李嫣然他们一起去看货。

马匹和驴子都被看门人驼子拉到了后院马棚，驴子身上的货物还没卸掉，但这两头驴也是累坏了，刚吃罢草料，卧在地上歇息。大家一起把货物搬过来，一一打开让韩大掌柜查验。

撕开其中一个茶叶袋子，一股茶香扑鼻而来，馥郁清香。韩大掌柜捏了一小撮，放在掌心，却见那茶绿色透亮，牙尖嫩长。"好，好呀！真正的明前紫阳茶！此乃上好的茶叶，要是运到鄂尔多斯，确实价钱不菲。"韩大掌柜说。

"那舅舅你能给多少钱？"李嫣然的口吻显然是向着张川海。

韩大掌柜说："这上好的茶叶，要是运到蒙古，说句公道话，一斤可卖二到三两纹银，这一千斤茶叶，可以卖两千多两银子。但现在是在韩城，马帮也没什么好的销路，这……"

张川海说："不妨不妨，只要能让我赎回我的家传之物就可。"

韩大掌柜说："这么着吧，我给你一千两银子，另加五十两，再把你的那两头驴留下，因为我还要用它运货，你以后再需要运货，回去用二十两便可买得两头驴子。"

张川海一听，着实给得不少。便说："真是感谢大掌柜施以援手。除了茶叶，其实我还带着一点金银首饰，可否一并收了？"

韩大掌柜看张川海从筐底拿出一个包，里面是些精巧的首饰，都是贵族女人喜爱之物，于是也答应一并收下。

董诗龙没想到事情办得这么顺利，高兴之下，抱住李嫣然说："真是太谢谢姐姐了！"

这一个举动，让在场的人都愣住了！都说男女授受不亲，何况是在大庭广众之下。张川海一看，顿时明白了，他哈哈一笑，说："这位龙娃，其实不是男子，她是个女儿身！"

董诗龙也马上明白过来，刚才是太高兴了，忘了自己女扮男装，才让李嫣然那么尴尬。只见她把紫色瓜皮帽摘下，秀发如瀑，从头上落下，好一个俊俏的女娃娃！

韩大掌柜也是哈哈大笑："原来老董的娃娃是个女孩，我们在他店里住过那么多次，都没看出来！"

李嫣然一看这么俊俏的妹妹，高兴地拉起她的手，怎么也看不够。韩大掌柜一看她俩这么亲热，随口说道："看你俩这么亲热，长得又那么像，不如结拜姐妹吧，以后嫣然闲了，也有个耍处，省得老缠着跟我的马帮跑，我一路尽操她的心了。"

这个提议立刻得到所有人的拥护，于是就在马帮的大厅里，焚香沐手，由韩大掌柜主持，李嫣然和董诗龙结拜成了姐妹。

嫣然年方二十六岁，大诗龙八岁，为姐姐。诗龙觉得今天太多意外惊喜，高兴得不知道怎么好，她一会儿叫一声嫣然，说："姐姐！我今天有姐姐了，真是太好了。"一会儿又说："姐姐，你一定要教我武功哦，你的武功那么好，都能打败川海哥哥了……"

第二十回　司马故里闻书香
　　　　黄龙山下结伴游

从党家村出来，张川海一下成了"有钱人"，腰包里缠着沉甸甸的银子，只是少了两头驴和货物，却多跟着一个人，这个人就是李嫣然。

原来，在党家村用过饭之后，董诗龙非要缠着李嫣然跟她去石坷村住几天，同时再给她教授一下武功，因为她那晚亲见嫣然和川海过招，那身手当时就令她羡慕不已，暗想：啥时候自己也能练出来就好了，没想到这么有缘，这才几天就重逢嫣然，而且还结拜为姐妹，这个机会，她不想放过。

韩大掌柜听到这个请求，正求之不得。因为他近期有个生意，需要出趟远门，但这个消息还没让嫣然知道，他就怕嫣然又非得缠着要去，这下可好，嫣然去了石坷村，正好自己带着马帮，利利索索地走一趟。

虽说嫣然武功好，但毕竟是女孩子家，路上多有不便，自己马帮里也有几个"练家子"，遇到一般的土匪什么，也不惧他。最让他揪心的是，嫣然都二十六岁了，还没出嫁，都怪他这个当舅舅的，让嫣然跟着跑马帮，误了终身大事！

于是，韩大掌柜说道："正好，正好，石坷村在神道岭脚下，现在的神道岭，那可是风景绝佳，不可错过，能在那住一段时间，乃是平生心愿。只可惜我事务繁忙，不能抽身，你有这样可人的妹妹邀请你，不去还等什么！"

李嫣然一听，立刻收拾了行李，就和张川海、董诗龙一起出发了。路过韩城时，嫣然特意带着他们逛了一会儿金塔，又逛了一下"三庙"。她告诉川海："司马迁祠也在附近，只是不顺路，下次有机会可以去瞻仰。"

在逛文庙时，张川海看到里面有许多童子在读书，先生在一旁教导着。他突然想到远在陕南的儿子，不知道现在读书了没有。他说："韩城真乃书香之地，刚才在党家村，也见私塾内书声琅琅，如今文庙也如此，我那犬子若可以在此读书，该有多好！"

嫣然没想到张川海竟有了孩子，便问："令郎现在何处？"

张川海道："陕南老家，我出门时，给寻了先生，不知现在他的书读得怎样。"

嫣然道："韩城是司马故里，集中国文人之灵秀与风骨于一体之地，在他的陵冢之上，生长着五棵形态灵异的柏树，枝繁叶茂。我们有一个五子登科的故事：在韩城的一个村，逢大考之年，进京赶考之前，爹爹带着弟兄五个前去司马迁墓祈求庇佑，结果五弟兄在当年的京试就创造了奇迹，全部金榜题名，所谓'五子三进士，一举一贡生'，爹爹便在司马迁陵上手植五棵柏树。因此，令郎若在韩城，必将学业有成。"

张川海说："正是！我在终南山学艺时，常听师父讲，司马迁是古代文人之大家，史官之楷模，引无数学子敬仰。他文有奇气，笔调深沉。正是纵横万里，上下千年，凡古今文人，莫不折服。不料他竟然长眠于此。"

嫣然道："川海兄不如将家眷搬来，住到韩城？"

川海说："我见韩城集市热闹繁华，是个适合做生意的地方，我正想把茶馆搬来此处。"

嫣然说："果真有此意，嫣然可以帮忙。"

董诗龙这会儿插不进话，有点急了，便说："我们尽早赶回去吧！川海哥还有正事要办，至于搬不搬茶楼，那是以后的事！"

"妹妹说的是！"嫣然爱怜地看了董诗龙一眼，说，"让我们策马扬鞭，比比谁的马快，好不好？"

于是，一白一青一黑三匹骏马，"哒哒哒"地撒着欢，一路向神道岭奔去，一会儿身影就消失在茫茫青山之中。

第二十一回　董燚龙展示厨艺
　　　　李嫣然赞叹不已

三人轻装快马，一个多时辰，便回到了石坷村。

董诗龙说："姐姐就和我一起住到爷爷家，其实也就是我家。我其他的叔叔伯伯都是独门独户，唯独我家和爷爷奶奶还同住一院。但我父母亲在山上开着客栈，偌大个院子，平时也就是我和爷爷奶奶住着。"

张川海已经对石坷村不陌生了，此刻已到掌灯时分，村子灯光点点，从半山腰错落有致地排列到平川，与天上的星光映衬，别有一番意境。有几只狗听到说话声，叫了起来，大约是与董诗龙交谈。

正说着，就来到那悬挂着"耕读第"的宅门前。门虚掩着，三人牵马进去，惊动了董诗龙的爷爷。老村长董振兴披着衣服走了出来，问："是谁？"

诗龙连忙回道："爷爷还没睡吗？是我回来了，还带着两个朋友。"

董振兴一听是自己心头肉回来了，高兴地喊道："老婆子，刚还念叨你的龙娃，龙娃就回来了，赶紧出来，帮忙喂马。"

王一萍立刻跑了出来，她踮着小脚，但走得却很快，她招呼着三个年轻人把马拴到后院，说："你们赶紧到屋子里歇会，我给你们把马喂上。龙娃，招呼两个客人喝茶哦！"

董诗龙把这几天他们的经历从头到尾给爷爷讲了一遍。董振兴说："龙娃长大了，能帮助人，能分清楚谁是好人，谁是坏人。爷爷很高兴。你做得对！"

说罢，转向李嫣然："你和龙娃有缘，也就是和我老董家有缘！既然你们结拜为干姐妹，你也就是我董振兴的孙女了！在我家住几天，多教你妹妹些东西，我听她的语气，很羡慕你的武艺。"

张川海说："相信嫣然妹一定不会有所保留，定能将生平所学尽心传授给龙妹的。我虽没与你们结拜，但我心中已经把你俩都当作亲妹妹，你们对我的帮助，我万分感谢，没齿难忘。"虽说李嫣然和张川海是同年生的，但一个在年头，一个在年尾，嫣然比起川海几乎小了一岁，所以称她为妹妹是正确的。

董诗龙说："哪个要你感谢？还不是人家崇拜你嘛！"一句话把全场的人都逗乐了。

王一萍喂过马后走了进来。她关心地问："你们饿坏了吧？厨房还有点饼子，龙娃去取来，先充一下饥。我去叫燚龙过来，帮忙做饭。"

董燚龙是诗龙的哥哥，是二爷爷董振业家的孙子，虽说他是男子，却是村子里的大厨，做得一手好菜，村子里的红白喜事，离不开他，不但是本村，十里八乡的百姓，谁家办酒宴，都要请他去当主厨，能请到他，那是荣幸。

不一会儿，燚龙到了。李嫣然看时，只见他不过是一个青年而已，年仅二十五六的样子，穿着干净清爽，看起来十分干练。

"这么年轻，居然是大厨？"李嫣然心里打鼓，她本以为燚龙是一个大脑袋、粗脖子、大肚子的厨子呢！

董燚龙进来和大家打了个照面，便跟着王一萍去厨房做饭去了。客厅四个人继续聊着天。

董振兴说："刚闻听川海说，那盘古山上居住的人，本不是土匪，而是豪杰。这个我信，尤其是你说的那个大当家，他那一席话，老夫很是赞成。百姓苦大清国久矣。我们住在黄龙大山里，倒像是与世隔绝，偏安一隅。但是，这几年，南方与中原大地连年战乱，民不聊生。应是要有一些有志之士，振臂高呼才是。"

这席话，把三个年轻人听得热血沸腾。

董燚龙把做好的菜端了上来。农家菜，也没什么特别，暮春时节，这里的蔬菜才刚刚种下，董燚龙只是做了几个简单的野菜而已。一盘香椿炒鸡蛋，一盘杏仁拌苦苣，一盘油泼五味子芽，一盘生调三丝。上次张川海在石坷村曾吃过"四野"，因为他边吃边喝酒，没有品出特别之处。而这次却不一样！

李嫣然先惊呼："真是太好吃了！这是嫣然走南闯北吃到的最美味的佳肴，毫不夸张！"

"确实！这几道菜，或许只能在石坷村吃到吧？"川海附和说。

"这几道是黄龙山的时令菜，也就是这个时候有，过了这个时候，再想吃就得等到来年。"董燊龙微笑着介绍。

董诗龙说："好吃的话，你们在这儿多住几天，让燊龙哥天天做给你们吃。"

"我有要务在身，恨不得今晚就动身，是没有这个口福了，不过嫣然妹妹倒可以多住些时日，就替我多吃几口吧。"张川海道。

第二十二回　张川海留信道别
　　　　　董燊龙恋上嫣然

天微微亮，张川海就早早起了床，村子里还一片寂静，偶尔传来鸡鸣声。昨晚聊得太晚，董诗龙和李嫣然还在贪睡，而董振兴夫妇也是过于劳累，正在酣睡中。川海不忍惊动他们，见窑洞内有笔墨纸砚，就留给董诗龙一封信。

信的大意是：他这就去盘古山换取自己家传之物，带走了六百两纹银，余下的暂请代为保管。此去盘古山，或许得过一段时间再回来，因为一则他要弄明白那个说"不便见他"的人究竟是谁，如果是和心中猜想的一致，那便不知道接下来会干什么；二则即使是此去没什么收获，取回家传之物后，他想在大岭客栈住上几天，等待有过路回陕南的马帮，给家里捎个口信，报个平安什么的。他认为盘古山上的人，都是响当当的汉子，是不会刁难自己的，所以不用为他担心。他还嘱咐董诗龙，好好跟着嫣然学点本事，以后可以防身。

张川海写完后，蹑手蹑脚地从马棚里牵出大青马，出了门，策马扬鞭，直奔盘古山而去。

阳光刺醒了李嫣然，她揉揉眼，看着身边的董诗龙还在贪睡，就坐了起来。外面有扫地的声音，那是王一萍在打扫院子。她走了出来，说："奶奶你起得好早呀，董爷爷起来了吗？"

"他到田里去了。我看西屋里的后生好像已经走了，屋里空荡荡的。"王一萍说。

"哦？不辞而别？太不讲义气了！我给诗龙说一下。"李嫣然气呼呼地说。

俩人来到西屋，一眼就看到了那封信，信的旁边是包裹，打开包裹，是张川海留下的银两。

董诗龙觉得有点失落，本来她昨晚临睡前还想，今天怎么送别张川海，说些什么话，可是，连个说话的机会都没有了，就这么走了。不过，还好，有这封信和这些银两在，说明他很快就会回来，自己在这儿有嫣然陪伴，也不孤单。

嫣然看出了董诗龙的小情绪，说："那就只有等他回来了，到时候姐姐帮你教训他。"

诗龙到底还是少女，情绪转换得很快，她立刻就笑了起来，说："不理他就是了，谁稀罕！"

门开了，董燚龙走了进来，手里提着一只山鸡，说："我一早去检查我的山鸡夹子，果然有收获，今天早上，再让两位妹妹好好品尝一下我的手艺！也为张哥送个行！"

董燚龙厨艺好，就是因为他喜欢这个，尤其是被人夸奖后，越觉得有成就感。他小时候，他大和他爷一心想让他考取功名，把他送到邻村的私塾读过书。他乡试成绩不错，但后来却屡试不第。他就索性不再读书了，和他大董家宝闹了一场后，选择居家，也不怎么帮他大下地干活。闲得发慌，却从家里翻出了一套记载做菜的竹简，认真研读后，没想到练就一手好厨艺，倒也觉得挺自豪。

父母托人给他说了几次媒，他都不愿意，找理由说见过那个姑娘，很不合心意，要是逼他成婚，他便跑出去做生意，不在石坷村待了，等等。因此，一晃二十六岁了，还没成家。

但是，自从昨晚见到李嫣然，他觉得突然心动。嫣然那一颦一笑、一举一动都刻在了他心里，回去后，眼前老是她的影子。嫣然就像一株开得刚刚好的芙蓉花，雅致清新，在他心头摇曳。尤其是嫣然夸他做的饭菜好吃时，他激动得心怦怦跳。

以前没少被人夸，他可从没在意，这是怎么了？怎么样才能让她再夸一次呢？对，做一道拿手的山鸡炖蘑菇！于是，他一大早就去了山上，不知是天意，还是巧合，好久没夹到山鸡的夹子，今天果然被一只大花公山鸡踏中，那乌黑发亮的鸡翎，那火红的鸡毛，真是太漂亮了！

"这只山鸡真好看！这么花的羽毛，你看那野鸡翎，给我们那里唱戏的做个戏帽，就太漂亮了。"李嫣然看到山鸡，十分惊喜。

"是的，我们这山上有两样宝，一样是山鸡，一样是蘑菇，这两样要是炖到一起，你肯定觉得猴头燕窝不如它好吃！"董燚龙说。

"这么好看的山鸡，我才不舍得吃呢。我就要那几根野鸡翎。"李嫣然说。

董诗龙说："好呀，你要是不吃，就让我全吃了吧，反正它又活不过来。"

大家一听都笑了。

董燚龙看到嫣然那么喜欢，就将山鸡提到后院，挽起袖子，烧水褪毛，把三只好看的野鸡翎专门给嫣然送来，嫣然拿着野鸡翎，给诗龙比画起来她看过的秦腔。在嫣然和诗龙嬉闹的时候，董燚龙在后厨欢喜地忙活着，不一会儿，厨房就飘出来一阵香味。

山鸡炖蘑菇果然美味，就连经常吃这道菜的董振兴和王一萍也不断地夸赞。嫣然平时不怎么吃肉，这次却多吃了几块，诗龙看她吃得有滋有味，特意把鸡腿夹到了她碗里。

吃过早饭，嫣然教诗龙在梨树下练了几趟拳脚，指点她发力的方法，兴致来时，顺手拿起一直木棍，给她演示了一套剑术。惹得董燚龙拍手叫好。

董燚龙正坐在一旁观看，突然闪出一个人，示意他出去一趟。

第二十三回　石坷村地下情事
　　　　　　两队长暗通款曲

来人是董燚龙的叔叔董家驹。董燚龙突然想起，因为今早上他要上山，起得比平时早了些，路过黑萩灵家门口时，却撞见了董家驹从她家出来，当时他也没多想，就问："家驹叔，你这么早就串门呀？"

董家驹似乎有些尴尬，干咳了一声，说："哦哦，我、我是……"

董燚龙急着上山，没听清他说啥，就擦肩而过了。

黑萩灵在嫁到石坷村第二年，就和公公婆婆分家单过了。董家城出事后，婆婆曾让她回家住，她说："我一个人挺好的，把分的那几亩地种好，能养活自己就行，我不信他死了，我等着他回来。"

一年过去了，黑萩灵从悲伤中走了出来，变了一个人似的。村里有活动她就积极参加，丝毫看不出她像个死了男人的人。石坷村逢年过节便会排练秧歌、猎鼓等节目，不但在本村演，还和别的村会演，黑萩灵在秧歌队伍中，总让人眼睛一亮，她也因此在十里八村出了名。

黄花川有句顺口溜说：石坷村，出能人，扭秧歌，打猎鼓，红白事，找燚龙。这是说董燚龙做得一手好宴席，黑萩灵扭得好秧歌，董家驹打得好猎鼓。

这其中，董家驹还有三绝：下套子、吹哨子、配种子。下套子就是说他最会在山上下套野兽的套子，这是他独特的打猎技巧，大的可以套住野猪，小的可以套住兔子；吹哨子是说他会打"呼哨"，学啥像啥，你要听布谷鸟叫，他就用树叶给你吹出布谷鸟的声音，你要听鹿鸣，他把手指头往嘴里一含，就吹出鹿鸣声；配种子就很有意思了，董家驹最爱给牲口配种，他家养着两头公驴，最大的用处就是给十里八村的母驴配种。

董家驹是猎鼓队队长，每回排练节目，都能遇到黑萩灵领着秧歌队也在排练，两人还因为争排练场地红过脸。不打不相识，就在去年腊月，猎鼓队和秧歌队同时到了打麦场，黑萩灵领着秧歌队快走了几步，把场地占了，还挑战似的说："姐妹们，扭起来，今天咱就把这地方当舞台了。"

董家驹一看，来气了，说："就你们日能！你们好好练，我们猎鼓队今年就不参加会演了，让你们好好出风头！"说完，把头一扭，兀自走了。

猎鼓队的几个人赶紧追过来，拉住他说："咱别和她置气，要不你和她商量一下，把时间错开，不要老是一起来，抢场地。"

"都回家歇着去！"董家驹嘴上这么说，心里一想，自言自语道："也对，下午去黑萩灵家一趟，好好商量商量。"

吃过下午饭，董家驹就来到黑萩灵家。黑萩灵有点吃惊，因为她家很少来男人，都说寡妇门前是非多，尤其是她这样一个年轻漂亮的寡妇，十里八村盯着她的男人太多，自从自家男人出事后，她能感受到那些目光越发变得火辣辣的，让她躲也躲不及。越是这样，越没有男人敢来她家，因为大家都有一种默契，这就像一群野狗同时发现了一头小母鹿，大家暗暗围住了它，都盯着它，又都互相防着，谁先行动，就会暴露在大家视野里，说不定会惹来群殴。

然而，黑萩灵有时候晚上做梦，却能梦见这群"野狗"中的一个，就在昨晚，她还梦见了，梦见这人说想和她那个，她又惊慌又期待，这个人就是董家驹。谁知道今天早晨就和他在打麦场吵架了，她想：这梦破了。

董家驹走了进来，说："我是来向你赔罪的，早晨不该对你发脾气……"

黑萩灵一听，觉得这还差不多，再说，早上他也并没有让自己难堪。就笑着说："说什么呢！我又没生气，你来不光是给我赔罪的吧？"

董家驹看了她一眼，皮肤还是那么白嫩，说话时酒窝就更深了，眼睛含笑，嘴角上扬着，那柔软的嘴唇……正在胡思乱想，听见黑萩灵说："你怎么不说话了？"

"我，我，走神了……"董家驹说。

"哦！没事，你坐下，我给你沏一杯茶。"黑萩灵说。

本来董家驹是想来说一下错开排练的事就走，却不知道怎么的，居然听话地坐了下来，舍不得就这么走了。

喝着茶，两人聊着天，说着说着就说到了董家城出事。平时，黑荶灵心里有苦，但却无处可倾诉，别人看见的都是表面现象，比如，她卖力地扭秧歌，她与村子里那些嘴碎的男人插科打诨，她还会哈哈大笑。今天不知怎么了，像是好久没说过这么多话了。

她说，男人总是忘恩负义。与董家城结婚三年，最初也有过些许恩爱。但是，那死鬼那方面不行，夜里睡觉老是紧张，越紧张越不行，最后就干脆让她守活寡了。女人嘛，嫁鸡随鸡嫁狗随狗，她认命。

后来，董家城嫌她和公公婆婆闹分家，就老是埋怨她。再后来，村里人说开了闲话："董家城娶了个水灵灵的婆娘，肚子咋一直大不起来，肯定是不下蛋的鸡。"董家城受不了村里人说他，就嚷嚷着要自己出门跑马帮，她拦不住，只好由他，谁知他一去就再没见到人，只回来了他骑出去的马和带走的几件衣服……这两年，自己一个人忙完地里忙家里，毕竟是女人家，那些粗活实在干不动，但那也没办法，只好咬着牙，该扛的扛，该背的背。

说着说着，黑荶灵的眼泪居然吧嗒吧嗒地滴下来了。

董家驹一看，赶紧帮忙找手帕。递手帕时，黑荶灵哭得越发厉害了，耸着肩，眼泪都流到嘴角了，董家驹忍不住帮她擦，她攥住了他的手，他扶着她的肩膀，她就靠在他怀里抽泣，董家驹看她梨花带雨的样子，既疼惜又爱怜，忍不住把她紧紧地抱在了怀里……

不知过了多久，她停止了哭泣，天已经暗了，屋子里光线柔和起来。她推了一把董家驹，可是他却不想放手。他已经浑身战栗了，他觉得好像有点乘人之危，但生理反应却令他欲罢不能。他觉得自己浑身像着了火一样，呼吸都很粗，多久没有这么冲动了？他自己的老婆长得太普通了，没有什么女人味，再说，结婚十几年了，老夫老妻干这种事就是例行公事。而自己怀里这个美人，是附近村子多少男人梦里都想得到的呀！

"你怎么了？"黑荶灵问。

"我，我，我想……"董家驹说。

"你想什么？"黑荶灵又问。

"我想，我想要你。"董家驹说。

"你真的想要？"黑荶灵问。

董家驹没说话，使劲地点了点头。

"那好，你先坐会，我给咱烧一锅开水，我洗个澡，你也洗一下吧！"黑萩灵说。

董家驹没想到，她居然答应了！这可真是太幸福了，他乖得像个孩子，高兴地说："好好，我等着。"

黑萩灵起身去把大门关好。董家驹看她那身材，真是前凸后翘，走路袅袅婷婷。她生火烧水，他帮忙抱柴。不一会儿一锅开水就沸腾了，黑萩灵找出一个洗澡用的大木桶，他帮忙把水倒进去。

黑萩灵说："你不许偷看，我要洗澡了。"

董家驹说："我不看，你洗吧，我一会儿再洗。"

董家驹转过头去，他能清楚地听见黑萩灵除去身上衣服的声音，他想转过头去偷看一眼，但是，刚才黑萩灵告诉他说，不许偷看，他答应了的。

他听见黑萩灵进入木桶，撩起水洗澡的声音。他静静等着，却不知道在等什么。少顷，他听见黑萩灵说："哎——"

他终于转过头，看见雾气腾腾的木桶里，黑萩灵那洁白的身体，水位上方恰好露着让他心动的小乳沟，如瀑的黑发湿漉漉的，漂亮的脸上像是沾满了露珠。

"帮忙把我的手巾拿过来嘛。"黑萩灵说。

"哦哦。"董家驹笨手笨脚地把搭在晾衣绳上的手巾拿了过去，走近黑萩灵时，他已经浑身酥软了。

看他傻傻地站在那里，黑萩灵说："呆子，帮我擦一下背，好吗？"

"好，好！"他终于敢去接触那如玉的身体，他用手抚摸着女人那光洁的脊背，她抓住他的手，引导他向前一寸一寸地抚摸，他像是飘浮在云端，与彩虹共舞。忽然，他触到她高耸的双峰，情不自禁呻吟了一声。他终于忍不住了，一把将她从木桶里捞了出来，抱起来扔到了炕上，迅速除去自己的衣裳，扑了上去。

两片滚烫的嘴唇粘在了一起。他没命地吮吸着她的舌头，吞咽着她嘴里的玉液，她热情地回应着。终于，他进入了她的身体，他感觉到她浑身一颤，那种久违了的感觉一下刺激的他控制不住，居然像是决堤的洪水一样，奔泻而下。

她正准备将多年来压抑的欲火再烧得大些，她想在这熊熊烈火中得到重生。然而，他突然间停止，让她觉得有点意外。不过，她没有表现出不满，用手抚摸了一下他的头，像是母亲安慰小孩一样，说："没关系，一会再来一次。"

事后，他俩就那样躺着，又开始聊天。董家驹说："以后，你田地的苦活累活，我能帮你干，就一定去干。"

黑萩灵说："你不怕被别人看见？"

董家驹说："看见咋了，不行我就娶了你！"

黑萩灵说："你老婆还不得寻死觅活，她娘家那一关也过不了。再说，我一直觉得那死鬼还活着。"

聊了一会，董家驹又将黑萩灵搂在怀里，不断地亲吻……

第二十四回　红杏下同食鹿肉
　　　　　　情人谷三人踏春

自那以后，董家驹只要有空，就会悄悄地来到黑萩灵家，冬季，他会跟老婆说："今晚，我去山上下套子了。"然后就能和黑萩灵厮会整整一夜。

也有时候，他是真的上山下套子了，比如张川海他们猎的那头野猪，其实就是他下的套。不过，他当时没吭声。前几天，他套住了一头鹿，这可是可遇不可求的，有人下一辈子套子，也不一定能套住一次鹿。

昨天晚上，他同样跟老婆说："今晚，我想上山，看看我下的那些套子，有没有套住啥。"然后就趁人不注意，蹓回黑萩灵家，并给她带了鹿肉。

没想到，一夜销魂后，急着回家，一出门却遇见了董燚龙。回家后，他越想越觉得不好，就决定找一下董燚龙，试探他会说什么，几次去董燚龙家，都说在老村长家给客人做饭呢，最后他实在等不及了，就跑来把董燚龙叫了出去。

董燚龙边走边问："家驹叔，你是不是套住什么好东西了，想让我去做呢？"

董家驹一听这话，觉得还好，董燚龙并没有他想象的那样，一见面就问早上遇见他的事。就立刻说："啊呀！我这一向运气不错！前几天就套着一头鹿，我自己把它煮了，也是想学学你的手艺的嘛，村子里人太多，不敢都让知道了，分不过来呢，想悄悄地给你送一块，尝尝我做得怎样，指导一下我的手艺嘛！"

"叔什么都想着我。鹿肉呢？正好来客人了，我好也让客人尝尝。"董燚龙迫不及待地说。

"走，到我家，我回去给你包好拿出来。"董家驹说。

董燚龙丝毫没提早上的事，看来，自己是虚惊一场。董家驹暗暗地想。他回到家，老婆已经领着二娃子下地干活去了，他用麻纸包了一块最好的鹿肉，足足有三斤，用麻绳系住了，给董燚龙拿了出来。

董燚龙拿到鹿肉，说："谢谢家驹叔，那我走了。"转过身就直奔老村长董振兴家。后院，董诗龙正在练剑，李嫣然在一棵杏树下面歇息，杏花刚刚绽放，引得蜜蜂嗡嗡地叫。

"我给你们带了好吃的。"董燚龙举着手里的鹿肉喊道。

"石坷村不光风景好，好吃的还那么多，又有什么我没吃过的东西？"李嫣然说。

"鹿肉，最解馋了，诗龙妹，你先别停下，好好练，我俩吃鹿肉了！"

董诗龙一听，立刻停了下来，说："我最爱吃鹿肉了，快快打开，我看看是不是真的？莫要拿驴肉唬我。"

打开麻纸，一股特殊的香味扑鼻而来，李嫣然和董诗龙各撕掉一块，吃了起来，肉煮得软硬程度正好，入口即烂但又有嚼头。

"要是有点酒，就更相配了。"李嫣然说。

"我去爷爷那屋子找找，有的话拿来喝。"董诗龙知道爷爷平时常独自饮一两杯，屋里藏着几罐自酿的玉米酒，这会儿爷爷和奶奶都下地干活了，只能自己去找了。

很快，燚龙切好了肉，诗龙搬来了酒，三个年轻人就在那棵杏花树下，就着鹿肉喝了起来。

董诗龙只喝过一次酒，就是在今年过年，爷爷说："你十八岁了，可以喝一杯，这是成人礼。"她才抿了一小口，就觉得又辣又呛，便不喝了。今天和李嫣然在一起，她竟然觉得突然有了酒量。李嫣然看起来酒量不小，一口气便喝掉一碗，还是气定神闲。董燚龙喝了半碗，便不喝了，推说下午还要给他们做饭，怕误了正事。

"我想带姐姐去山里看风景去，可好？"诗龙喝点酒，玩性更高了。

"好呀，早听说黄龙山是春季踏青的绝佳去处，正不知哪里最好？"李嫣然问。

"我们去情人谷吧？那里现在连翘花正开得好，黄花满山，所以也叫黄花川。"董燚龙提议。

二个人收拾了餐具，骑着两匹马，李嫣然和诗龙同乘一匹，向情人谷奔去，一路上，两边梯田里，油菜花刚开，一片金黄，山上，紫色的丁香花正在怒放，连成了花海。越往神道岭深处走去，山势越是奇特，有的悬崖千仞，长满了郁郁葱葱的松柏，有的形如盘龙卧虎，赏心悦目。有一架山上，连翘花盛开，像虎身上的黄色花纹，远看恰如一只斑斓猛虎卧在那里。

"情人谷"之所以得名，也是因为那里的山势。在即将向神道岭摘星台攀登的山下，南北对峙的石崖上，有两处特殊的构造。面北的石崖之上，凸起一根石柱，像是生命起源之地。巧合的是面南的石崖之上，对应地凹下去了一个深深的缝隙，与石柱隔河相对。再看那两座山，却似两个人在遥遥相望。

董燚龙趁着喝了点酒，得意扬扬地对嫣然和诗龙说："我考考你们，你俩看着这山，谁能看出啥门道？"

董诗龙抢白了一句说："吆！秀才又要卖弄学问了。"

李嫣然说："山就是山，能有啥门道？"

董燚龙说："非也，我给你们讲一个老辈人传下来的故事。"

董诗龙说："真酸！你下次做饭都不用醋了。用'非也'就行了。"

嫣然说："我倒有兴趣听听。"

董燚龙说："相传，这两座山本是天上的神仙。南边的一座是守卫南天门的卫士，北边的一座是王母娘娘的侍女。侍女去蟠桃园，经常从卫士身边走过，一来二去，两人眉目传情，就生了情愫。有一年，王母娘娘开蟠桃会喝醉了，这个侍女伺候王母娘娘睡着后，就与那名卫士幽会去了。王母娘娘一觉醒来，喊不答应侍女，就派人去找，恰好抓住了她与卫士在幽会。王母娘娘大怒，问他俩是愿意就此分手，还是愿意永远在一起。两人都说愿意永远在一起。于是，王母娘娘就命令就把他俩捆了，从南天门扔下，变成了两座山，南北相对，但不能相拥，就那样互相对望着。所以，人们把这个地方取名叫情人谷。"

"王母娘娘的心太狠了！我还以为会成全了他们呢。我不喜欢这个故事，他们的结局太苦了。"李嫣然听完故事说。

董燚龙说："我倒佩服他们，宁可相望相守，也不能被棒打鸳鸯。这样的爱，最终会感动天地。"

董诗龙有些酒醉，听完故事后，迷迷糊糊地说："要是我，一定先把那老太婆哄住，再找机会偷跑了，我才不要那么傻……唉，你说川海哥到没到盘古山……"

第二十五回　聚义堂疑团解开
盘古山父子重逢

　　再说张川海辞别了石坷村，直向盘古山奔去。这是他第二次上盘古山，已经是轻车熟路。半日功夫，就到了集义庄，先去鬼脸袁亮那里把马寄养了，找了家饭馆，填饱肚子后，大踏步登上了盘古山。

　　谁知，等到了盘古庙，天已经黑透了，却不知黄胡子他们的聚义堂在何处。此时，他又累又饿，幸好他有准备，在集义庄吃饭时多要了几块烧饼带着。垫了垫肚子，他就进入盘古庙，准备在庙里先歇了，等第二天天明，说不定会遇到马岳平他们的人。

　　都说高处不胜寒，虽是暮春，盘古山上依然寒气袭人，张川海就靠着庙中盘古的神像，在冷风阵阵中，迷迷糊糊地睡着了。连日奔波，他太累了，一觉醒来，东方已经泛着鱼肚白，新的一天开始了。他站起来，伸了个懒腰，在庙门前一块稍微平坦的地方，打了一趟拳，僵硬的身体开始发热。这时，一轮红日正徐徐升起，如同宝剑出鞘，将层层叠叠的山头镶上了金边，远看山势如同大海涨潮，一浪高过一浪，又似十里画廊，曲曲折折，连绵起伏。好一个壮丽的日出！

　　坐在上次被绑的那块大青石上，他在等人。日上三竿时，果然听到了脚步声，是从他来的方向过来的。逐渐听见说话声，果真是送他下山的壮汉和瘦子。

　　等走近了，张川海这次才看清他俩的相貌。壮汉长着一个硕大的酒糟鼻，鼻子红彤彤的，脸上还有不少疙瘩。瘦子身形矮小，皮肤很黑，眼睛倒是贼亮，看起来很精明。他俩估计是早就认出了张川海，瘦子老远就喊："张兄弟——你还真讲信用，这么早就上山了？比我俩还快。"

　　张川海抱拳道："二位兄弟别来无恙！我昨晚就上来了，找不到你们的住处，只好陪着盘古他老人家将就了一夜。"

　　"受苦了！忘了告诉你我们的联络方式了，我俩昨天下去采办点货物，晚上就在鬼脸家住的。"酒糟鼻操着河南话说。

　　张川海看他俩一人背着一个大筐子，筐子里估计就是他们采办的货物。瘦子对张川海说："你要跟我们去聚义厅，按照规矩，还得蒙着眼睛才行。"

　　"好，入乡随俗，那就蒙着吧？"张川海说。

　　又像上次一样，高一脚低一脚，一会儿上一会儿下，拐来拐去地走了半天，听见酒糟鼻说："到了，把他眼罩打开吧。"

果真又到了那悬挂着聚义堂牌匾的五孔窑洞前。窑洞里现在没有一个人，窑门都大开着。瘦子说："你先坐着，可不能乱走动，其他人现在都在后山干活呢，我们去给大哥二哥他们通禀一声。"说罢，两个人把身上的筐子卸掉，放进聚义堂，出了窑门，向东一转，消失在林中。

张川海左等右等，就是不见有人回来。转眼又到了下午，才听见有说话声，回来的正是马岳平和黄利国，还有酒糟鼻和瘦子。马岳平一见张川海，就说："小兄弟真乃守信之人！上次匆匆一别，马某因有事没能送别，谁知却被这黄胡子讹诈你五百两纹银！马某赔罪！"

黄利国说："非是黄某有意刁难小兄弟，实是事出有因。"

张川海问："却是为何？"

马岳平说："到聚义堂坐坐，等会饭好了我们边吃边聊。"张川海一听吃饭，才感到肚子已经很空了，于是就坐在木椅上，和马岳平闲聊着，就等着吃饭。

饭很快就好了，无非是玉米面做的糕，一碟油辣子，一个炒洋芋。马岳平说："山上条件清苦，已经很久没吃到菜了，这些是今天才采购上来的。请小兄弟多担待些。"

边吃边聊，马岳平告诉了张川海一个惊人的秘密，让张川海心中五味杂陈，不知如何是好。

马岳平说的就是张川海爹爹张大立。多少年的疑团一下子解开，张川海既高兴又悲伤。高兴是因为爹爹还好好的活着，悲伤是因为母亲却因为误以为爹爹出事而去世了……这是老天跟他开的一个天大的玩笑！

原来，事情的经过是这样的：

三年前的冬天，雪下得很大很深，好像一整个冬天都在下雪。大雪封山时，张大立刚从鄂尔多斯返回，他用茶叶换回来一些上好的皮子。走到麻线岭下时，雪没到了马蹄以上，那三头驮着很重货物的驴子实在是走不动了。

"不好，本来计划得好好的，在下雪之前能够赶到大岭客栈，只要能赶到那里，就不会有什么危险了，这次'蹚古道'就能挣到不少钱。可是，谁知道却遇见他，耽误了这半日功夫，就不一样了。"张大立心想。

在丹州，张大立遇见了一个年轻人，说自己是第一次出来"蹚古道"，不敢走得太远，到肤施城里换了几匹马回来，想在丹州找了买主，可是找了两天了，没有人出价，眼看着要亏本，看在同是"蹚古道"的份上，能不能给他找个买主。

张大立看这年轻人很着急的样子，心想出门在外都不容易，自己倒是认识丹州的一个马帮掌柜的，要是肯给个薄面，说不定可以帮这个年轻人一把。谁知一打听，那掌柜的晚上才回来。张大立想立刻启程，那年轻人苦苦哀求，只好留下，想争取第二天天一亮就出发，或许能在下雪前赶到大岭客栈。等掌柜的回来，因为敬佩张大立的为人，所以同意把年轻人的马按市场价收下，他这一趟总算没白跑。

　　可是，谁能想到，当张大立和年轻人急着返回时，还没到大岭客栈，雪就非常深了。

　　能不能把驴子拉上坡去？年轻人帮着他往上拉驴子，他在后面推着驴身上的货物。在一个陡坡上，有一头驴子一滑，撞向后面的驴子，三头驴和两个人同时向深沟那边滚去……

　　等他俩醒来，发现躺在一盘土炕上，还听见有很多人说话。张大立睁开眼第一个看到的就是马岳平。他们滚下山坡时，正好滚到山脚下的路口，那是上山的必经之路，驴子和马都已经和他们分散了。

　　马岳平和他的三个弟兄在打探消息回来的路上，恰好发现了他们，于是把他们抬到了鬼脸家。现在他俩就躺在鬼脸袁亮的店里，外面的雪已经停了。

　　马岳平看见他醒了过来，说："二位大难不死必有后福，看样子是'蹚古道'的吧？来，来，试试能不能坐起来？"

　　张大立只感到浑身酸痛，坐起来似乎是很困难的事。再看看身边的那个年轻人，还在昏迷中。

　　马岳平说："先躺着，我帮二位检查伤势了，应该没有大碍，主要是受到惊吓，再就是在翻滚时有碰撞，下来后又在雪地里冻了那么久，不过我们遇见你们时，身体还都是温着的。"

　　听见外面有人喊："大哥，他们的马匹找到了，驴子死了，那些货物我们也给带回来了。"

　　第二天，天晴了，张大立也逐渐能起来走动了，那年轻人醒来后，发现有一条腿骨折了，这个年轻人就是石坷村的董家城。

　　马岳平说："住客栈不是长久之计，二位不如随我去我家，我略懂医术，给二位做些调理，只是我家有些远，好在弟兄们多，可以抬着二位走。"

　　张大立和董家城都感谢马岳平的救命之恩，再加上马岳平说话的口吻，不怒自威，让人不由得要听命于他，于是就跟随他来到了盘古山。

　　到了盘古山，张大立和董家城在恢复身体时，慢慢地了解到这是一伙侠义之士，且马岳平有意邀请他们入伙。当时，张大立犹豫不定，但董家城却立刻爽快地答应了。无奈，张大立也就同董家城一道，和弟兄们一道举行了结拜仪式。

这就是张大立失踪三年的整个经过。

张川海听罢，既生气又震惊。但他又能怎样呢？沉默了片刻，他只说了一句话："唉！都三年了，他怎么不给家里捎个口信呢？"

"这个嘛，却也怪不得你爹爹！"马岳平说，"当时，马某因为兵败，也是刚来盘古山不久，当时就想东山再起，于是极力劝说你爹爹入伙，当时就和他义结金兰，我为长兄，黄利国老二，他老三。他只说自己虽有家庭在陕南老家，但愿意和我等共举大事。那董家城也和他一块盟誓，愿意为推翻清王朝奋斗终身。"

"那怎么又会有马帮的人将我爹的大青马带回去了？"张川海又问。

"这也是我的主意。我和黄利国商议，怕董家城家人报官寻找他，就让弟兄们把你爹爹和他的马匹牵去大岭客栈，等候马帮，并要求把马匹带回，捎信说他们出事了，这样也就断了家人的念想。"马岳平说。

第二十六回　父子团圆话亲情
　　　　　好汉相聚论天下

话说，当初黄胡子黄利国抢劫了大岭客栈，将张川海的钱袋带回山上时，张大立一眼就认出那钱袋是自己的，等看到里面的茶马古道图，就知道这是儿子来寻他了。

他感到又激动又愧疚。三年多了，他梦里都在思念家人，思念儿子。而现在，儿子突然寻到山上，他却害怕了，他措手不及，不知道该怎么解释这一切，于是他选择了逃避。

然而，他又害怕儿子这一去就再也没机会见到了，所以就在第二天，与黄利国商议，演了那一出戏，目的是想让儿子再上盘古山。他知道，儿子能为了这一张茶马古道图再上盘古山的。在他心中，儿子是多么的重要，无论如何，他都要留住儿子。但不是此刻，他需要时间来平静一下心绪。

其实他不知道，亲情在张川海心中也是同等重要。在他失踪三年多里，张川海每天都想着再上黄龙山，重走麻线岭。

当张大立出现在张川海眼前时，父子俩久久地对视。

张川海看到，这曾是他多么熟悉的一张脸，多么熟悉的温暖的眼神！那无数日日夜夜出现在梦中的身影啊！那曾经让他依赖的肩膀好像不再那么坚实有力，那曾经让他崇拜的腰身似乎不再那么挺拔，他的头发剪成短发，已经花白，他的眼角起了皱纹，他的胡须好久没有剃了，杂乱无章地在下巴和嘴角疯长……

"爹——"张川海叫了一声。

"海娃子……"张大立声音沙哑而颤抖，他向前走了一步，伸出了手。握住爹爹粗糙干裂的手，张川海心中一阵酸楚，爹爹受苦了！他情不自禁地抱住了爹爹，热泪从爹爹的眼眶中流了下来，他用手去擦，自己的眼泪也忍不住掉了下来……

"你娘她还好吧？"张大立问。

一阵沉默后，张川海说："娘去世了……她走得很突然，就在得知你的消息后……"

"我可怜的秀云啊！我对不起你啊！我——"张大立哽咽地哭着，几近昏厥，嗓子已经嘶哑得发不出声音了。

人生有太多的不确定，太多的意外，往往当你刚迈过去一个坎，以为可以平稳地走一段路的时候，又一个更大的坎在等着你。坚强的人经得起风霜的考验，软弱的人就会一蹶不振。张大立在经历了一次死里逃生后，又遇见了自己最想念的儿子，这本是上天的一次眷顾，却没承想，他日夜思念的妻却撒手人寰！他弄不明白，不幸怎么老是降临到他的头上！

这时候，马岳平走了进来，他拍打着张大立的肩膀，说："愿逝者安息，我辈还有未竟之事业，马某十年前已家破人亡，如今早就炼就金刚不坏之身，望弟亦要坚强！"这一席话，让张大立稍稍好受了些。

马岳平接着说："今天你们父子相认，该是喜事，也是我山寨之大喜事，可喜可贺！今晚弟兄们当痛饮一杯！"

"哥哥可是放话了，今晚有酒喝了！"黄胡子黄利国在外面扯着嗓子喊。

接着就听到一阵高兴的欢闹声，张川海和爹爹张大立，大头领马岳平一起走出聚义堂，看见全山寨的人尽数都在院子中，有站着的，有蹲着的，还有盘腿而坐的。"来来来，今天正式给小兄弟介绍一下，我就不用介绍了，不打不相识，其他的弟兄我给你说一下——"黄利国向张川海说。

张川海看到，除去黄利国，另外五个人他的确叫不上名字，也看不出年龄大小，只是那"酒糟鼻"和"瘦子"是比较熟悉的。

"这个大鼻子叫汪狗子，河南人，可能比你大。狗子，今年有三十了吧？"

黄胡子问。

"可不！都三十二了，还不知道女人啥味哩！"汪狗子说。大家一阵大笑。张川海心想，你鼻子那么大，那么红，女人要是喜欢你，那口味可够重的。

黄胡子接着说："这个瘦子叫时江胜，水性好得很，一个猛子扎下去，到河那岸才出来，当年我和左宗棠的部队交战时负了伤，倒在黄河里，就是他把我救了。他是山东人，也比你大。瘦子，你多大了啊？"

"你得叫我叫叔，不对，这里边的你都得叫叔，因为我们和你爹是弟兄，我四十了。"时江胜说。

黄胡子指着剩下的三个人说："这三个年龄都小，和你差不多。这两个也是河南的，他叫冯安吉，他叫白荣康。"

张川海看时，果然都是年轻后生，身高都一米八左右，看起来都身强力壮，其中一个脸上有刀疤的，叫冯安吉，赤红脸的叫白荣康。上次绑他时，主要就是这两个人，力气很大，把他弄得很疼。于是抱拳说："你俩是大力士啊！我领教过的。"

冯安吉和白荣康一听笑了，他两个明白张川海的意思，不好意思地笑着抱拳道："我们知道你的厉害，不敢怠慢，多担待。"

"这个就是和你爹爹一起来的那个年轻人，叫董家城。"黄胡子说。

"董家城？"好熟悉的名字！张川海心里想，对，是诗龙说过的，黑萩灵的男人！张川海多看了他一会儿，觉得和石坷村董家驹、董家宝的确长得很像，都是瘦高个，白面皮，看起来有点文弱。

等黄胡子一一介绍完，大首领马岳平说："今天的主角是张大立和张川海父子，我们是配角，请你们俩入席，我们好好陪你们喝几杯，庆贺父子团圆！"

聚义堂里，点了两盏灯，炖了一锅肉，大家围着铁锅坐定，开始喝酒。

席间，大家都争着问张川海外面的一些事情。张川海将自己知道的尽量都告诉他们。比如：光绪帝尚未亲政，坊间传言是那拉氏慈禧太后垂帘听政。但是，大家都看好光绪帝，认为他要是亲了政，可能会有所作为。这几年，天下还算太平，听说李鸿章等人开始发起什么洋务运动，想振兴大清国，还筹建了北洋水师，建了北洋学堂，想不拘一格招揽人才……

"哼！欺骗！这都是清朝欺骗世人耍的花招！"大头领马岳平一拳头砸在桌子上，许是他喝了酒控制不住情绪，他的眼睛在喷火，清朝贵族残害百姓的情景历历在目，让他控制不住愤怒。

第二十七回　董燚龙暗藏心事
　　　　老顽童捅破窗纸

再说董燚龙、李嫣然、董诗龙三人在情人谷耍了半日，看看天色不早，就骑了马走在回家的路上。

依旧是董燚龙自己一骑，嫣然带着诗龙一骑，往石坷村而去。

几日的相处，董诗龙愈加喜爱李嫣然这个姐姐，觉得她的见识、谈吐无论哪一样都值得自己好好学习，尤其是她的武艺，真令人羡慕。对于董燚龙来说，对嫣然的感觉可不仅仅是佩服了，在他的内心，那是深深的爱慕。

没错，董燚龙觉得这是平生第一次有这种感觉，那种一看到她，心就怦怦跳的感觉。在他们三个说话时，他总是暗暗地观察李嫣然的表情，他在意她的一颦一笑、一举一动。

在李嫣然出现之前，董燚龙说话是很随意的，可是现在，他得注意自己的措辞是不是得体，嫣然听了会不会不高兴。谁让自己是个落第秀才呢？虽然名落孙山，但那也算是读书人吧！读书人总要讲究斯文的。董燚龙心想。

回到老村长家时，老村长董振兴和妻子都在家。董振兴一看三个年轻人回来了，高兴地说："我说嘛！看着嫣然就是个懂事的孩子，肯定不会乱跑的，这不早早就回来了！龙娃子，你带着你姐姐去哪儿玩了？"

"我们去了黄花川，嘿，今年连翘花可开得美。"董诗龙说。

李嫣然说："是呀，爷爷，你们住在这里可真是人间仙境，我好羡慕的。"

"你小子今天不去田里了？怎么也跟着去玩了？"董振兴问董燚龙。

"我不是得负责给客人把饭做好吗？再说我家那几亩田也都种上玉米了，这一段时间可以不去地里的。"董燚龙回道。他生怕老村长不让他再来做饭，那可就没理由天天见到嫣然了。

老村长说："你们都能够把地种好，我是放心的。你大、你爷爷都是大户，家里还有长工、佃农，不光种玉米，还种麦子、花椒，你可得常去地里看着，不要让人家长工觉得董家人懒惰。"

"那是，那是。"董燚龙说，"我是不是可以收拾一下，做下午饭了？"

"不用了，你奶早就把面和好了，下午吃饸饹。从明天起，你也不用天天过来，我用得着时，打发龙娃子寻你。"董振兴说。

"哦——"董燚龙担心的事终于应验了，看来，明天他就不能过来和嫣然一起谈天说地了，心里感到有点空落落的。

吃罢下午饭，董诗龙又急着向嫣然讨教武艺方面的事，嫣然悉心传授，董燚龙插不上话，只得告辞回家。

回到家后，只有爷爷董振业在，奶奶今天去薛老将军庙进香了，还没回来，大、娘和长工阿猛等人下地干活还没回来。

石坷村位于麻线岭腹部，因为麻线岭山高林密，明代以前这里罕有人迹。明清时期，朝廷鼓励百姓到这里垦荒种地，并给予免除徭役等优惠政策。董家便是首先前来垦荒的一批，因此石坷村以董姓为主，土地也都是董家开垦的。

早先大家是在一起种地的，到了董振兴这一辈，大家吵着要分家。董振兴比较开明，顺应大家的意思，主持分了家，他在村里也有了威望，大家就选举他为村长。大家发现不在一个锅里混，反倒过得更好，每家分得土地后，管理得都非常上心，每年除了上交的徭役钱，还有剩余。

由此，逐渐往下分，到董燚龙这辈，他哥哥成了家后，分得十亩地，另立门户，让他们自己去干。这种种田方式，在当时的石坷村是个特殊的存在，一是董振兴思想比较开明，此事是他年轻时一手促成；再者石坷村位于黄龙大山腹地，除去摘星台的瞭望台有放哨的兵勇外，官衙的人是常年到不了这里的，地主们只要能按时上交苛捐杂税，官府便不过问。

董燚龙开始发呆了。他在家是不用动手做饭的，除非是逢年过节时。自从那年他参加省试落第后，便无意功名，却偶然间在家里翻到一个祖传的菜谱，他开始研究做菜，很快便出了名，成了村中红白喜事的大掌勺的。

因为读过书，村中一般的女子入不了他的眼，耽误到二十六岁了，也没娶亲。大和娘都很生他的气，说："你也是读书人？不孝有三，无后为大！你懂不？"然而，爷爷疼爱他，总是向着他说话，才逃过逼婚一劫。

许是前世有缘？自从见到李嫣然，他的心便被她偷走了。才一会儿不见，他便开始想她，想她舞剑的姿势，想她骑马的样子，想她的眼神，想她的笑。"她能在石坷村住多久？她家是什么样子的？她有没有意中人？"很多的疑问在他心里，如乱麻一般。

"你在发什么呆？是不是看上谁家姑娘了，来，给爷爷说说。"爷爷董振业观察他孙子很久了。

"我没有！"董燚龙抵赖。

"没有？你从前没有发过呆是真的，我可听说诗龙领回来韩城一个漂亮姑娘，你这两天是不是和她俩一起玩？"董振业山羊胡子一抖一抖的，好像什么都瞒不过他。

"这——爷爷，我好像喜欢上她了。"董燚龙被揭穿后，只好实话实说。

"好事呀！好事！好事！"董振业老顽童一下站了起来，在院子里挥着手。"好孙子哩，可有人能降住你了。你在家等着，我这就去你振兴爷爷那帮你打探一下情况。"说完，起身就往老村长家走去。

已经是掌灯时分，在董振兴家里，李嫣然、董诗龙、董振兴、王一萍坐在堂屋说话。

董振兴正在给董诗龙、李嫣然读堂屋内悬挂的董家家训："人生斯世，孝悌当先，奉养父母，力竭心专，友爱兄弟，手足比肩，敦宗睦族，裕后光前，出就师傅，仁义志坚，君臣朋友，不可党偏，酒色财气，悉为除蠲，力耕苦读，安命听天，公门不入，弗受牵连，国税早纳，何有催缠，勤俭崇矣，奢华戒焉，日用饮食，学古圣贤，忠厚谨慎，家法流传，扑作教训，纠谬绳愆，其各恪守，勿忘此篇。"

李嫣然道："有此家训，难怪石坷村村容整洁，民风淳厚，秩序井然。"

董振兴说："我们董家在很早以前也有出仕为官的，乾隆年间还出过一位内阁中书。只是后来没落了，我们是董家其中的一支，举家迁到黄龙大山内，就是想以家训中'力耕苦读，安命听天，公门不入，弗受牵连'为宗旨，自力更生，也正好避开了乱世。听说，鸦片战争，我大清被英国坚船利炮轰击，损失惨重，割地赔款。后又有金田起义，南方的太平天国和北方的捻军几次让大清摇摇欲坠。如今，大清百姓多衣不裹身，食不果腹，幸好我们石坷村远离喧嚣，才得以偏安……"

正说着，老顽童董振业走了进来。他端直坐在一张八仙椅上，气喘吁吁，看起来像是跑步过来的。

"你跑得这么着急，是有什么要紧事吗？"董振兴问。

"急事，急事！"董振业说。

李嫣然起身说："二位爷爷要是有事说，我们先退下了。"

"不得行！不得行！我正是找你有事。"董振业说。

"哦？找我！"李嫣然一愣。

董振兴一看，他这个二弟就是个老顽童，没有正形，人家姑娘又不知你是谁，你怎么可以这么直截了当。于是，赶紧介绍说："这是诗龙的二爷爷，嫣然，你且坐上一坐，听他想说什么，莫不是有什么要紧事需要你帮忙的？"

李嫣然听董振兴这么一说，有点明白了，就又重新坐下，说："爷爷有事尽管说，只要嫣然能办到，定当尽力而为。"

"姑娘家在韩城？高堂可都健在？"董振业问。

"是的，我家在韩城，我自幼跟着舅舅长大。"李嫣然答道。

"哦？这么说……"董振业欲言又止。

"我父母亲大人已经去世了。"李嫣然平静地说。

"勿怪！勿怪！我是想问，姑娘终身大事可定？如若没有，老汉我自有道理。"董振业说。

"多年来，我跟随舅舅的马帮东奔西跑，却忘记了终身大事，舅舅也是恨不得我赶紧嫁出去，奈何嫣然却无意中之人……"嫣然笑着说。

李嫣然是被父母亲托付给舅舅的。早年，她父母亲都加入了捻军，为推翻大清朝而浴血奋战，在战斗中不幸牺牲了，这些事她从不敢轻易讲出，只能默默地记在心里，许多年来，她内心充满了对大清朝的痛恨，丝毫没想过儿女情长之事。等耽误到二十五岁之后，舅舅着急了，却再难以找到这个年龄还没成家的男子……

"可就好了！这就好了！"老顽童董振业拍着手说着，"你舅舅可是韩大掌柜的？"

"正是！"李嫣然答。

"我听我的侄儿说起过他！这倒不是生人了，明天我就托人过去……"董振业像是自言自语。

"爷爷是想？"李嫣然莫名其妙。

"好俊的姑娘呀！我说呢，我那孙子魂不守舍。姑娘我问你，你能看得上我那孙子吗？"董振业单刀直入。

"这个嘛……"李嫣然被问得脸颊绯红。

"常言道：婚姻大事，乃父母之命，媒妁之言。但也要看缘分，缘分是天注定的，你和我那孙子就是有缘之人呐！姑娘若不嫌弃我们是乡野村夫，我就差人去韩城向你舅舅为我的乖孙子提亲了？"董振业说。

"燚龙烧得一手好菜，真是难得，再说他也算是读书之人，不能说是乡野村夫。"嫣然轻声说。

"这么说，你是相中他了！"老顽童董振业高兴地一拍大腿。

"这个嘛！全凭我舅舅做主！"嫣然害羞地说道。

董诗龙一直坐在那儿听他们的对话，听到这里，也高兴得不得了，说："姐姐，这可真是千里姻缘一线牵，没想到你才当了我几天姐姐，就要变成我的嫂嫂了……"

董振兴说："承蒙嫣然小姐不嫌弃，乃我董家之幸，若你们的姻缘果真可成，我定当亲自为你们操办婚礼。"

王一萍说："可不是嘛！这可是全村的荣耀呢，你想想，我们石坷村这山窝窝里，何时娶过韩城的女子？又是这么一个文武全才，长得像是天仙一般的姑娘？"

李嫣然说："奶奶把我夸得都飘飘然了，我哪有那么好！"

董诗龙说："姐姐就是好嘛，奶奶都没这么夸过我呢！"

第二十八回　李嫣然返回韩城
　　　　　　董燚龙春梦神伤

老顽童董振业的突兀造访，让李嫣然生平第一次失眠了，平心而论，她觉得董燚龙确实是一个适合自己的男子，他不像多数乡村的男子，只知道出苦力干活，而是看起来充满了书卷气，再加上烧得一手好菜，有这种手艺，如果一辈子在乡村，倒是委屈了。如果他俩有缘，那倒可以在韩城开一家酒楼，说不定生意兴隆呢。

她想到张川海曾经说要在韩城开茶馆，到时候，他们一家开茶馆，一家开酒楼，倒是有趣。看起来，诗龙妹妹非常喜欢张川海，他俩要是有缘，她和诗龙姐妹俩也可以经常在一起了。

这样想着，就觉得自己有点可笑，八字还没一撇，就能想那么远，还是睡吧。可是越想睡越是睡不着，又想到，我还是早点回韩城为好，一来可以先给舅舅透个底，省得舅舅再乱张罗，二来明天如果要是再见燚龙，总觉得有点不好意思，窗户纸没捅破，在一起玩可以无拘无束，现在捅破了，反倒挺不好意思的，那就不如先不见，这样也正好考验一下他。就这样打定了主意后，迷迷糊糊睡着了。

天亮了，这是春天的最后一天，明天就是立夏了。昨晚起风了，还飘了零星的雨点，后院那树洁白的梨花落了一地。"雨打梨花深闭门。"李嫣然说。

"姐姐不许闭门，你答应早上继续教我剑术的。"董诗龙说。

"好，姐姐今天就将三十六式传授完，你要记在心里，没事时就练，就是用一根木棍也可以练习，记住'熟能生巧'。"李嫣然说。

姐妹俩就在梨花树下舞起了剑，偶尔还有风吹来，又有梨花从树上飘落下来，李嫣然就式要了一个剑花，将那正在飘落的梨花花瓣分开，只留花蕊在剑尖上。"好！好美的招式！"董诗龙拍手叫好。

吃过早饭，李嫣然这才说："爷爷、奶奶、诗龙妹，嫣然来此已有数日，今日须回韩城了。诗龙妹的剑术已有提高，接下来就是不断练习，将来再见时，一定可青出于蓝而胜于蓝。"

"我不许姐姐走，还要再住些时日才行。你忘了，川海哥说，等他办完事，还要回石圳村取回他的银两呢，你就不等他了？"诗龙有些不悦。

董振兴和王一萍也极力挽留她。可是，李嫣然决定的事，是轻易没人能改变的。他们见留不住她，就只好叮嘱她路上小心，回到韩城可捎信过来，诗龙说不定不久就会去韩城看她呢。

诗龙突然想起来董燚龙，忙说："姐姐难道不去向燚龙哥道个别？"

李嫣然说："正想请你代为转告他呢，我就不去告别了，告诉他，如果想来韩城玩，我等他。"

董诗龙骑了大白马，送别李嫣然，送过柏峪村时，李嫣然让她停了下来，说："不能再送了，不然你一个女孩回去，我不放心，还记得张川海救的那个韩城姑娘吗？不就是因为落单了吗？你赶紧回吧，路上不许停留。"

"我可比那姑娘厉害多了，别说这几天姐姐教了我武艺，本来我的箭弩功夫也不是吃素的。"董诗龙说。

两人挥手告别，董诗龙看着一身青衣的李嫣然，骑着马在洁白的海棠花丛中消失，这才拨转马头，回家了。

到了家门口，却见董燚龙在家门口等她。

董燚龙埋怨道："为什么不给我说？"

董诗龙翻身下马，说："姐姐留下话了，你想去韩城，她等你。"

"哦？是真的吗？我去，我去，可是——"董燚龙欣喜若狂。

"可是什么？"董诗龙问。

"韩城那么大，我到哪儿去寻她？"董燚龙又泄气地蹲在了地上。

"你急什么？你爷爷不是要去给你提亲吗？到时候肯定会找一个媒婆，媒婆能找不到她家吗？就是媒婆找不到，我找不到吗？"董诗龙看着她这个哥哥着急的样子，不禁觉得好笑。

第二十九回　黑萩灵意外怀孕
董诗龙心有千结

董家驹这几天很是烦恼。自从那天早上撞见董燊龙后，就一直担心他和黑萩灵的事被传出去，还好，董燊龙没有多心，他心里的一块石头刚落地，谁知昨晚上他又得到一个更让他担心的事：黑萩灵告诉他，自己怀孕了！

这怎么可能呢？黑萩灵和董家城结婚三年，肚子都没啥动静，怎么和自己才刚三个月，就怀孕了。看来，还真是董家城那方面不行？董家驹觉得，这可把他坑苦了，黑萩灵的肚子要是一天比一天大，那这事就瞒不住了，全村人都知道，黑萩灵是个寡妇，到时候，肯定会有人问是谁把她肚子弄大的，黑萩灵要是不说，全村人很有可能让老村长动用家法，那就更糟糕了，村里有个祠堂，一动家法，全村人都会来，黑萩灵最后肯定受不了，要招出来，当着全村那么多人的面，他的脸往哪儿搁？

董家驹越想越害怕。就在昨晚，他去黑萩灵家，本是想好好享受一下这雨打梨花、花魁在怀的夜晚。黑萩灵就知道他要来，把门虚掩着，早早地躺在炕上等着他。他像猫一样，轻手轻脚地插好了门溜了进来。借着微弱的灯光，他看到黑萩灵盖着被子，两条玉臂伸在外面，酥胸微露，一股淡淡的香味从她的发梢散出来。他抓住她的手抚摸着，立刻感到一种冲动，便情不自禁地与她亲吻起来，吻了一阵，他迫不及待地脱光了，钻进了她的被窝。

他正要行动，却被她挡住了。他感到诧异，便问："咋了？"

黑萩灵说："先别急，我告诉你件事，看你觉得是高兴呢，还是害怕？"

"啥事？"他越加觉得好奇。

"我怀孕了。"黑萩灵说。

"骗我。"董家驹说着，将手摸向黑萩灵的肚子，那肌肤滑溜溜的，很平坦很有弹性。

"没有骗你。我是女人，我自己知道。唉，愁死我了！"黑萩灵说。

"你真的怀孕了？"董家驹突然坐了起来。

"嗯。"黑萩灵静静地躺着，不说话了。

过了一会，董家驹重新躺下，把黑萩灵搂在怀里，抚摸着她的肚子。

黑萩灵说："你慢点，娃在肚子里呢。"

董家驹就开始想对策了。谁知，他刚说到"听说韩城药铺里有一种堕胎药"，黑萩灵就恼了，她呜呜地哭，说："你要害死我，你还要害死娃，你滚，算我黑荻灵瞎了眼。"无论董家驹怎么哄她,她都不依。董家驹只好穿衣起来,回家了。

一晃,过了半个月了,董家驹都没到黑荻灵家里去,他真不知道该怎么办。说起来,黑荻灵还是自己本家的弟媳呢,就是想再嫁,嫁给他也不合适,族里也不会同意。要是其他村有个光棍什么的,让黑荻灵嫁过去,这事不就解决了吗?

董家驹突然想到,在乱麻科村有个叫焦志明的,家境还算殷实,年近四十,前两年死了老婆,如果给他一提,那还不乐坏他?"便宜这小子了。"董家驹自言自语。

可是,黑荻灵愿不愿意?董家驹说不好。就在今年过年期间,几位长辈在一起说话,老村长还说:"黑荻灵恪守妇道,村里应该给她立个贞节牌坊。"这话当时就传遍全村,黑荻灵也知道了,不过她什么也没说。如果要是真的给黑荻灵立下贞节牌坊,那就坏事了,就像孙悟空给唐僧用金箍棒划下一个圈,不可以出这个圈半步,不然就会有妖怪来吃他一样。这其实意味着她一辈子再不能结婚,只能守活寡,更不能有什么绯闻。

不管怎么说,董家驹都想试一试。所以,今天晚上他又摸到黑荻灵家门口,没想到大门紧闭,他进不去,又不敢在外面喊,只好放弃,想着明早上去黑荻灵的田里等候她。

先不说董家驹惴惴不安。在石坷村,还有一个人"心似双丝网,中有千千结",这个人就是少女怀春的董诗龙。自从李嫣然走了以后,董诗龙按照她的嘱咐,天天早起,练一趟剑术。

这一天,董诗龙练罢剑,歇息了一会,突然觉得心乱如麻。

张川海明明在信里告诉她,说办完事就会来找她,可这过去快一个月,也没见他人影。他会不会在盘古山遇到了危险?不会的,因为她听他说过,盘古山上的人都是义士,是不会加害他的。那他会不会悄悄地回到陕南了?那也不应该的,他把剩余的银两都留在了这,肯定会回来取的,不然回家也没法交代呀。

就这样胡思乱想着,她觉得食不甘味,有些闷闷不乐。她决定吃早饭时,告诉爷爷,她要出一趟门。去哪儿呢?要说是去盘古山,那爷爷奶奶一定是不会放她去的,对,就说是去韩城!说去韩城找姐姐问一些练功时的疑问,爷爷一定不会阻挡她的。想好了计策,早饭时间就到了。

董振兴看孙女这几天按时练功,挺高兴的,特意让老伴炒了鸡蛋。董诗龙先给爷爷夹了一块,又给奶奶夹了一块,然后说:"爷爷,你看我的剑术练得怎样了？"

"爷爷虽然不太懂，但可以看出，你练得虎虎生威。"董振兴说。

"可是，我心里有一个疑问，总是想问问姐姐，她又不在身边。"董诗龙嘟起了嘴。

"那怎么办？可不敢练错了！以后就难纠正了。"王一萍爱怜地看着孙女说。

"我想去韩城，找一下姐姐，不知道爷爷奶奶应允吗？"董诗龙趁机说。

"这孩子懂事了！"以前，董诗龙想出去，都不打招呼，惹得爷爷奶奶到处找，今天能主动给说要出门，董振兴很高兴。

得到爷爷奶奶的应允，董诗龙的心一下子就飞向了盘古山。她想象着再次与张川海相遇的情景，内心觉得甜丝丝的。就在她收拾行装的时候，听见董燚龙说话的声音。

不好！她心想。爷爷奶奶肯定会告诉董燚龙自己要去韩城的消息，那董燚龙还不缠着让自己带上他？要是这样，岂不是坏事了？

就在她匆匆收拾好行李，准备悄悄地从马棚牵出大白马开溜的时候，董燚龙找到了她。

"诗龙妹，刚听说你要去韩城，上次你也告诉我，嫣然走时，曾留话让我去韩城找她，她等着我哩。这次却是个好机会，你怎么都不记得先给我说一声？"董燚龙有些责怪她。

"哦哦，这事嘛！我练剑练忘了。可以呀，你回家收拾一下，这就跟我走吧？"董诗龙说。

"好嘞！"董燚龙一溜烟地跑回家去了。

董诗龙本想支开他，然后单独开溜。哪知他速度快得像兔子，刚出村口，董燚龙就骑着一匹枣红马追上来了。他远远地就喊："诗龙妹，你今天是怎么了，好像老是想甩掉我？幸亏我跑得快，不然都追不上你了。"

一听这话，董诗龙知道今天是被一块橡皮糖粘住了，没办法，只好说："我这不是在马路上等着你吗？你真麻烦，想去见我姐姐，也不换身行头什么的，还穿着你这坎肩，这白的都快成黑的了，怎么好意思见她？快回去换了去！"

"不用，不用，她又不是不认识我。再说，我另外一件衣服还不如这个呢，别担心，我带了银子，到了韩城，我请你吃好的。"董燚龙说。

"你就是忘不了吃！"董诗龙白了他一眼，骑着马前边走了。她想，看来是甩不开他了，那好吧，先去韩城看看姐姐也好，再说去盘古山能不能找到张川海她心里也没底，主要是自己在家里心里烦躁，出门散散心，说不定张川海就回来了。这样想着，就领着董燚龙往韩城而去。

董诗龙在石坷村思念着张川海，岂不知张川海在盘古山上，正经历着一场人生的巨变。

第三十回　父子夜话揭谜团
　　　　山上英雄大比武

且说张川海与爹爹再次重逢，恍如隔世。一面深感喜悦，一面悲伤母亲过早离世，否则若将爹爹还健在人世，又结交了这么多江湖好汉的消息告诉她，她不知道有多高兴呢！他恨不得这就去母亲坟前，烧上几张纸，告诉她这个消息，可是爹爹说，既然父子重逢了，就在盘古山多住几天吧，他只好遂了爹爹的愿。

张大立被救以后，与马岳平、黄利国结拜，立志要完成捻军未竟之事业，暂且蜗居在盘古山，过着自耕自收的日子，一边种地，一边跟着马岳平研习兵法，并与众弟兄们一起打拳，练习搏杀之术。只等时机成熟，待到捻军首领张宗禹振臂一呼，便从盘古山冲出，攻城拔寨，占领州衙，号召天下有志之士跟随他们共举义旗，等富贵，均田地，推翻大清王朝。

张川海已经听黄利国反复讲过他们与清军交战的情景，甚是佩服他们的英勇。现在，盘古山上，除去自己和爹爹、董家城外，其余六人，都曾经是身经百战"捻子"。马岳平和黄利国都曾是西捻军首领张宗禹的贴身卫士，只是五年前在山西作战，兵败失利，很多弟兄都丧身黄河，张宗禹下落不明，但他们坚信，以张宗禹的武功和才干，定会逢凶化吉的。

张川海问黄利国："你们为什么起名叫捻军？"黄利国说："捻子，就是农民用的油灯，点的那就叫灯捻。'捻'军用小小的灯捻为自己命名，就表明捻军来自农民和平民百姓，又表明我们像'捻子'一样组织起来，分散活动，每一股称为一捻，少则几人、几十人，就像我们现在，多则二三百人、上千人，最多时我们曾拥有三十万大军。这个名字就是个比喻。"

张川海说："各位以拯救天下苍生为己任，川海佩服至极，只是清王朝虽摇摇欲坠，但却是百足之虫，僵而不死。但川海深信，天下有许多仁人志士，前赴后继，直至改天换地，实现'均富贵'之理想。"

马岳平听闻川海这番话，说："川海贤侄有此等见识，真乃人杰。何不也加入我们，共举大事，我们正缺你们这样的青年才俊。"

张川海说："改天换地乃民心所向，川海亦愿支持各位。只是举义之大事，需唤醒百姓才行。百姓苦战争久矣，幻想清王朝自己下台，交出权力。所以，川海认为，首要之任务，是唤醒百姓，川海今后所做之事也将以此为目标。"

马岳平让张川海与爹爹张大立同住一屋，每日叙说这几年离别之事。张大立得知孙子已过完四周岁的生日，还找好的私塾让他去读书，非常高兴。又听川海说茉莉非常能干，将茶店打理得井井有条，生意兴隆，甚感欣慰。

张大立说："那天夜里，我听二当家黄利国对大当家说，他这次去京城打探消息，回来走到韩城的路上，遇到一美女，忍不住想挟来与大当家成个亲，也好延续子嗣。谁知走到大岭客栈，栽到一个年轻人手里，只好自己跑回来了。"

张川海问："大当家的怎可像山大王一样？"

张大立说："不是这样的。当时大当家就呵斥了他，说他有土匪思想，心思歪了。"

张川海说："是啊！我从大当家的眼神中可以感受到凛然正气。"

张大立又说："黄利国与大当家乃生死之交，他不顾呵斥，说了与你交手的经过，我当时就觉得他说的年轻人就是你，当他把你的钱袋拿出来，又从中取出'茶马古道图'时，我便确定了是你。"

张川海问："我头一次上山，你为何又说'不便见我'？"

张大立叹了一声，说："我初次上山时，并没想到要入伙，也是对他们不了解，以为不顺着他们的想法，就很可能被杀头，所以就假意与他们结拜。当问我的家人时，我只说有一老妻，并没说有儿女，我是怕他们以儿女为要挟……因此，当我确定是你时，却不敢说，最后我说你是我的侄子，不太方便见你，但又觉得你这一去便见不到了，就与黄利国定计，让你过一段时间再来盘古山，没想到你来得这么快！"

张川海说："原来那天我来之后等了那么久，是你在与大首领马岳平说出真情？难怪马岳平先见了我，告诉了我来龙去脉，不然的话，我们父子肯定会大吵一架。"

张大立说："是的，我后来才发现，大首领实际上是一个很细心、很聪明的人。他不但会医术，武功也极好。我既然已与他结拜，就誓死跟随他，即使是大事不成，也为了一个'义'字。"

父子俩就这样每天夜里长谈到深夜才睡，一直持续了近一个月。白天，张川海也跟着他们去后山那边干些活，他们开了荒地，都是那种沟沟岔岔的小片地，种了十余亩的玉米、豆子、蔬菜等，秋后勉强能填饱肚子。

不过，弟兄们并没有认为这有多苦，他们常说，这比起打仗，可轻松多了，至少没有生命危险。但是，张川海能感觉到，他们很多人心里都憋着一团火，并没有打算在此长住。

山寨共有五孔窑洞，中间一间作了"聚义堂"，平时每逢单日的晚上，弟兄们便在这里听大首领讲兵法，讲天下大事，同时这里也是厨房和餐厅。剩余的四孔是马岳平自己一孔，黄利国和张大立同住一孔，汪狗子和时江胜一孔，冯安吉和白荣康、董家城一孔。张川海在山寨时，黄利国和汪狗子他们挤在了一起。

每逢双日的下午，弟兄们就在院子里较量武艺。这个时候，大首领马岳平经常是自己单独练几趟拳脚，然后在一旁指导，看弟兄们较量时谁有进步，便表扬一番，并对有些招式做些纠正。黄利国虽然武功不弱，但年龄较长，经常被冯安吉或者是白荣康打败。汪狗子和时江胜各有千秋，经常战个平手，张大立年轻时拜过师，再加上多年"蹚古道"，见多识广，学过蒙古摔跤，也算不弱。最弱的就是董家城，但练了这几年，也进步不小。

这一日，又到了切磋武艺的时间。大家都听说张川海身手敏捷，一出手就打败了黄利国，就想见识一下。最先出来挑战的是冯安吉。

那冯安吉是个大高个，脸上有一道深疤，那是一次与清军激烈战中留下的，当时他被一名清军头目用长刀砍到了马下，是马岳平冒死把他救起，又用自创的金疮药将伤口处理了，并用针缝住了伤口，不然不要说那张脸要废了，恐怕连命也保不住。

冯安吉立了个小洪拳门户站定，说："来吧，出招吧！"

张川海微微一笑，说声："冯兄请！"

只见冯安吉突然出招，一记直拳直取张川海额头，旋即用鸳鸯拐子腿连续发难，速度奇快，令人眼花缭乱。

张川海将头微微一侧，以八卦掌应对鸳鸯腿，每一招都刚好接住冯安吉的进攻。冯安吉一看不占上风，突然改变拳路，攻取张川海的下三路，没想到张川海步伐奇特，如踏雪寻梅，饶是冯安吉如何发难，就是占不到半点便宜。冯安吉攻了许久，心里着急，一个失手，露出破绽，被张川海抓住手腕，顺势一带，踉踉跄跄向后倒去。

赤红脸白荣康一看冯安吉败下阵来，立刻走了上来，抱拳说道："白某也想领教一下，请指点一二。"

张川海一看，这个白荣康论块头一点也不比冯安吉差，看样子也要小心应对。果然，白荣康使出一套形意拳。形意拳乃岳忠武王所创，学者若用心至诚，可以至洋洋流动，无声无息，无所不有，无所不生。正所谓拳无拳、意无意、无意之中是真意。

张川海仍以八卦掌应对，只见他左翻右转，步法敏捷，掌法神出鬼没，身体左旋右转，时高时低，如鹞子钻林，行云流水，滔滔不绝。白荣康的形意拳没有练到火候，与张川海使出的八卦掌相比，处处见拙。一盏茶功夫，他已是满头大汗，被张川海擒住了脚腕，站立不稳，倒在了地上。

马岳平观看了半晌，深感张川海掌法之精妙奇特。他半生戎马，所学交错糅杂，最近几年在盘古山练功，常与弟兄们切磋，认为"无招胜有招"，当他看到张川海使出的八卦掌，似乎又颠覆了他的想法。因为他看到这套拳法环环相扣，毫无破绽，于是想亲自领教一番。

张川海刚想退下，忽见马岳平走来，立刻抱拳说："大头领久经沙场，见多识广，川海不敢献丑。"

马岳平说："何为切磋？就是相互交流，无论长幼，各有所长。我看贤侄身手甚是了得，就想学习一二，望不吝赐教。"

张川海无奈，只好与马岳平过招。果然，马岳平的招式不定，没有一点花架子，但每一招都很实用，出手成招，刚柔相济。只见他踢打摔拿，融为一体，虚虚实实，忽快忽慢，捉摸不定。张川海不敢怠慢，抖擞精神，身法更加灵活，他不断就地走圈，避正击斜，伺机进攻，出手随机应变，推、托、盖、劈、撞、搬、截、拿，招式变幻无穷，身捷步灵，如游龙惊凤。

转眼之间，二人拆招五十余回合，直看得大家目瞪口呆，屏住呼吸。忽然，马岳平跳出圈外，抱拳说道："贤侄这套拳术毫无破绽，可有名称？"

张川海道："名叫八卦掌。乃我幼时在终南山学艺时，师父有一远方朋友来访，见我后，便对师父说：令徒天赋异禀，可传一套新拳术与他。师父应允，我便学了此拳法。"

马岳平说："果然是新拳术，滴水不漏！可发扬光大，如果贤侄能在盘古山多住些时日，可否教与众弟兄？"

张川海说："我已来此多日，还有许多事情要办。就想明日下山，若日后有闲暇，定能再与众义士相会。川海亦盼望伯父早日竖起大旗，东山再起，完成毕生追求之大业。"

大家一听这话，都过来挽留他。刀疤脸冯安吉说："莫走，莫走！我还要学习你的八卦掌呢。"

赤红脸白荣康说："你不能走，白某的形意拳再练得精进一层，说不定能胜你呢！"

张大立说："他也与众弟兄情投意合，难以割舍。只是想早点回去，给他母亲上上坟，代我给她烧两张纸，捎两句话……"

大家一阵沉默。黄胡子黄利国咋咋呼呼道："叫他走，叫他走！是该让他走了！有朝一日，他还非得回来不可。格老子的，等着看，不然我'黄'字倒着写。"

张川海说："各位伯伯、叔叔请放心，川海此去，定将大首领的思想广布天下，人人相传，到那时，人心向背，定会摧枯拉朽般推翻大清王朝。"

第三十一回　董家驹明修栈道
　　　　　焦志明暗度陈仓

且说董家驹一早就守株待兔，来到黑菽灵家的地里。玉米苗苗长半人高了，绿油油的。董家驹今年也没少在这地里耕作，因为黑菽灵这块地不靠路边，一般没人来这里，董家驹要想给她帮忙，错开个时间就来了，速战速决，还好，从来没遇见过人。

其实，他也想好了，就是在地里帮黑菽灵干活被人撞见，那只不过会说他想占人家寡妇便宜，但到底是没被抓住，他也可以说，是看她一个女人不容易，又是本家弟媳呢，家城弟不在了，帮她一把不应该吗？所以就看你怎么说了。只要在地里管好自己，规规矩矩的，谁说也不怕。

玉米地里又长出灰条菜了，是该锄地了，黑菽灵应该来的。他在地边的林子里藏了起来，就等着黑菽灵出现。

等到太阳升起好高了，还没见人影，他泄气了，正准备撤退，忽然听到了熟悉的脚步声。"这婆娘怎么懒了。"他心里想。

黑菽灵扛着锄头走来了，身材还是那么窈窕。"肚子并没有大呀。"董家驹心里想，但他从那晚上黑菽灵说话的语气判断，她没有骗他。

黑菽灵到了地边，就开始锄地了。她不知道，树林里藏着董家驹。董家驹本来是想开个玩笑，吓她一跳的，以往开这种玩笑，她会吓得乱跳，然后用拳头捶他的胸，他会趁机在她嘴上亲一下。

可是今天，董家驹不敢了。他装作刚刚来的样子，从树林里走了出来，先咳嗽了一声，像是打招呼。黑萩灵听见是他，头也不抬。他装成没事一般走了过来，说："我这几天天天都去你家门口，你的门都是紧闭，我进不去，有要紧话想跟你说呢！"

"等娃出生了，你跟你娃说去。"黑萩灵还是不抬头看他。

"是，我会跟咱娃说的，只是眼下怎么办，你不和我见面，咱们能商量到一块儿吗？"董家城说。

"见面？见面你能说什么？你会休了她，娶我吗？"黑萩灵问。

"我休了她，我袖子（媳妇）娘家会打断我的腿。"董家驹说。

"那你就不要和我说了，等我把娃生下，人家问是谁的，我总不能说是我自己的吧？"黑萩灵说。

"我想到和你私奔，但是也实现不了，离开石坷村，我又不会啥手艺，活不下去的，再说咱俩私奔了，我家娃娃怎么办？我那一家人的日子不就塌火了？"董家驹说。

"这不行，那不行，你到底要跟我说啥嘛！"黑萩灵火了。

"我有一个办法，你听听行不行？要是你同意，倒是两全其美；要是不同意，就当我是放屁。"董家驹终于说出了最想说的。

"啥？"黑萩灵看了他一眼。

"帮你嫁个好人。你知道吗？乱麻科的焦志明是个大地主，家里日子好过得很，就是死了老婆了，他早就对你有意思，你要是同意，我去说一说，他肯定会高兴死。"董家驹见黑萩灵问他，就一股脑地把这几天想好的台词说了出来。

"行是行，你得过来，我有话对你说。"黑萩灵说。

"好呀，我还以为你会生气呢！"董家驹没想到黑萩灵会这样痛快地答应了，他想再抱抱她，他这几天做梦都想再和她亲热一次呢。

董家驹乐颠颠地跑了过去，当他走近黑萩灵，把脸凑过去时，只听见"啪"的一声，一个大嘴巴扇到他脸上，扇得他眼冒金星。他定睛一看，黑萩灵满眼怒火地盯着他，他这才知道，完了，今天这事算是砸了，从今以后，他和黑萩灵的缘分也完了，但是，黑萩灵肚子里的孩子到底该怎么办？他蒙了，无计可施。

董家驹愣了半会儿，脑子又转了回来。他说："你看，我这不是和你商量吗？我知道你是烈性女子，但什么样的好女子不都得嫁人吗？你以为我舍得让你嫁给别人？你是我的心头肉呀，你要是嫁给别人，你知道我会多难过吗！可是，这不是没办法吗？家规族规有多厉害，你知道吗？万一咱们的事暴露了，不仅孩子保不住，连你我的命怕都保不住了呢！"

"你给我滚！姑奶奶本以为你是个肩膀上能挑得动山、脊背上能剁得了肉、肚皮上能跑得了马的汉子，没想你却是个怂包窝囊废。"黑萩灵指着他说。

董家驹碰了一鼻子灰，在这一秒钟都待不下去了，立刻开溜，蔫头耷脑地往回走。

他觉得就不该先跟黑萩灵商量这件事，要是焦志明自己跟黑萩灵说，这事兴许能成。自从黑萩灵告诉他怀孕后，过去这么长时间了，这事不能再拖，如果再拖下去，那就显怀了，事情说败露就败露，那后果可不敢想。

董家驹决定去找焦志明。他回到家，老婆牛玉妹正忙着做饭。牛玉妹体态丰满，干活是一把好手，她当初要嫁给董家驹，就是因为他猎鼓打得好，过年时，她看猎鼓，就是为了看董家驹。她娘家是牛家庄人，弟兄众多，董家驹对她有些忌惮。

他说："我得出一趟门，昨天乱麻科村的焦志明捎话，想要咱家的公驴去给他家的母驴配种，我这就走，就不吃饭了。"说完，牵出驴子就走。

牛玉妹一听，说："那也吃了饭再去吧？"

石坷村这条川的农村，在农闲的时候，有母驴的人家就会找公驴配种，公驴的主人最喜欢干这事。要是公驴给力，母驴也配合，配种顺利，不但管吃管酒，还有酬谢。

"去他家吃！"董家驹说。

董家驹几年前给焦志明家的母驴配过种，也就是配种时认识的焦志明。那时候，焦志明老婆还没死，家境殷实，但是老婆一直病歪歪的。最近，他听说，焦志明老婆去年死了。

董家驹这次去，就想给焦志明说，黑萩灵也守寡三年了，按规矩是可以改嫁的，何不备份厚礼，先找黑萩灵探问一下她的意思，再找个媒人，到他三叔董振山家说合说合，这事应该能成。

董家驹骑着他的驴子，走了一个多时辰，就来到乱麻科。过了桥，看见焦志明家的门大开着，心中大喜，于是就在外面喊："老焦在家吗？"

焦志明刚吃过中午饭，在院子里坐着。这段时间，农村的活不多，玉米刚长到半人高，除了锄锄草，是不用天天下地的。他听见有人喊，走出院子，一看是董家驹，牵着一头驴。他说："马驹子呀！你咋来得这么应时，我正想找你，给我家那头小母驴配种呢，你就来了，你是能掐会算？"

"我那年不也是这个时候来的吗？今天没事，所以就找你来了，需要配种最好，不需要的话，找你谝闲传嘛！"董家驹说。

"好，好！快，快，屋里坐！"焦志明说。

"先把驴拴到你家驴槽上，让它俩熟悉着。"董家驹说。

焦志明接过缰绳，把驴拴好后，给它添了一把好料，过来和董家驹说话。

董家驹问："你今年贵庚？"

焦志明说："贵庚？呵，你还有学问了。三十五了，我得管你叫哥。"

"是呀，是呀，我长你五岁呢。我听说弟媳过世一年多了吧？"董家驹说。

"是的，她害病害时间够长了，过世就是享福去了。只可惜我那娃还没成人呢。"焦志明说。

"怎么不见你娃呢？"董家驹问。

"我把他送到韩城一个亲戚那儿当学徒了，他娘去世后，他一天到晚的不高兴，想着让他学门手艺，长大了再给他开个店，不要回来了。"焦志明说。

"这个想法好！"董家驹说。他一拍大腿，像是突然想起似的又说："你认识黑萩灵吗？"

"十里八村，谁不认识她？"焦志明说。

"那你就没想着续弦？黑萩灵守寡三年了，你就不敢差人提个亲？"董家驹说。

"我哪敢有那想法！那还不被她公公婆婆骂出来？"焦志明说。

"你有所不知，黑萩灵的公公正是我三叔。别人不了解，我可是了解，她和我三叔三婶关系一直不好，我三叔那个人吧，就喜欢田地。黑萩灵刚嫁过来，就要闹分家，要分去三叔家的十几亩好地，三叔心疼得跟啥似的，但也受不住她整天闹，后来就依了她。你要是去提亲，有八分把握。"董家驹说。

"那你说该怎么办？"焦志明来了兴致。

"以你的相貌，浓眉大眼的，黑萩灵不会反感。以你的家境，有那么多田地，她也是知道的。所以，你先备了礼物，去找一趟黑萩灵，跟她说明你的意思。她要答应了，这事就成了一半。然后，你再央王媒婆去我三叔家说去，我三叔会算账呀，要是把黑萩灵嫁出去了，他既能得彩礼，又能把分给她的地收回去，他肯定会愿意。只要我三叔愿意，我三婶还不得听他的？"董家驹早就把这都想好了。

"好！这还真是个好姻缘！"焦志明说。黑萩灵的美貌，哪个男人不眼馋，他没想到自己会有这福气，经董家驹这么一煽动，他就按捺不住自己的心了，恨不得立马能把黑萩灵娶到家里。

"这事可不敢拖延，你要是晚了，说不定别人就先去说了。"董家驹叮嘱他说。

"明天，我明天就去准备好礼物，到你们村时，你可得给我引一下路。"焦志明说。

董家驹见事情说好了，就说："好，就这么着！我这也是成人之美嘛。走，咱们去看看那两头驴感情拉得怎样了？"

到了驴棚，董家驹的小黑驴刚刚吃完一瓢豆子，正频频给身边的小母驴示好。董家驹说："好了，给这家伙松缰绳吧，保准嗷嗷叫。顺带给你家的马也配个种，来年生个小骡子，这叫买一送一。"

第三十二回　张川海再赴韩城
　　　　　党家村巧遇诗龙

且说张川海在盘古山住了近一个月，与山上众义士性情相投。但是他一来惦记着早日回家，给母亲上坟；二来董诗龙还在石坷村等候他的消息，要是不早点赶回去，就怕这小丫头再跑来找他。

于是，这天晚上，他跟爹爹张大立以及大首领马岳平、二首领黄利国三人说："川海想明日就动身下山，随身带的纹银五百两，权当礼物，留与山寨做日常开销。"

马岳平说："见外了，山寨所需花销并不多，银子就不用留了，你的那两样宝贝，你爹爹自会给你，明日众弟兄给你饯行。"

张川海执意要将银子留下，马岳平见他诚心诚意，就收下了。

第二天一早，张川海辞别了爹爹及众义士，到集义庄鬼脸袁亮那里，寻了大青马，催马扬鞭，直奔大岭客栈。

老董今日刚刚送走一队马帮，正与瘸子、哑巴一起吃饭。

张川海到来，刚刚赶上一起吃。吃完饭后，张川海见瘸子和哑巴都各自忙去了，就告诉了老董盘古山义士的故事，老董听完后，说："我就感觉黄胡子不像真土匪，不然他还不得把我老婆给那个了。再说，他劫来那个姑娘，路上也没把她怎么着。"

张川海又说："还有一件事，不知道该不该对你说。"

老董说："这儿又没外人，你想说就说。不想说我也不想知道，我知道有些事该烂在肚子里。"

张川海说："我爹爹其实就在盘古山入了伙。石坷村的董家城，也就是你侄子，他也没死，他和我爹爹一起，都在盘古山，他们八位立志要重竖捻军大旗，在等待有利时机，所以都不肯下山。这是秘密，你知道就行，不可告诉任何人。"

老董惊得嘴巴张了好久，才回过神来："你大活着？我那家城侄子没死？全村人都以为他已经死了。你能告诉我他的事，说明你信任我老董，我不会告诉任何人。这事你也别再说出去了，最主要的是别让我那三叔和他儿媳妇知道了，弄不好会惹来杀身之祸……"

张川海说："是啊！如果他们是真的土匪，朝廷或许会睁一只眼闭一只眼。要是知道他们是捻军，不但会围剿他们，就连亲人也会受到牵连的。我已经劝董家城改了名字，以免牵连家族。"

张川海之所以把这些事告诉老董，是因为他觉得老董见多识广，遇事很有见地。再就是这些话他只能对老董讲，包括董诗龙，他都不敢让她知道董家城还活着的事。

老董说："龙娃子最近都没来我这客栈，她与韩大掌柜的外甥女结拜了，就整日跟着她习武练剑。"

张川海说："我还有东西留在她那里，我这就去石坷村找她们。"

半个时辰后，张川海就来到了石坷村。

一别数日，他心里很想立刻见到董诗龙。他也觉得奇怪，这些天来，他想得最多是儿子和茉莉，除此之外，还有这位被他认为是小妹妹的董诗龙。

来到老村长家，院子静悄悄的，他拍了拍门环，王一萍出来了，说："是川海呀，你可办完事了！我那宝贝孙女没完没了地念叨你，还说怕你遇到啥危险。"

张川海问："怎么没见到她们呢？是去哪儿游玩了吧？"

王一萍说："就在昨天，她突然说想去韩城找嫣然，我见她整天心事重重的，就让她去了，能散散心，正好燚龙也想去，就和她一起去了。"

张川海说："巧了，我正好也要去韩城，然后从韩城取道西安，回陕南老家。既然她们都不在此，我就不在此多停留了，代问董村长好，川海来日再来看望他老人家。"

王一萍瞪了他一眼，说："忙啥？好赖该吃口饭再走，我就不留你。对了，龙娃子屋里还有你的东西。"说着去取了张川海寄放在这儿的银两。

饭罢，张川海拿出一锭银子，非要留给王一萍，王一萍推辞不过，只好收了。张川海快马加鞭，向韩城奔去。

李嫣然没想到这才回来几天，董燚龙就让诗龙妹妹带着他来找自己了，看来，他是真的对自己动了情。多亏舅舅不在，要不那还不得让她害羞死了。虽然她措手不及，但心里却十分喜悦。韩大掌柜的前几天就带着马帮去西安了，估计还得半个月才能回来，家里就剩下驼子叔、厨娘和她。这下好了，董诗龙、董燚龙一来，这么大个院子，三个年轻人想怎么住、怎么玩，没人约束。

这日，李嫣然正领着他俩在党家村闲逛，突然听到"哒哒哒"的马蹄声，远远地看见一个人骑着大青马过来。董诗龙就说："怎么看着像是他呢？"

"谁？川海兄吗？你是不是看谁都像他？"董燚龙戏谑地说。

"没错！就是他！"李嫣然看清楚了，就立刻向张川海招手。张川海早就看见了他们，翻身下马，也向他们招手。三个人向张川海跑过去，董诗龙看到，一个月不见，张川海消瘦了不少，但眉宇间却舒展了，脸上多了自信。

李嫣然问："事情办得可顺利？"

张川海说："果然是一帮义士，与我志趣相投。山寨虽清苦，但也自由快乐，我的东西也已归还于我。"

李嫣然说："还记得你救的那位韩城姑娘吗？我带她回来的路上，她告诉我，黄胡子只是劫持了她，路途中，对她还好，也没有非分之举。只是到了客栈后，把她绑在椅子上，她才惊恐大叫。"

张川海问："那日你把她送回去，她父母可曾担惊受怕？"

李嫣然说："我照你的吩咐，没跟她父母讲被劫持的事，只说是贪玩迷失了，跟着我们马帮回来的。"

董诗龙一直在默默地看着张川海，本来一直担心他中了盘古山寨的圈套，刚听他这么一说，放下了心来，但不知道川海把那个"神秘人"的秘密解开了吗？她向他投去了疑惑的眼神，他也望向了她，四目相对，似心有灵犀，川海感受到了她对他的关心与担忧，她也似乎读懂了他眼神中的思念。

李嫣然说："不要愣在这里了！走吧，我们回恕轩马帮大院吧。"

四人过"哨门城楼"，来到恕轩马帮大院后，驼子叔笑容可掬地过来，帮川海把大青马拴到马棚，就去忙着张罗下午饭去了。四个年轻人在大厅坐下，李嫣然招呼大家用茶，董诗龙这才问张川海："能不能跟我们讲讲你这次去盘古山的经过？一定又是一番惊心动魄吧？"

张川海笑着说："我倒是听了他们讲过很多与清军交战的事，那才叫惊心动魄、气壮山河。他们每个人都身经百战，又身怀绝技，意志坚强如铁，着实令我佩服不已。"

董诗龙听张川海说这话的意思，一丝担忧涌了上来。但后来又听张川海说到，大首领如何极力挽留他，他又如何推辞，尤其是着重提到她还在石坷村等着他，她心里感到十分满足。"我在他心里是有位置的。"她暗暗地想，"所以，他不可能像那些人一样，为了所谓的'大义'，什么都不管不顾。"

张川海问董诗龙："这些天来，你跟着嫣然学习武艺，有没有精进？"

李嫣然接过话来说："自然是精进不少，岂不闻'青出于蓝而胜于蓝'吗？"

"果然？可否练一趟剑术，让我看看？"张川海说。

董诗龙正想把这一个月来所学向张川海展示一下，一听这话，立刻起身来到院子，把嫣然教她的"梨花醉雪"剑法舞了起来，但见她时而腰肢柔软，如在狂风骤雨中摇曳；时而步伐敏捷，如惊涛骇浪上行走。辗、转、腾、挪一气呵成，练毕，将剑轻轻收回剑鞘，舒一口气，脸色绯红。

"好！果然是名师出高徒！"张川海与董燚龙大声喝彩。

董燚龙说："有诗龙妹这样的武林高手，看谁以后还敢小觑我们石坷村！"

忽然听见驼子叔喊大家吃饭，于是四人移步餐厅，厨娘已将饭菜碗筷摆放整齐。张川海看时，主餐乃是韩城羊肉饸饹，每人一大青花瓷碗，红红的油泼辣子在上面飘着，香气四溢。

在用餐的间隙，张川海告诉大家，他预备明天就此告别，取道西安，临走之前，想再去城内看看有没有合适的店面，可以预先租下，多则一年，少则半年，他就将陕南的茶楼盘出去，转移到韩城开店。

董诗龙听张川海说要走，心中顿时感到一种难以名状的失落，但听到后面，少则半年说不定就可以再来，才稍稍感到欣慰。

董燚龙说："不如我们夜游韩城，感受韩城的市井生活，说不定就可以帮张兄看好店铺。不瞒大家说，其实我也有意看上一家店铺，以我的手艺，若在韩城开一家酒楼，想必生意定会火爆，此事也正是我为嫣然所做的打算……"

李嫣然听他不小心说漏了嘴，立刻反驳："你开你的酒楼嘛，关我什么事！"

董诗龙此时兴致很高，欢呼到："你的提议挺好的，我赞成！姐姐难道不愿意一起去吗？"

"当然愿意去了！就陪川海兄一起逛逛韩城，看韩城夜市花灯摇曳，吃韩城美食，何乐而不为呢？"李嫣然说。

说走就走，四人略加收拾，各自骑马，向韩城金城大街奔去。

第三十三回　情到深处人孤独
##　　　　　此番离别何时逢

　　张川海从盘古山回来的路上，就下定了把茶店搬到韩城的决心。一是因为他觉得韩城比较繁华，但缺少一个茶店；二是爹爹如今在这边，虽然隐匿在盘古山上，但如果自己搬到韩城，则可以经常上去看望他老人家，略表孝心，同时又可以和马岳平一帮豪气干云之士相聚；三是因为在黄龙山认识了董诗龙、董燚龙、李嫣然和石坷村那么多董姓人家，这些人热情、善良、厚道，让他难以割舍。

　　他从董诗龙的眼神、言语间早已读懂了她对他的依恋，尽管他尽量把她当作小妹妹。

　　这次与张川海别后重逢，董诗龙确定了自己的确是爱上了他。她知道这有点遥不可及，他和她之间，似乎还有很多高山相隔。可她却骗不了自己的心，心中明明白白、时时刻刻牵挂着他，就是晚上醒来一会儿，脑子里也都会闪出他的影子，想他是在什么地方，正在干什么？

　　张川海想念他的儿子，也想念他的妹妹茉莉。他有时候也想起过世的妻子，但他似乎从没有在妻子身上感受到像董诗龙这样多的关切，没有遇到过如此心有灵犀的目光。

　　茉莉与诗龙也完全不同。茉莉是一片淡极了的绿茶，那香味在野外是很难嗅到的，只有把她泡在茶水里，才能闻得见，才能慢慢地品出那滋味，那种滋味让人依恋、回味，让人宁静、淡泊。但是，喝过几遍之后，若不再续点新的，便和白水没什么两样了。

　　而她，董诗龙，是一株从春天的湖水中刚刚冒出芽尖的芙蓉。那碧玉般的叶子衬托着嫩红的花苞，在碧波荡漾的春水中，精神抖擞地摇曳着，绽放着，任谁看到都会惊叹那美丽的身影，那生命的张力，那纯净的意境，那诗情画意的美让人留恋。

　　张川海知道，如果他不能让自己全部属于她们其中的任何一个，他就只能把她当作小妹妹，他不敢亵渎了那份纯真的感情。他不忍心看到和龙妹分离时，那失落的眼神，他不想让她感到无奈，更不能让她失望，更不敢想象她独自一人时，因思念带来的哀伤。那么，就尽快搬来她身边吧，看着她再长大些，成熟些，或许她能再遇到一个更好的男子，结为伉俪……若是那样，他就认龙妹为妹妹了。

张川海就这样边走边想着，不觉间便进入了金城大街。

韩城金城大街上。花灯摇曳，人们摩肩接踵。店铺一家挨着一家，每家都有一面杏黄旗，也都挂着牌匾。地方风味的小吃应有尽有，有专门卖羊肉饸饹的，有卖芙蓉糕的，有卖羊血蒜辣子的，有烤肉串，臭豆腐……李嫣然、董诗龙、董燚龙走一路，吃一路，张川海一直就跟着付银子。

在一条街上，张川海看到了"闯王行宫"，惊奇地问李嫣然这是不是李闯王的行宫。嫣然说："是呀，李闯王的部队曾经在韩城修整过一段时间，那就是他准备渡黄河的前夕。你没听说过李闯王要渡黄河，因为船只不够，一夜愁白了头，第二天一早，黄河居然结了冰，于是部队顺利渡过了黄河，在山西、河南发展壮大，一直打到北京去，推翻了大明王朝。可惜，他只是为他人做了嫁衣！"

张川海一听，拍手说道："太好了，黄河居然可帮有志之人成就大业！这就叫'有志者，事竟成'！只是朝廷能将闯王行宫保留下来，却是意外。"他想到，盘古山上和爹爹在一起的义士们，定可像李闯王一样，大事可成。

就在"闯王行宫"不远处，有一家店铺空着，上写"招租"二字。"踏破铁鞋无觅处，得来全不费工夫！这个位置却正好是我想要的。"张川海说道。于是在四人在隔壁要了贵妃糕，边吃边打听这家店铺的东家。店老板说："这家店铺的老板是我哥哥，原来也是卖些当地小吃，因家里出了点事，所以不能经营了，由我全权代理出租。"

店老板打开了门，提着马灯进去。四人一看，店铺分上下两层，可容五六十人喝茶，里面还带有后院和住宿的地方。"就这家了！"张川海立刻定了下来，先付了定金，并托付董燚龙在此照看装修事宜，说好少则半年，多则一年就搬过来。

董燚龙非常愿意留在韩城帮张川海装修店铺，这样他就有理由经常见到嫣然了。就在刚才，嫣然避开董诗龙和张川海，还悄悄问他："下午吃饭时所说可是真心话？"他回答道："这是我此生所做的最正确的一次选择，为了我们，我要离开石坷村，你就等着给我做当家的吧！"

翌日，吃完早饭，张川海向李嫣然、董诗龙、董燚龙告别。三人送了张川海一程后，嫣然看龙妹欲说还休的模样，知道她有话想单独跟川海说，就向燚龙使了个眼色。董燚龙识趣，说："就让诗龙妹妹再送川海兄一程吧，我想邀嫣然妹陪我再去金城大街，看看还有没有空店铺，我不是要开酒楼吗？如果能盘下，也好一起装修。"

李嫣然忙接着说："望川海兄此去一路顺风，早日归来！"

张川海忙拱手说道："川海能在黄龙大山中结识你们，真是三生有幸！正所谓相见恨晚，我恨不得天天与你们在一起谈天说地。我会尽快回来的，到那时，我们再对酒当歌，畅谈胸中的志向。"说完，挥手作别。

董诗龙和张川海骑着马，出了韩城，一直向芝川奔去。此刻，董诗龙多想一直跟随在张川海身边呀，但她知道，他把她当成了妹妹。可是，他已经深深地住进了她的心里。一幕幕场景犹在眼前，当凶猛的野猪向她冲来时，他挡在了前面；他们同骑一匹马，向那危险的盘古山奔去；他从盘古山归来，四目相对，眼含泪光……分别一月来，每时每刻都在思念中度过，他心里分明也装着她！她好想对他说："我不在意什么名分，重要的是能和你在一起。"

汹涌澎湃的黄河出现在眼前，浊浪排空，令人震撼。

张川海和董诗龙勒住了马，眺望黄河。张川海指着黄河说："就是这条大河，它是几千年文明的摇篮，我却从没这么近距离的观看过它！听盘古山的义士们讲，他们当年与清军交战，有很多将士兵败后就葬身在黄河。但我相信，这条大河也终会将腐朽的封建王朝淹没，还世间一个朗朗乾坤！"

说这话时，董诗龙从张川海的眉宇间感受到一种勃勃英气，她也从这些话中，感受到张川海在盘古山住的这一个月受到了潜移默化的影响。她说："是啊！我也是第一次这么近地看它。你看它，滚滚而来，水浪那么大，那么黄，好有气势呢。"

张川海翻身下马，拿出了那把"凤鸣"短剑，来到董诗龙面前，双手捧着剑鞘，说："龙妹子，你我有缘在黄龙山结识，今日就此别过，这把祖传的宝剑就赠予你，做防身之用，你我来日方长，半年后定会再次相聚。"

泪水终于从董诗龙的眼里涌出。她不忍分别，却不能不分别，有太多的话，她说不出口，那不是一个女儿家能说的。她只能强忍住哽咽，从马背上跳了下来，伸手去接张川海递过来的宝剑，她不能拒绝这份礼物！她知道，这份礼物的重量，这是张川海冒死从盘古山赎回的家传之物，如今又要赠予她，可见她在他心中的分量，此后，她要用生命来护卫这份礼物。接过"凤鸣"短剑时，两人深深地互望着，突然，泪水再次模糊了董诗龙的眼睛。

"珍重！不要哭，我一定很快就回来的。"张川海说。

"好吧，谁哭了？我才不会哭呢，人家就是被风吹的。你走吧。"董诗龙辩解道。

说着话时，董诗龙却情不自禁地伸出手去，张川海握住她纤细的手，这是他们第一次相握，也是让人怦然心跳的相握。他的手温暖、有力、厚实，她感受到一种奇妙地传递，仿佛有一种安全感传来，让她无比的安心，无比的幸福。忽然，她扑进他的怀里，他也紧紧地拥抱着她，彼此感受到对方的心跳。良久，川海轻轻地扶着她的肩膀，把她从梦中惊醒。是时候分开了！她从川海眼神中，看到了一个答案："相信我，我一定会早点回来的！"

第三十四回　重回故乡遇变故
##　　　　　　恶狼入室反咬人

告别了董诗龙，张川海沿着黄河，快马加鞭，一口气跑到同州，看天色已晚，就找了家店歇了。第二天从同州取道西安，当天就住在西安城。第三天，他就早早地就回到了利康城。

他远远地看见挂着"川海茶楼"招牌的茶楼，百感交集。熟悉中似乎又带有一些陌生的味道，儿子怎么样？是在读书还是在家？茉莉见到自己突然归来，会不会激动地过来拉住自己的胳膊，絮叨个没完？然而，当他走到茶楼门口时，一切都不是他想象的那个样子。茶楼大门紧闭，空无一人！茉莉去了哪里？他心里一惊，赶紧去了堂兄张川河家。

还好，他听到了儿子的读书声，在堂兄家的私塾内，他看到了儿子正在和堂兄家的两个孩子诵读《三字经》。他顾不上去见儿子，直奔内宅，见堂兄、堂嫂都在厅堂坐着，面带愁容。

堂兄张川河看见他，赶紧站起来，连声说："你回来了！回来得好！回来得好！"

看见堂兄失常的样子，张川河预感到发生了什么事，忙问："茉莉在哪儿？茶楼怎么关了？"

"唉，茉莉昨天被官府的人带走了，据说是王春和搞的鬼，告她持刀行凶……"

"这，怎么可能呢？"张川海知道，茉莉是无论如何也干不出行凶的事来的。

张川河讲了事情的经过。

就在昨天，川海茶楼来了一胖一瘦两个公差，对茉莉说："有人告你持刀行凶，跟我们走一趟吧！"

茉莉感到莫名其妙，说："我每天都在店里忙着做生意，哪里会有持刀行凶的事？莫不是被人诬告？"

胖公差说："诬告不诬告我们不管，我们只管执行县令的命令来拿人，到了县令那儿，自会询问你。"

茉莉心里明白了，这是王春和搞的鬼。不知道这一去吉凶如何，何时能澄清事实，轩儿怎么办？她得跟堂兄说一下情况。她说："好！我跟你们去，但是我得跟我堂兄说一下，我娃还在他家上课，得托他照管。"

瘦公差说："别磨叽啦！你堂兄在哪里？"

茉莉说："就在街对面。"

瘦公差对胖公差说："那也在情理之中，就让她过去说一下吧！我俩跟着她就是了。"

见到堂兄张川河，茉莉说："我被人诬告了，现在要去县令那里受审，不知道吉凶如何，请堂兄帮我照顾轩儿。"

张川河一看，后边还跟着两个公差，就悄声问："你知道是谁告的你吗？有没有办法斡旋？"

茉莉说："是王春和搞的鬼。"张川河一听，明白了，王春和这个人有名的刁钻奸猾，说不定给县令使了银子。现在，张川海还没回来，如果自己不去营救茉莉，那衙门怕是好进难出。

这会，他正和夫人商议，该筹备多少银子，送给县令，好把茉莉放回来，张川海恰好回来了。

张川海听堂兄说是王春和告茉莉持刀行凶，心里顿时明白了几分。他把身上剩余的银两全部交给堂兄，说："这里有三百两银子，你先使着，去衙门探问一下情况，我去找王春和。"

张川河说："好！我这就去，你别把事弄大了，问明白就好。"

王春和此时正在利康城另一家叫作景明的茶楼喝茶。张川海清楚他的规律，直接去了景明茶楼。果然，王春和独自坐在一个茶座上品茶。张川海一进门，就被他发现了。他站起来想溜，张川海大声喊道："春和兄，莫不是做了什么对不起我的事，见了我就想跑？"

王春和知道张川海的厉害，要是张川海在家，给他一万个胆子，也不敢对茉莉有非分之想，只是那天，他知道张川海一时半会儿回不来，一下子没忍住。后来被茉莉戳伤了脸，心里憋了一口气，本想着就这么算了，但是又觉得自己也是利康城有头有脸的人，怎么能忍下这口气？他越想越觉得该给茉莉一点颜色看看，让她知道铲子是铜锅是铁，于是就跑了衙门告了刁状。

张川海突然出现在他眼前时，他也就一下子慌了手脚。他想："莫不是张川海见到茉莉了？茉莉告诉了他那件事？那今天不死也得被张川海痛打一顿吧？"但他听到张川海说话的语气，又觉得他还未必知道这件事，就镇定了一下，招呼道："哎呀！你看我这眼小，也不聚光了，怎么就没看到川海老弟，你几时回来的？"

张川海不搭他的话茬，在对面坐了，直奔主题："我问你，是不是你把茉莉告到衙门了？她行凶伤人？伤到谁了？"

王春和忙说："误会误会，川海老弟，你看我的脸，是不是刚结疤？这可真是茉莉干的。我本等着她给我赔个不是就算了，谁知道她就是不肯服软，我没办法呀，只好把她告了……"

张川海问："她为什么把你的脸戳烂了？莫不是你对她做了什么？"

王春和说："怎么会呢！茉莉那暴脾气你还不知道吗？就为了那点茶钱，逼着跟我要，我说来年给你家秤上多几斤不就完了，她不依，就趁没人时伤了我……"

张川海说："既是这样，那茶钱我不要了，你赶紧去衙门把状子撤了。"

王春和借坡下驴说："既然川海老弟这么说了，我也就不计较了，我这就去衙门撤状子，你赶紧去接茉莉回家吧。"说完，起身就走，张川海看他转变得如此快，心里狐疑，但转念一想，无论如何，得先让衙门把茉莉放出来，然后再询问真相。于是，也就后脚紧跟着奔向衙门。

张川河拿着三百两纹银去找县令，却被差役挡在了门外，说："老爷正在会见客人，不便进去通禀。"张川河正在县令家门口徘徊，忽见王春和和张川海一前一后赶来。差役以同样的理由挡住他们，张川海从衣底摸出一点碎银子，塞给了差役，他这才同意进去禀报。

第三十五回　利康县令欲弄权
　　　　　茉莉脱险同回家

利康县的县令叫刘太久，今年三十九岁，长得肥头大耳。他的官是捐来的，在利康已经当了三年的县令了，城里大点的商贾逢年过节大多拜访过他，给他送过银子，这是惯例，不然如果被县衙盯上了，生意就不好做。

王春和虽然爱占小便宜，但是这个规矩他懂，给县令送银子，他一点也不敢含糊，甚至可能比其他商贾送的礼还厚一些、跑得还勤一些。

　　就在十天前，王春和打听到刘太久的二姨太过生日，衙门里有些人过来送礼，王春和也马上行动，也备了礼物送过来了。那天，也正好是他被茉莉戳伤的第五天，伤还没好，脸上贴一块狗皮膏药。这刘太久收了礼物，免不了要请客吃饭，因为是二姨太过生日，知道的人不是很多，也就七八个，吃饭时刘太久注意到了王春和脸上的伤，就问了一句："狗奴才，你这是和谁打架了？把脸伤成这样子？"

　　王春和本不打算告状了，听县老爷一问，当时就编了个谎，说："我因和'川海茶楼'有点经济纠葛，一时言语不和，却被茶楼女老板茉莉用刀戳伤。"

　　刘太久问："茉莉何许人也？如此目无法度？"

　　王春和说："茶楼的男主人叫张川海，茉莉是他妹妹。这女子泼得很，不但用刀戳我，还用火烧我……小人也是觉得她是妇道人家，不和她计较，就忍了这口气了。"

　　刘太久闻听，说声："大胆！如此刁蛮还了得？你给我写个状子，告她故意持刀行凶，待我把她抓来，细细拷问！"

　　王春和看到县令动怒了，不敢多说，只得唯唯诺诺地说："是、是、是……"

　　王春和把状子递上去就后悔了，一来他怕把事情闹大，张川海回来饶不了他，显然，刘县令不认识张川海，他可能不知道张川海的厉害；二来他知道县令这家伙是个色中饿鬼，他比起刘县令来，那是小巫见大巫，就怕刘太久见到茉莉，那还不像猫见了鱼？抓住了茉莉的把柄，不占点便宜怎肯罢手？

　　王春和在心里嘀咕："唉！自己喜欢的女人，又便宜这个色鬼了！"

　　且说，就在张川海和王春和赶往刘太久府上的路上，刘太久刚刚让衙役把茉莉从大牢里秘密押解到他府上。

　　昨天，捕快们把茉莉带来时，本来满腔怒火的刘太久见到茉莉，气先消了一半。在他的想象里，茉莉应该是个又粗壮又丑陋的中年妇女，不然怎么说不了几句话就用刀捅人？等他见到茉莉，却完全相反，他没想到，这个"脾气不好"的茶楼女老板如此温婉可人。

　　待他审问茉莉时，得到的是和王春和完全不一样的说法。茉莉的美貌弄得他心里痒痒的，审理清楚后，他本来应该放人的，但他以双方各执一词为由，命衙役先把茉莉押入牢中，令捕快下去调查清楚，改天再审。

第二天，衙役给茉莉传话说："县令命你去他府上，有几个细节要问你，问清楚了，估计也就没事了。"

茉莉说："何不在公堂上审问？"

衙役回道："公堂上审问，县令过于威武，常常要动大刑。若是到了他府上，那就是调停调停，大事化小，小事化无了。"

茉莉信以为真，就被衙役带到县令刘太久的府上。刘太久早就想好了恐吓茉莉的说辞，这是他惯用的让女人主动献身的伎俩。

茉莉进来时，刘太久已经把两个姨太太支开了，家里就剩下他和两个看门的差役。

在他后院的厅堂里，他殷勤地给茉莉让座，还端上了一杯茶水。县令如此亲民，茉莉有点感动。刘太久咳嗽了一声，说："我已差捕快调查清楚，那日之事，没有旁证，只有街坊邻居看到王春和从你家慌张跑出，满脸是血。现如今，你俩各执一词，证据却对你不利呀！"

茉莉说："小女子所说，句句属实，若不是他逼人太甚，小女子怎敢出手……"

刘太久说："可那王春和不依不饶，我也得一碗水端平，对吧？啊呀，这个当官呀，难就难在不能一碗水端平。依照刑律，若是判你持刀行凶，本官也实属不忍呀！"

茉莉委屈地说："街坊也知道茉莉的为人，更知道王春和的品行，怎能这样陷我于牢狱之灾呢！"

刘太久觉得火候已到，忙说："本官也看你做不出持刀行凶之事，奈何证据对你不利！唉，不然这样，本官就冒着丢掉乌纱帽的危险，偏袒你一回，如何？"

茉莉看刘太久说这话时，眼珠子却滴溜溜乱转，盯着她浑身上下地看，满脸色相，忽然明白了什么，暗想，不会有什么圈套吧？怎么就有"丢掉乌纱帽的危险了"？明明是王春和的错，怎么就能强加到我身上？就说："县令的好意，小女子领了！只是还望县令秉公执法，再令捕快下去调查，务必还小女子一个清白才是，若是县令不调查清楚就放人，真因此事丢了乌纱帽，那小女子却也并不领情。"

刘太久一听这话，心里凉了一大截。茉莉看起来娇弱，却并不好对付呀，他想要用强，却记得茉莉昨天交代自己怎么用铁锅铲戳破了王春和的脸，还是有所忌惮的。正在进退两难，忽听看门的差役在外禀报："禀报老爷，王春和领着两个人求见。"

刘太久转念一想，王春和来得正是时候，他要再来添油加醋说一番，帮着自己吓唬吓唬茉莉，说不定她就从了，毕竟是女流之辈嘛。于是说："让他进来！"

刘太久从后院出来，看见王春和走进来，并排走着的两个人他并不认识，但和王春和形成了鲜明的对比。王春和低矮，挺着大肚子，面如硕鼠，形象猥琐。另外两人却是气宇轩昂，尤其是那个年轻人，英姿勃发，一看就非等闲之辈，这时，他心里先打起了鼓，难道他们是来救茉莉的？还好，他还没完全和茉莉摊牌，这会儿收手，还来得及。正当他脑子飞速乱转时，只见那年轻人上前一步，双手抱拳："草民张川海见过县令，草民乃茉莉的哥哥，为茉莉所犯之事而来。"

"好说，好说。"刘太久拱了拱手，将脸转向王春和，呵斥道："狗奴才，你来做甚？"

王春和点头哈腰地说："我与张川海本是好朋友，奴才前番所告茉莉持刀行凶之事，也乃私事，这番前来，就是想撤回状子。"

"大胆！你这是戏弄本官！岂由你想怎么样就怎么样？幸亏这不是在公堂之上，否则，定叫你吃五十大板！"刘太久恼羞成怒。

"县令息怒！"王春和见状，上前一步，拉了刘太久的胳膊说，"借一步说话。"向内室走去。

少顷，两人从内室出来，却都是满面笑容。刘太久继续骂了王春和一句："狗奴才，要不是看在这两位仁兄的面子上，你这顿板子挨定了。先给你记下！"

然后，刘太久对张川海说："险些冤枉了你妹妹，本官也是觉得你妹妹十分柔弱，干不出持刀行凶的事，谁知这狗奴才却不依不饶，证据又不利于你妹妹。如今好了，他不告了，现在就可带你妹妹回家。"

张川海拱手答谢后，问："我妹妹现在何处？是否在大牢里押着？"

"怎敢，怎敢！昨天是暂时收监，今日我已差人带到我家中，本打算仔细询问后，若没有新的证据，就放人回家，却正好你们前来澄清了案情。"刘太久对张川海说着，又扭头对身边的差役说："去，把张小姐请出来！"

从刘太久府上出来后，王春和找了个借口溜走了。

茉莉走出来时，已经快虚脱了。她看见张川海回来了，意外地睁大了眼睛。这一切像是在做梦！

她看见张川海在凝望着自己，急忙快走几步，伸出手奔向了他，他们手牵手一起回到久违的家中。那一只温暖有力的大手，给她十足的安全感；那一只柔软温润的玉手，是他远走他乡的牵挂。他看到她的眼睛闪着泪光，那是久别后见到亲人的激动，也是对自己多日来所受委屈的倾诉。

在家中，茉莉给哥哥沏了一杯绿茶，看着一片片茶叶在洁白的瓷杯中翻滚，慢慢地舒展，茉莉的心情也就像这绿茶一般，渐渐平缓下来。她缓缓地道出了事情的原委。

那日，张川海从利康城出发后，茉莉就一边一如既往地打理茶店，一边教侄子张逸轩读书识字。

这一天，张川海的堂兄张川河来到店里，告诉她张川海所托之事已经办好，他请的先生今日到了，明日就可以让轩儿去和他家的两个孩子一起读书。

茉莉一听这话，突然感到轻松了一大截，因为平时茶店生意虽说不是很忙，但也总是零零星星来些客人，张川海在家时，还能自己管儿子，自从张川海走后，她就手忙脚乱了，如果轩儿能去私塾读书，那就轻松多了。张川河家就在街对面，一街之隔，轩儿自己就可以跑去上学。

王春和又来店里喝茶了。他每次都是白喝的，从不结账，茉莉也就给他提供一套茶具、一壶开水，让他自己泡着喝。

店里客人进进出出，有来买茶叶的，有来品茶的，也有借茶店这个地方谈事的，茉莉忙得团团转。王春和一边自顾自地喝着茶，一边眯着小眼睛盯着茉莉看，茉莉被他盯得浑身不舒服。

到了临近下午饭时，客人能少一点，茉莉也就抓住这个时候，赶紧做点饭吃，因为下午饭后，店里还会陆续来些客人。就在茉莉做饭时，王春和进来了。

他没话找话地说："你家轩儿几点下学回家啊？"

茉莉说："我忙着呢，你去喝你的茶，喝够了想走就走，账我给你记着。"

王春和说："啊呀！还记啥账，来年你家再进茶叶，我秤上多给几斤不就完了。对了，川海老弟走了有些时日了吧？"

茉莉只管自己忙着做饭，也不理会他。

谁知，王春和见茉莉正背对着他炒菜，那背影窈窕可爱，就按捺不住了，他看了一下外面，店里正没了客人，于是快步向前，趁茉莉不备，拦腰死死地抱住了她。

茉莉吓了一跳，使劲挣扎，却挣不脱。那王春和气喘如牛，一张臭烘烘的嘴贴在茉莉耳边，说："你这个小娘子，让我心里痒痒了多少年了！你咋能生得这么好看呢？你从了我吧！你只要从了我，以后每年我给你家茶店的茶叶都是最好、最便宜的。"说着就要动手乱摸。

茉莉就听见他在耳边聒噪，至于说些啥根本没听进去，当他的手往上乱摸时，茉莉情急之下，就用手里的铁锅铲下意识地往后一甩，正戳在他的脸上，只听见"啊呀"一声，那铁锅铲倒是很锋利，居然把王春和的脸戳破了！

王春和松开了茉莉，去摸自己的脸，摸了一手的血。这时候，茉莉看着锅底的柴火掉了下来，火燃到了锅台外，随手从地上拾起那掉下的柴火，又向王春和戳去，那柴火冒着烟，火苗正旺，王春和就像一只被烟火熏出洞的老鼠，一下从厨房蹿了出去。茉莉顾不上理他，赶紧把灶台外的柴火拾进去……只听王春和在外面喊："好，你等着，我要去报官！你持刀伤人！"

从这以后，王春和有几天没到茶店来了，茉莉终于可以消消停停地做生意了。这件事她也从来没有跟外人讲过，因为她知道，这事要是被别人传出去，可能就会添枝加叶，变成另外一个说法，说不定还倒成了她的不是了。

听茉莉讲完事情的始末，张川海气愤不已，立刻想去找王春和，痛打他一顿。但他没起身，就被堂兄张川河拦下了。

张川河说："常言说，知错能改，善莫大焉。那王春和已经知错了。我到底比你年长几岁，见的事情多些，我见那县令说话阴阳怪气，就知道他也非正直之人。刚才在回家之前，你和茉莉说话，我悄悄地问了王春和，听他说了个'钱'字。我揣摩着，县令突然态度发生了变化，是王春和刚才给他使了银子。你给我的这三百两纹银，还在这儿呢。"

其实，张川河之所以拦着川海，除了他刚说的原因，还有一个原因就是，他深知王春和与刘太久狼狈为奸非一日两日，事情要见好就收，弄大了大家都不得安宁。

第三十六回　焦志明前来求亲
　　　　　黑蒛灵约法三章

各位看官，暂且按下利康城发生的故事不提，在黄龙山石坷村，精彩的故事正在上演。

黑蒛灵打了董家驹一巴掌后，自己坐在玉米地边哭了一回。她边哭边小声说："我的命咋那么苦呢？总还以为我比别人要强呢，那么要强，命咋就不好呢！"

她嫁给董家城时，本来是满心欢喜的。因为董家城家也是石坷村的大户人家，他大董振山是老村长董振兴的三弟，董家在石坷村地位比其他杂姓人家高出一截。虽说人家都说董振山精于算计，好在她提出婚后马上分开过，董家也是答应了的。谁知自从嫁过来后，公爹和婆婆就想死死地管住她，不愿意分家了。

她就开始和他们斗，结果家是分了，也分得十几亩地，但董家城却和她闹不和了。本来董家城在她这儿就有短处，以前觉得亏欠她的，总是服软，赔话。可在关乎孝道的问题上，董家城却不后退了。

她以为男人闹闹也就算了，谁知他非要去"蹚古道"，从麻线岭顺着茶马古道北上，说是要去蒙古，怎么也拦不住，只好由他。没成想那一别就是永远，自己年纪轻轻的成了寡妇。嫁到石坷村时，娘家只有老爹还活着，嫁过来第二年，老爹便去世了，她现在连娘家也没了，只能在石坷村住一辈子了。

自从成了寡妇，她知道，不单是石坷村的男人，就是十里八村的男人们，没有不想着她的。但是，她每天都把大门闭得紧紧的，让他们无机可乘。她喜欢唱、喜欢跳，于是她就参加了村里的秧歌队，因为天赋好，很快她就成了领头的。

这让她和猎鼓队的董家驹交往就多了起来，她发现董家驹很多地方都有董家城的影子，而且董家驹在打猎鼓时，完全沉浸在鼓点中，那神态，那姿势，男人味十足，她居然看得有些迷醉。有一段时间，他经常造访她的梦境，正在这个时候，董家驹闯进了她的家，她也就稀里糊涂地让他闯进了自己的生活。

和董家城结婚两年，除了争吵时，从没有过销魂的夜晚。

可谁知道，董家驹却让她这片沃土发了芽。她先是惊喜，接着是害怕。她把这个消息告诉董家驹时，想着他也会惊喜，却没想到他居然说："要从药铺买堕胎药。"

她知道，他们名不正言不顺，要是被村里人知道他两个的私情，怕是会用家法伺候的。但是，这个小生命就这样被毁掉吗？不行，无论如何也要把他生下来！然而，董家驹这个混蛋，他不敢跟别人说，也不敢讨了自己做二房。这也不能怪他，因为在董家村，还没有谁娶过二房。再说，董家城是他的堂弟，他做哥哥的干这事，怕是没人会答应。可他千不该万不该对自己说那些话，让自己嫁给别人！把自己的女人让给别人，这是大男人能干出来的事吗？她觉得自己被这个貌似忠厚的男人给耍了。

这一天，黑萩灵没有像往常那样吃过饭就去地里。庄稼正在长，地里的杂草已被清理干净,不用天天去干活了。她坐在院子树荫下休息。那是一棵杏树,今年春季开花格外娇艳,所以杏子也结得稠,把树枝都压弯了,她看着那酸杏,就想摘一颗吃。"都说酸儿辣女,那么肚子里会不会给董家驹怀了个儿子?这个没良心的,自己的儿子不要,还要把我送给别人!"她暗自骂了董家驹一通。

就在这个时候,耳畔传来马蹄声,接着就听见一个男人的声音:"敢问,这可是董家城的家?"黑荻灵一听,好久没人提董家城的名字了,来人莫不是他的故交?慌忙往外走去,就见一个年轻男人,盘着乌黑的辫子,鼻直口方,双眼皮,目光炯炯,中等个,穿着对襟白色粗布短褂,黑色灯笼裤打着裹腿,脚穿千层底布鞋,白色净袜,牵着一匹枣红马,提着一个礼盒。那男人见她走了出来,就盯着她看,看得她浑身不自在。

黑荻灵问:"敢问,你是?"

"我是乱麻科村的,叫焦志明。"那男人说。

黑荻灵觉得名字挺熟,一时间竟想不起谁说过。

黑荻灵又问:"既然是邻村的,你就该知道董家城不在已经三年了,你还来找他?"

焦志明说:"我是来找你的。"

"找我何事?家里没男人,可不方便进来。"黑荻灵说。

"我这里有些东西要交给你保管,拜托你让我进去,听我细细说与你听。"焦志明扬了一下手中的礼盒。

黑荻灵感到好奇,就示意他进来,想探个究竟。

焦志明一看有门,立刻把马拴在她家门口那个生了苔藓的拴马桩上,大踏步直往黑荻灵屋内走。黑荻灵在后面喊:"就在院子里说。"但焦志明似没有听见,直接就进了屋。

黑荻灵跟在后面问:"你有什么东西需要我保管?"

只见焦志明把礼盒放在木桌上,慢慢打开,里面有一匹彩缎,上面有一对金手镯,还有一张地契。焦志明先拿出金手镯说:"这个是送给你的见面礼。"黑荻灵正准备拒绝,只见焦志明又拿出那张地契,说:"这个托你保管。"

黑荻灵看那地契,居然有良田八十亩之多,附近几个村子,大户也不会有这么多土地,难不成这是焦志明的全部家当?

"你这是什么意思?"黑荻灵问。

"我家里缺少一个掌家的,我想请你过去给我掌家,我一定听从你的吩咐，绝无二心。"焦志明看着黑荻灵的眼睛，用诚恳的语气说。

黑荻灵忽然想起来了，焦志明不就是董家驹那天在地里给她说的那个人吗？她不禁又细细地打量了一下焦志明，这个男人看起来挺顺眼，说话也诚恳，和董家驹相比，透着精明。要是余生能跟了他，倒也是个出路。

只是自己肚子里已经怀了娃，这个时候怎么能够嫁人？都是董家驹害了她。她和董家驹的秘密要暴露了，村里人该怎样惩罚他们，她是有耳闻的。

要是眼下就跟了这个男人，倒也可以瞒天过海。瞒不了一世，也可以瞒一时，先把娃生下来再说。可这个男人能答应吗？横竖是要惹祸，大不了让董家驹跟着她一起死。

想到这儿，黑荻灵说："是董家驹让你来的吧？"

焦志明一听，心中疑惑，忙说："是的。"

"你可知道为啥？"黑荻灵问。

"你们是叔伯亲戚，他为了我好。"焦志明答。

"呵呵。他可不是为你好！我告诉你一个天大的秘密。"黑荻灵横下心，想在石坷村掀起轩然大波。

"什么？你说出来我听听。"焦志明说。

"我不好，我没有守住妇道。我肚子里怀了野男人的娃。"黑荻灵平静地说。

"啊？你、你……"焦志明呆住了。

空气凝固了半炷香的时间。

焦志明说："我娶你，我要娶你。"

"这……"黑荻灵怎么也没想到，会是这样。她想了想，又说："要想让我答应，你必须先办三件事。"

"别说三件，就是一万件我也依你。"焦志明一听这话，高兴起来。

"好！第一件，我虽说是寡妇，也没啥娘家人了，但还有公婆在，你须想办法求得我公婆的同意。"黑荻灵说。

"这个我早就想好了，也备了礼金，明天就和王媒婆一起去二老那里提亲。"焦志明说。

"第二件，我不想再在农村住下去，你要带我远走高飞，去城里过活。"黑荻灵说的第二件，是为肚子里的娃着想，就是以后事情败露了，只要不在村子里，娃生下来，就没人知道是咋回事，也不会有人戳脊梁骨，这事说不定就是坏事中有好事。

"这个嘛……"焦志明没想到她提这么个条件。

"要是你不同意，那就别说了。"黑萩灵说。

"怎么会呢，我都说了，一万个条件我都答应。"焦志明想，这个可以做到，大不了把田地都租出去就是了。

"好，那我说第三个条件。如果所有这一切，能在一个月内办完，我就跟你走。"黑萩灵说。

"这……我得把家里料理一下啊！"焦志明说。

"料理什么？我不需要你大操大办，你只要跟我公婆说好了，直接带我走就是了，不管走到哪里，我都跟着你，这还需要怎么料理？你要觉得为难，就不说了。"黑萩灵说。

"为什么？我想大操大办，风光一下呀！"焦志明说。

"没有为什么，你不了解我。我不想让十里八村的人知道我嫁给你了。"黑萩灵说。

"好，就照你说的办。"焦志明怕事情有变，立刻答应。

"那好，你去吧。"黑萩灵见事情谈完，下了逐客令。

"那你把礼物收下吧？"焦志明说。

"你先拿走吧。等你来接我时，把手镯给我戴上。记住，一个月之内，超过一个月，这一切都不算数了。"黑萩灵说。

第三十七回　少年返回石坪村
山汉定计大树下

再说董诗龙这边。送走了张川海，董诗龙拿着"凤鸣"短剑，轻轻地抚摸着，檀香剑鞘上镂刻着"凤鸣"两个字，那剑十分精巧，恰好适合她这样的女儿家使用，剑刃锋利，董诗龙是见识过的。在神道岭下，张川海就是用这把剑，准确无误地刺入那凶狠的野猪的脖颈，救了她一命。

她忽然想回到那片树林再坐一会，她怀念那个阳光洒满树林、林中白雪皑皑的下午。董诗龙收起了短剑，藏在衣底，跨上了马，拨转马头向韩城金城大街奔去。李嫣然和她说好的，送走川海后，就在川海租好的房子那里会合。

半盏茶功夫，董诗龙已回到了那座离"闯王行宫"不远的小楼旁，她看到李嫣然和董燚龙，一股奇香飘来，原来他俩正在吃臭豆腐。

董诗龙说："你俩这是故意馋我的吧？赶紧给我也来一份。"

隔壁小吃店就有臭豆腐，三人就来到小吃店坐下，把臭豆腐、桂花糕、羊血粉丝豆皮汤等各点了一份，慢慢地吃着，年轻人在一起，免不得谈笑风生。

李嫣然说："川海兄此去，我想至少得明年才能把家搬来。我这边也帮忙给看着把茶铺装修好。"

董诗龙说："他不会那么慢才搬来吧？"

董燚龙插话："要不说你是小妹呢！你想呀，他那边回去要有多少事情处理呢？店要盘出去吧？也没有那么正好接盘的。有没有欠账的，账也要收一下吧？家具什么的要变卖了吧？总之，搬个家不容易的。"

董诗龙沉默不语了。董燚龙又说："我开酒楼的店还没看好呢，但酒楼的名字都想好了，就叫'燚龙酒楼'，到时候，就和'川海茶楼'齐名了。"

李嫣然说："我们得赶紧找师傅帮川海兄装修茶楼，万一他要是顺利地在半年后回来呢？但是，茶楼内部要怎么设计呢？"

董诗龙听嫣然如此说，很是高兴，接过话来说："对呀！我还记得他说过利康城的川海茶楼的布局，不如就按他描述的那样去设计吧？"

"说得极是！茶楼不同于酒楼，需要优雅的风格，你们俩细心，就来设计，我负责跑腿就好了。"董燚龙说。

大约个把月时间，在嫣然、诗龙、燚龙三人紧锣密鼓地忙碌中，新"川海茶楼"就出现在韩城金城大街，只余内部装饰师傅们还在慢慢打磨。

董诗龙此刻却想回家了。她说："姐姐，我们是该回了，出来数日，我爷爷奶奶该念叨我了，再说燚龙哥得回去和父母交代一下，你们的事接下来怎么办，就得全凭长辈们安排了。"

"说得是！诗龙妹经此历练，忽然长大了。在给川海兄装修茶楼这些时日，她就颇有主见。"董燚龙拍手说。

三人就在附近的小吃店吃饱，然后打马回到"恕轩马帮"大院。董诗龙、董燚龙与李嫣然说好了再休息一晚，第二天要回石坷村，三个年轻人都累了，在厅堂里少喝了会儿茶，就各自回房睡了。

董燚龙这次能这么快到韩城寻找嫣然，让嫣然内心感动。他们又在一起为川海茶楼装修之事忙碌一月有余，朝夕相伴，嫣然对他已是芳心暗许。她听驼子叔说，舅舅走时说在八月底回来，只等舅舅回来，董燚龙就会上门提亲……想到这儿，李嫣然不由双颊晕红。

第二天早晨，董诗龙和董燚龙告别了李嫣然，往石坷村而去。一路无话，到了中午时分，二人进了村。他们看见家驹叔和一个男子正在村口的大核桃树下说着什么。

董燊龙远远地就喊："家驹叔！我太感谢你了——"

"感谢我什么？"董家驹见他这么说，有点莫名其妙。

"感谢你给我送的鹿肉呀，那味道美得太太……"董燊龙是想说，这鹿肉成全了他和李嫣然的姻缘。

"哦……"董家驹想起来了。"你俩这是从韩城回来了吧？"

"是呀，是呀，二叔，我们先回家去了。"董诗龙有心事，没有心情管其他事。

其实，董家驹正在给焦志明交代怎么样去见董振山，备什么礼物拿多少礼金等事情，正说得起劲，他看见董诗龙、董燊龙骑着马过来，就立刻闭嘴了。

焦志明为何又要找董家驹讨主意？一来董家驹撮合他和黑荻灵的姻缘，他内心还是很高兴的。你想，这么好个女人，本和自己八竿子打不着，忽然就有了某种命运的联系，要不是黑荻灵嘴里的那个"野男人"惹了乱子，哪能轮上他焦志明？二来，他明白，董家驹是真心实意地想让他赶紧把事办成，这样对他们都好，尤其是对肚子里的娃好。三来，他怀疑董家驹也知道了黑荻灵怀孕这个事，他想让董家驹做个保，不能把这件事讲出去。女人肚子里有娃不要紧，但以后他焦志明帮石坪村把娃养大，那就只能姓焦，和姓董的没半个钱的关系，可不许乱说。

董家驹看着诗龙、燊龙牵着马回到村子，消失在巷道里，又接着和焦志明说话。

焦志明说："只是让我就在一个月内，把一切都料理好，不是很容易。"

"这有什么难办的？地里的庄稼都长那么高了，自有佃户管得好好的，你自己种的那些地，看有没有佃户愿意接手的，低价转给他们好了，你只管秋后回来收租子就是。"董家驹说。

"这倒是，可是还有驴、猪等牲畜怎么办？"焦志明说。

"那驴倒是个问题，对了，我家的驴不是刚给你的驴配过种吗？牵过来我先替你养着，说不定都怀上小驴了呢，到时候我给你的驴接生，回来还是你的。恐怕到时候得是两头驴了。"董家驹说。

"那敢情好。"董家驹都替他考虑周全了，又问，"只是，能去哪儿呢？"

"你不能跑太远了，还得回来收租子。我看韩城就挺好的。"董家驹心里盘算，等你们在韩城落了脚，我说不定还能遇见你们，等黑荻灵把娃生了，我还能看上一眼。

焦志明把马从核桃树下解开，说了声："我得赶紧去找王媒婆。"就向下柏峪村跑去。王媒婆是下柏峪村人，那张嘴是这条川的第三绝，只要她出面做媒，还没有说不成的。

第三十八回　王媒婆前来保媒
　　　　　　董振山见礼眼开

下柏峪村和乱麻科村是紧邻着的两个村，两个村就像一个村，村民都互相熟悉。最近，王媒婆家门前冷落，都快三个月没人登门了，她在家没事干，就整天鼓捣她的脸。她脸上的沟壑太深，她就往里面使劲地灌粉，粉灌得太厚她就不敢笑了，一笑簌簌地往下掉，那脸就像枯树皮上下了雪。

邻居老李头见了她就说："你可不敢笑，你一笑就把我刚喂饱的那只蚊子夹死了。"她上去就给老李头当胸两拳，咯咯地笑得肥肉乱颤，老李头要的就是这效果。

王媒婆喜欢穿花绸子衣服，盖缎子被子。只要谁给她送来一匹好绸子，那这大媒她就保定了。这天，她正在家里瞎捣鼓，听见外面喊："王大嫂在吗?"她踮着小脚就跑出来了，来人捧着她日思夜想的新绸缎，笑嘻嘻地站在门口。抬头一看，这不是乱麻科村焦家少东家焦志明吗？焦志明一来，她就猜了个八九不离十。焦家老东家十几年前就死了，少东家焦志明今年好像也快四十了，守着偌大的家业，老婆又死了，那还不得续弦？

"谁家的姑娘这么有福，被少东家看上了?"王媒婆问。

"王大嫂真是明眼人，一下就猜出我的来意了，我这次来，一是看看王大嫂，二是求王大嫂给我保个媒。"焦志明说。

"这不是我该做的吗？少东家客气了，快进屋，慢慢说，跟大嫂说说，看上谁家姑娘了?"王媒婆说。

焦志明边走边说："这个媒怕是有点难度，但是再难也难不倒王大嫂你。"

"你倒是说说，有啥困难的？我王杏花还没有说不成的媒呢！"王媒婆说。

到了她家屋内坐定，焦志明才把提前编排好的词说出来，包括他怎么看上黑莸灵的，怎么去黑莸灵家求亲的，黑莸灵怎么回他的，一五一十地给王媒婆说了一遍。

王媒婆听完，一拍大腿，说："得，这媒我怕保不成。"

焦志明心里一凉，问："你刚才还说没你保不成的大媒，怎么这会儿又改口了？"

王媒婆说："常言说得好，锣鼓听声，说话听音，黑萩灵分明是不想嫁给你，才拿那话哄你。你想，你偌大的家业，她不稀罕，非要你带着她远走高飞。外面就那么好？兵荒马乱的靠什么过活？她又把时间限得那么紧，可不就是逼着你低价变卖家产么！再说了，把儿媳往外嫁，公爹和婆婆的话可不是那么好说的。"

焦志明想了想，这就是王媒婆想漫天要价的借口。后悔把黑萩灵要和自己远走高飞这段说出来。至于黑萩灵她公爹，董家驹早就说过，这个人就是会算计，把地还给他，再给一笔彩礼，他不会不同意。

焦志明说："杏花大嫂，你就放心大胆地去给我保媒，我这里有一锭纹银，你先花着，媒保成了，还有重谢。"

王媒婆一看见那锭银子，高兴地满脸开花，粉又簌簌地往下掉，赶紧用手捂着，说："啊呀呀，我不是这个意思，我是怕咱赔了夫人又折兵不是吗？只要是焦少东家有这个把握，那我就走这一趟，你须听我安排。"

焦志明说："好，王大嫂尽管吩咐。"

王媒婆示意焦志明把耳朵伸过来，焦志明听话地凑了过去，只听王媒婆趴在他耳边，说你须如此这般，说得焦志明连连点头。

翌日，王媒婆又刻意打扮了一番，骑着焦志明家的毛驴，焦志明骑着枣红马，一前一后，慢悠悠地来到了石坷村。到了石坷村，逢人便问路，大张旗鼓、摇摇摆摆地来到董振山家。

王媒婆在院子外面扯着嗓子喊："董三爷在家吗？"董振山独自在家，他听见这个称呼，感到奇怪，庄稼人谁能称呼他为董三爷，他是有些田地，但也到不了当爷的份上，于是赶紧跑出来看。一看，这不是大名鼎鼎的王媒婆吗？自己的女儿都出嫁了，儿子不在了，她来干什么？

王媒婆一看董振山出来了，就满脸堆笑地说："啊呀呀，董三爷，早上喜鹊叫喳喳，中午好事就来了，还不让我们进门？"

"好好好，请进，请进。"董振山伸出他干瘦的手，像一把笊篱。

焦志明忙把马和驴拴在门口，捧着礼盒跟着走了进去。

王媒婆边走边介绍："这位是乱麻科村有名的焦志明焦少东家。"

焦志明拱手道："晚辈焦志明拜见董三爷。"

"好说，好说。"董振山说。

　　到了他家厅堂坐定，王媒婆说："我先恭贺董三爷。董三爷，你家的日子是咱们这条川最好过的，家里家外你是一把好手，三个儿子和两个女儿都成了家。只是可惜你的小儿了。"说着还用手帕沾了一下眼睛。

　　董振山说："我的小儿没福分，早早殁了。"

　　王媒婆说："人死不能复生，生死路上无老少，这几年，白发人送黑发人的事太多了。死者安息，活着的人还得开开心心，不是吗？"

　　董振山说："可不是嘛，都过去了，我也看开了。"

　　王媒婆听到这儿，话锋一转，说："你看，咱那儿媳黑萩灵都守寡三年了，按理说，再守两年也不为过，可是她还年轻，儿子一去，她不就像咱闺女一样吗？我想替她寻个好人家，你董三爷又多了半个儿子，这不是好事吗？"

　　董振山一听，明白了，绕了一圈，这是冲着黑萩灵来的。他沉默不语。

　　王媒婆又说："董三爷你看，这个焦少东家，你大概认识，家有几十亩好田地，又是礼数周全的人，把咱黑萩灵嫁给他，可不吃亏，他早晚也来孝敬你老人家。"

　　董振山说："那得看人家的意思哩。你说的也在理，她就像我的亲闺女，她要是愿意，我也没意见。只是……"

　　王媒婆马上接着说："只是彩礼按规矩来，再孝敬董三爷两匹好绸缎，不要董三爷陪嫁什么的，黑萩灵嫁过去后，她的田地归还给董三爷。"

　　董振山一听，好事呀！管她黑萩灵嫁给谁，只要能把地还回来，比什么都强。当即就说："好，我是答应了，只要把彩礼送上，什么时候要人，你和她商量着办。"

　　焦志明说："彩礼已经备好，按照咱们这条川的规矩，一百两纹银，现在我就奉上。"

　　董振山见焦志明如此爽快，非常高兴，满脸笑容地用那笊篱般的手接过了彩礼。

　　王媒婆见事情出乎意料的顺利，就立刻起身领着焦志明告辞。焦志明牵了马和驴子，他们本打算现在就去黑萩灵家，把这个好消息告诉她。谁知，正当他们走到岔路口，意外出现了。

第三十九回　焦志明春风得意
石坷村窝里争斗

且说焦志明和王媒婆走到了去黑萩灵家的岔路口，忽然间看到岔路口站了一群人，都是精壮汉子，有人手里还拿着铁锹。这些人虎视眈眈地盯着他俩看，焦志明觉得情况有点不妙，想转个弯溜到大路上，就听见有人说："呵呵，你这是还想拐弯呀？"

焦志明抬头看时，感觉那人年龄和自己差不多，有点面熟，但叫不出名字。他身后紧跟那个人是个秃头，鹰钩鼻子，手里掂着铁锹，正凶狠地瞪着他。另外还有四五个都是壮汉。焦志明抱拳说道："鄙人姓焦，焦志明，是咱们一条川的人，请多关照。"

"王二锤，有人想破坏咱们石坷村的规矩哩，你说该咋办？"那人转身问秃头。

秃头说："东家说咋办，咱就咋办，该凉拌就凉拌，该热办就热办，我给他办了……"

"唉吆喂……这不是董家宝董少东家吗？你这是说啥哩嘛！你不认识他，你还不认识王嫂我吗？"王媒婆喊道。

"我当是谁，原来是王媒婆！我问你，你来我们村干啥？"董家宝问。

"哎哟，那当然是有喜事了呗。这个乱麻科村的焦志明焦少东家你不认识？他今天来提亲。"王媒婆说。

"提亲？向谁提亲？我呸！"秃头王二锤狠狠地吐了一口唾沫。

"黑萩灵呀，说起来她现在是你妹妹呢，你这当哥的在这儿拦着也对，是我们礼数不周，没来得及去你门上，改天一定备厚礼到你的门上造访。"王媒婆反应过来了，赶紧跟董家宝说。

董家宝是老顽童董振业的大儿子，董燚龙的大。算起来他是董家城的堂哥，黑萩灵就是他弟妹。可他从没把黑萩灵当过弟妹看待，暗中叫她黑寡妇，没人的时候就骚扰黑萩灵，有人的时候就编排她的荤段子，惹得大家哈哈笑。

他心里对黑萩灵早就痒痒了，只是没机会亲近她，路过她家时，就见她家门闭得紧紧的，有一次，他还用手试着推了一下，是关着的。他在心里诅咒了她一句：活该让你一辈子当寡妇！其实他不知道，就在他用手推黑萩灵的大门时，说不定董家驹就在黑萩灵的被窝里忙活呢。

董家驹和董家宝、董家梁都是叔伯弟兄，按年龄排起来，董家梁老大，董家宝老二，董家驹老三，董家城老四。董家驹虽说也是董家的一支，但爹妈早早不在了，他们堂兄弟也不经常走动，还不如董家宝和他家的长工王二锤亲。

董家宝听王媒婆那么说，愈加地生气，他大声骂道："我不管什么焦志明还是糊志明，欺负我们石坷村没男人了？"

焦志明拱手说道："兄台这是什么话！我焦志明也是明人不做暗事，因丧妻而需成新家，那黑莸灵现在守孝三年已过，按理可以再嫁，我光明正大前来提亲，没犯什么王法吧？"

董家宝见他不服，说："在石坷村，棍棒就是王法。那黑莸灵虽说守孝三年了，但我们石坷村已经做好了给她立贞节牌坊的准备。秋后，就给她立上贞节牌坊，她就不能再嫁男人，别说再嫁了，男人都不能到她家里，你这是不明情况还是不明事理？要是不明情况，我现在可以放你走，以后再别踏进石坷村半步；要是不明事理，那今天就让你站着进来，横着出去！"

焦志明说："你们石坷村的棍棒好厉害！我咋没听说她要立贞节牌坊？立贞节牌坊是自愿的，哪能强加到别人头上？"

"看来，你是不明事理！王二锤，让他脑子清醒清醒。"董家宝说。

"好，看我不打出你的屎尿来！"王二锤扬起手中的铁锨就准备砸下来，焦志明眼睛一闭，心想："完了，今天要躺倒在这儿了，真应了那句'牡丹花下死做鬼也风流'了，可惜我连牡丹是啥味还没闻到呢。"

忽然一个人跑过来，大声喊道："慢慢慢慢！切莫动手——"

王二锤一看，是董家驹，都是本村人，这点薄面还是得给的，所以又把铁锨收了回来。

董家驹跑过来，说："为了啥嘛，为了啥嘛！大家都是老熟人，怎么不好好说话，就动刀动枪的？"

"为了啥？我看这个人就是你领来的！"董家宝瞪着董家驹说。

"我俩是老相识，怎么了？他犯啥错了？"董家驹问。

董家宝说："他犯众怒了！"

董家驹说："我不清楚，说一下吧，我给评评理。"

董家宝说："你比谁都清楚！看你能的，每次打个猎鼓，都和黑莸灵眉来眼去的，你当我们是瞎子？这个人现在要来娶黑莸灵，要是你领来的，你赶紧给我打发走！"

董家驹说："是我领来的，我还就不打发走！怎么着，他娶黑莸灵碍你事了，黑莸灵是你啥？你管得住？"

董家宝说："她是我弟妹！我咋管不住？我们正商量给她立贞节牌坊呢。"

董家驹说："立贞节牌坊？你怕是黄鼠狼给鸡拜年吧？她是你弟妹，也是我弟妹，我说赶紧找个好人把她嫁了最好，省得被黄鼠狼偷走。"

王媒婆一看大家吵得热闹，说："你们好好吵，好好吵，我先走了，来把驴给我，我骑着驴先回家。"说完，从焦志明手里接过驴缰绳，就骑上驴，下了坡走了。

王媒婆一走，董家宝不和焦志明闹了，他和董家驹开始较劲了。董家宝说："也不知道谁是黄鼠狼呢！看看你这半年，经常殷勤地往人家寡妇地里跑，还不是想占便宜？"

董家驹说："你说谁占便宜？你不让人家出嫁，就是想留在村里，自己好占便宜！"

董家宝恼羞成怒，喊声："你说谁呢！"就朝董家驹扑了过来。董家驹也不示弱，一手揪住董家宝的短褂前襟，一手揪住他的辫子，两个人就躺倒在地上。那王二锤想帮董家宝，又觉得也不能得罪董家驹，那群人也只管看热闹，并没人过来拉架。焦志明看到这种情形，手足无措，愣在一旁了。他觉得这下坏了，看来是没办法从石坷村把黑萩灵接走了，越觉得黑萩灵说的不想在农村待了是有道理的。

这时候，全村人都听见这边的打闹声了，都往这边赶，黑萩灵也来了，她大概知道了是怎么回事，在心里冷冷地笑着。

董燚龙对董诗龙说："坏了！赶紧去拉架吧！家驹叔和我大不知道为什么打架呢！你不许帮家驹叔说话哦，我也不帮我大，对了，你赶紧去叫你爷爷！"

董诗龙说："好，我去叫爷爷。"她正想往回跑，就看见爷爷往这边疾步走着呢，她赶紧过去搀住爷爷的胳膊。

"都给我住手！"随着老村长董振兴一声威严的怒吼，这场闹剧结束了。董家宝和董家驹从地上爬起来，一个脸开了花，一个鼻子在冒血，身上的衣服沾满了血和泥土。

焦志明看到黑萩灵也在人群里，向她望了一眼，黑萩灵也正好在看他。

第四十回　董燚龙领读家训
　　　　　老村长动用家法

"都散了，都散了！"老村长董振兴朝看热闹的人群喊道。人群逐渐散开，老村长说："董家的人，一个时辰后，都到我家里来。"说完，让董诗龙搀着胳膊，就往回走。

董家的人包括谁？除去出嫁的女儿，只要还在本村的，就都得来议事，一般议事地点就在老村长家的厅堂里，如果有大事，村里还有个祠堂，但祠堂门经常是锁着呢，结满了蜘蛛网，没重要事是不用的。

一个时辰后，人们陆续来到。首先是董振山领着他的两个儿子董家财、董家俊，以及媳妇、儿媳妇、孙子们；接着是董振业领着儿子董家宝以及媳妇、儿媳、孙子董燚龙。老村长家的长子董家梁在大岭客栈开店，一时来不了，董诗龙在场；董家驹领着他媳妇和两个儿子也到了。

董振兴捻着山羊胡子，看了一下，说："董家这一辈，正当年的是'家'字辈的。董家下一个当家的，也就是'家'字辈的。现在，老大董家梁在大岭客栈，一时来不了，我让人捎话去了，让他明天回来，大家看看谁还没来？"

大家互相看看，说："都到了。"

老村长董振兴点点头，说："都到了吗？黑荻灵还没改嫁呢，算不算董家的人？振山，让人把她叫来！"

董振山一听，立即给董家财媳妇说："去，把老三媳妇叫来！"

大家都静静地等着黑荻灵到场，没人说话，连小孩也不敢出声了，这么多人一下子变得那么严肃，都感到很不自在。

少顷，黑荻灵到了。

老村长这才清清嗓子，说："现在，在石坷村居住的董家人，基本上都到齐了，董家的家训在堂屋里挂着呢，今天就看到两兄弟不知道为啥打起来了，我看还是先读一下家训吧。我们这里，燚龙的文化水平最高，就由燚龙领着大家读。"

董燚龙只得遵命，于是他走到厅堂内悬挂的"董家家训"前，领着大家一句一句地读起米：

"人生斯世，孝悌当先，奉养父母，力竭心专，友爱兄弟，手足比肩，敦宗睦族，裕后光前，出就师傅，仁义志坚，君臣朋友，不可党偏，酒色财气，悉为除蠲，力耕苦读，安命听天，公门不入，弗受牵连，国税早纳，何有催缠，勤俭崇矣，奢华戒焉，日用饮食，学古圣贤，忠厚谨慎，家法流传，扑作教训，纠谬绳愆，其各恪守，勿忘此篇。"

读完，老村长问道："大家记住了吗？"

众人齐声回答："记住了。"

"好，好得很。那家宝就先说说看，今天为什么打架？"老村说。

"这个嘛，还不是因为黑萩灵，咱们不是说好了要给她立个贞节牌坊吗？可是今天就有人来拆台捣乱，非要上门提亲，提亲的人不知道也就算了，家驹还跟着起哄，所以我俩就动手了……"董家宝说。

"哦哦！这样呀，家驹也说说，是不是这么回事。"老村长说。

董家驹说："大致就是。但我觉得立不立贞节牌坊，是黑萩灵说了算的，不是别人想给立就能立，要是那样，全天下的寡妇都立个贞节牌坊，那就不能再出嫁了。"

"住口！这里都是董家的人，不容你胡说八道！你还是实话实说！"老村长厉声说道。

"那你问问，看她要不要立贞节牌坊？"董家驹小声嘀咕。

老村长的目光转向了黑萩灵，大家都盯着黑萩灵看，仿佛没见过她似的，气氛很是压抑。

黑萩灵看了董家驹一眼，再看看她公爹董振山，说："我从没说过想立贞节牌坊。"

"果真如此？"老村长问。

"果真如此。"黑萩灵回到。

"好，那她嫁不嫁的就不关族里的事了，不但你管不着，我也管不着，这是董老三家的事，你说对吗？"老村长问董家宝。

董家宝被问住了，只得点了点头。

"我看你点头了，那说明你知道错了。犯了家规，是要惩罚的，你和家驹今天打架，按照家规，是要挨鞭子的。你愿意挨吗？"老村长问。

"只要他董家驹愿意挨，我也愿意挨。"董家宝说。

"我一碗水端平，都逃不了。明天让族里和你们同辈的老大董家梁回来，他来执行家法。都散了吧。家驹留一下。"老村长说。

黑萩灵吓了一身冷汗。她以为她和董家驹的事情就这样败露了，谁知老村长竟然替她说了话，好险！回家的路上，她第一个念头就是赶紧逃离石坷村。董家驹和她一样，也是吓得不轻，但到最后，他偷偷地笑了，原来是这样呀，明天挨几鞭子的事，这倒能扛得住！他恨不得现在就挨鞭子，可惜董家梁没回来。他不知道老村长留下他来还有啥事。

等大家都走了，董振兴又把王一萍支了出去，单单留下董家驹。王一萍一出门，董振兴就把大门插上了，这特殊的举动，把董家驹可吓得不轻，他呆若木鸡地站在院子里，不知所措。

"来，到里屋来，咱爷俩今天好好说会儿话。"董振兴说。

到了里屋，董振兴点着灯，爷俩在灯下坐好。董振兴咳嗽了一声，说："家驹，现在屋里就咱爷俩，你能不能说句实话？"

董家驹隐约感觉到了什么，紧张起来了。

董振兴说："你知道我今天为啥弄这么大的动静？我就知道这个事情它不简单。我为啥没拆穿你，你娃将来还做人哩。说说吧，我是为你好。"

话都说这么明白了，董家驹觉得实在没必要隐瞒了。他结结巴巴，把他和黑荻灵的事从头到尾告诉了老村长。

董振兴很平静地听完，说："这就对咧。明天你要挨鞭子，知道是为啥挨了吧？可怜家宝也要跟着你挨。"

董家驹回家后，想了想今天发生的事，越想越害怕。幸亏老村长只是给他定了个打架，要是给他定个与弟媳偷情，那就不是几鞭子的事了，弄不好要出人命！干脆趁今天还没挨鞭子，赶紧去找焦志明，催他一催，让他领着黑荻灵偷跑了算了，不然要是董家宝再惹事，让黑荻灵嫁不出去了，那事情可就包不住了。

他给老婆牛玉妹说："晚上，我要去一趟山上，看看套住什么没有，明天挨一顿鞭子，怕是就得养伤了。"

牛玉妹觉得他说得有理，说："好好想想你犯下的错误，不要再管闲事。明天挨鞭子，还不知道轻重呢，要是重了，怕你还得卧床。"

等牛玉妹睡着，董家驹悄悄地牵了马，溜出村子，直奔乱麻科焦志明家。灯还亮着，董家驹在外面轻声喊："我是给驴配种的，快开门。"焦志明一听，心想你不是都配过了，还配！他知道董家驹找他什么事，就赶紧给开了门，让进来。进了屋，焦志明抱歉地说："对不住了，今天让你为我打了一架。"

董家驹顾不得说太多，单刀直入地说："你听我说，现在，你还想不想要黑荻灵？"

焦志明说："我做梦都想。"

董家驹说："那好，那就不能按常规出牌了！你赶紧领着她偷跑，免得夜长梦多！"

焦志明说："这——她听我的吗？"

董家驹说："你要相信我，她也是这样想的，你明天或者后天，一个人悄悄地进村，想办法见到她，告诉她，你什么都准备好了，就是来领她走的，她一定会跟着你走。"

焦志明说："我听你的。"

董家驹说："为了你，我明天还要挨鞭子，这就不敢停了。对了，那驴——"当然，他没忘记前几天他给配过种的那头母驴，焦志明答应让他帮忙养着的。董家驹骑着马慢慢地走在没有月光的路上，手里牵着母驴，悄悄地回家去了。

天明的时候，董家梁就回来了。老村长说："你是族里'家'字辈的老大，现在由你执行家法，怎么执行，你说了算。但是一碗水要端平，不要觉得家驹平时和你亲就打得轻。"

董家梁说："当然，虽说家驹常给我客栈送些猎物，但我也没亏过他。我一碗水端平！就把他两人叫到那天打架的地方，我每个人抽上三鞭子算了。"

老村长说："好，得让他们都长长记性。"

不知道是谁走漏了消息，董家梁执行家法时，全村男女老少都赶来看热闹了。董家宝说："哥，全村人看着呢，你可不能偏向家驹呀！"

董家梁说："不会的，我要你俩都鞭鞭开花！"

两个人都脱光了上衣，面南背北地跪在地上。只听见"啪啪啪""啪啪啪"六声脆响，两个光溜溜的背上都渗出了血，董家驹的伤口更深一些，血顺着伤口流下来，把麻色裤子染得一片鲜红。

第四十一回　石坷村风波平息
麻线岭风雨欲来

董家梁执行完家法，赶忙把董家宝和董家驹从地上一一搀扶起来，他对董诗龙说："龙娃子，还不快把你两个叔叔扶回家去。"

董家驹呲着嘴说："不用，不用，不就是挨了鞭子吗，腿又没受伤。"说完，披上他的白短褂，向众人抱拳一圈，回家去了。

董家宝也披上衣服，对董家梁说："老大，你下手挺重的。我得误工一个月，秋后收庄稼，你得帮我。"

董家梁说："帮你行，可不能白帮，到时候你得给我赊一千斤玉米。"说完哈哈一笑。

看热闹的人似乎觉得意犹未尽，三三两两聚在一起开始唠叨些题外话。有人说今年天太旱，什么庄稼都长不好，再不下雨玉米就能点着了；有人说，可不是嘛，种地就不如跑生意，难怪董家城非要"蹚古道"；有人说，他那是把脑袋掖在裤腰带上，自己有多大本事就端多大的碗……说着说着就又把话题绕到了黑萩灵身上。

大家众口一词地说，今天这两个人挨打挨得冤枉，都是因为她，但又都没沾上她。有个女人尖着嗓子喊："那女人还不是早长到他两个人的眼睛里了，没沾上身，钻到心里也不一定。"大家哈哈大笑，忽然发现，黑萩灵咋没来？

董家梁和董诗龙一起回到家里。董家梁见他大董振兴和他娘王一萍在厅堂默默地坐着，两个人头发都全白了，背也微微地驼了，忽然觉得他俩今天显得格外苍老。董诗龙喊了一声："爷爷，奶奶！"就回自己屋里了。

董振兴问董家梁："怎么样？他俩没啥事吧？"

董家梁说："都好着呢，我有分寸。大，这家法我还是头一次执行呢，我看以后能不用就再不用了。打在兄弟身上，疼在我心上。"

董振兴说："家法是不能常用，但不用也不行，没有家法，就不能正家风。我老了，你这董老大也要把威立起来了，以后董家还要靠你，这个村长也要传给你，你的大岭客栈也该找个人转了才是。"

董家梁说："大说得是，我也该回来孝敬你了。等我这次上去，让龙娃子帮着把客栈的账理一理，明年我就转出去，看看谁愿意接手。说实话，那客栈虽然红火，但却并不十分赚钱，南来北往的大客户也就是那几队马帮，也有赊账的。平时零散的客人舍不得花钱，就讨要些开水喝，就着盐巴泡馍吃，我也不收钱。"

董振兴说："庄稼人种地是老本行，什么时候都不能忘本。不管外面的世界有多乱，我们村在这黄龙大山里，只要有粮食吃，管他谁坐天下谁称王呢。"

董家梁说："是这个理！我这就准备回大岭客栈呀，那里一会儿也离不开，我让龙娃子收拾一下，就一起走了。我刚才也跟几个弟兄说了，我们不在家，让他们多来几趟，陪你和娘说说话，不要一有空就去山上下套子打猎了，那猎物也是有数的，今年打得多了来年就少了。"

董振兴说："好，记住我刚才跟你说的话。"

董诗龙收拾了一下，换回了女儿装束。自从她心中对张川海产生了爱慕，就不再喜欢男儿装，开始着意打扮起来。这一穿上女儿装，但见她光彩照人，如新月刚上山尖，又似海棠初露红苞，娉娉婷婷，袅袅娜娜。她带了些衣物，把张川海赠她的凤鸣剑也带了，跟着她大回到了大岭客栈。

转眼数月过去，这时候已经到了深秋，麻线岭上，红叶飘零，秋风凛冽，山中万木萧瑟，鸟兽尽藏。

一日中午，店里来了几位身着清军兵勇字样的军爷，其中一位满口山东话，粗喉咙大嗓门嚷着："老董在吗？给我们整几个菜，烫一壶酒，一会儿我们千总要来。"

老董出门一看，说话的是个矮胖子，四十开外，黑脸皮，络腮胡。此人他认得，是柳沟神机营摘星台瞭望台领班薛利仁。薛利仁见到老董，立刻吩咐道："把你这儿最好的酒准备两坛，有什么肉、什么菜尽管上，完了到了秋后，我给你一起结账。"

"好嘞！肉还有些腌肉，别的没有，蔬菜倒是正是时候，酒有是有，就还是自己酿的玉米酒，你看咋样？"老董问。

"啰唆！弄你的去吧，越快越好。俺们头儿还没来你这儿吃过饭呢，你要做好啊！"薛利仁说完，就和另外三个兵勇一起进了饭厅。说是饭厅，其实也就是邻着伙房的一间石窑，里面没有打炕，摆了四张木桌，每张桌子配有八个板凳。他们挑了临窗的桌子，薛利仁吩咐其他三个兵勇："帮着把这里面再打扫一下，不许别的客人再进来，要一壶茶，把茶杯洗干净了。我这就去请千总大人过来，一会儿你三个好好敬他老人家几杯酒。"吩咐完毕，薛利仁就离开了客栈，大踏步向摘星台走去。

柳沟神机营千总尹温正在摘星台巡查，远远地就听见尹温在大声训斥正在"瞭望台"上站岗的士兵："我看你们就是在装狗熊！我刚来时，大老远就看见这石盘，鬼影子都没！我一来你就上去了！你是给我尹某人站岗，还是给大清国站岗呢？"

薛利仁快走几步，赶到摘星台，果然是尹温！尹温五十开外，个子挺大，挺着大肚子，头戴三眼鸡翎帽，满脸横肉，眼如青蛙眼，向前暴凸。薛利仁对尹温满脸赔笑："千总大人来得好快！都怪卑职疏于管教。卑职这不是听说大人要来，赶紧去附近大岭客栈看看，安排些饭菜招待大人，想在路口迎着大人，先一起吃过饭再来巡查不迟，不想大人捷足先登……"

尹温一听这话还算懂事，就说嘛，给他薛利仁借一万个胆子，也不敢有意怠慢自己，就立刻换了一副嘴脸，说："我说你这个薛把总，你整的是哪一出？你在这儿好好站岗放哨，我才放心，你该守在阵地上，别净整没用的！"

薛利仁说："怎么说千总大人从柳沟城上来，也该饿了，吃饭是应该的吧？"

"那是，那是，本千总今天吃得有点早。对了，大岭客栈都有啥好吃的、好玩的呀？"一提到吃，尹温马上就不想在摘星台岗哨上多停了。这里也就是有十来间小石屋，围成一圈，像个四合院，每间都低矮黑暗，仅供站岗的士兵住宿，简陋粗糙。

薛利仁一听这话的意思，心里明白了，立马说："饭估计就要好了，要不就请千总大人移步大岭客栈？"

尹温拍了一下自己那肥大的肚子，打了个哈欠说声："那走吧，肚子还真饿了。"

第四十二回　尹千总饱暖思淫
董诗龙客栈遇险

大岭客栈平时来往的客人，吃得都是很简单的，有时候也自己动手，从伙房往外端饭。像招待军官这样的事，少之又少，老董亲自掌勺，他让哑巴帮忙烧火，吕凤叶打下手，董诗龙帮着往饭厅端菜。

尹温带着自己的两个随身卫士，在薛利仁的陪同下，来到了大岭客栈，坐进了饭厅。老董一看，主角到了，忙说："龙娃子，先把这几盘凉菜端上去。"

董诗龙用一个大木盘子，端着四个凉菜来到饭厅。那尹温正在和薛利仁胡吹乱侃，门帘一掀，他突然见进来一个袅袅娜娜的少女，把他眼睛都看直了，他瞪着那青蛙眼，一动不动地盯着董诗龙看。董诗龙感到那目光不怀好意，赶紧把菜放下，转身就出去了。

薛利仁见上了四个凉菜，忙斟酒，双手递给尹温，说："千总大人，一路辛劳，属下敬您一杯，喝杯酒解解乏。"

"同起！同起！"尹温让在座的七位都把杯子举起。大家共同说道："属下给千总大人接风了！"接着都一饮而尽。

吃着喝着，尹温酒劲上来，饱暖思淫欲，突然想起刚才开始端菜的是个清丽少女，后来怎么变成了老娘们。于是问道："我刚进门时，端菜上来的那个女子是谁？咋不见了！"

薛利仁听说，心里一惊，心想，坏了！要出事。他早就听说这个尹温官虽不大，却是清朝贵族，是钮祜禄氏的，他借着这个旗号，到处欺男霸女，家里娶了八房姨太太了，但每到一处，只要被他看上的女子，都会遭他轻薄，或者掳走陪睡，或者直接糟践。看来，他是对董诗龙心怀不轨。于是，薛利仁小心地说："那是个小孩子嘛！是店老板老董的独生女，估计这会贪玩跑了。"

只听"啪"的一声，尹温把酒杯摔在了地上，怒喝："你当我眼瞎？那姑娘咋说也有十六七岁了，你说她是小孩？"

"是、是，不是小孩了，但还没出阁。我和老董最熟，他家的事我全知道。"薛利仁说。

"既是没出阁，这就好办了。你给那什么'老董'说，就说我看上他家闺女了，要纳为九姨太，让她准备准备，明天就派人接到柳沟城神机营与我圆房。"尹温流着哈喇子，醉醺醺地说。

"好好好，这个等吃过饭了，我再跟老董说。"薛利仁只当他说的是醉话，先把他稳住再说。

谁知那尹温突然睁开他的蛙眼，对随身卫士说："去，把那姑娘给爷叫来。"

卫士听令，立刻起身去了伙房，看到董诗龙正在伙房帮着择菜。董诗龙刚才送菜回来，看到尹温的眼神，觉得他不怀好意，所以就不再送菜，而是帮着老董择菜，谁知她还是难逃一劫。

那卫士看到董诗龙，嬉皮笑脸地说："姑娘，你过来一下，我家大人找你问话。"

董诗龙说："我又不认识他，他找我问什么话？我不去！"

卫士说："由不得你不去，他发起火来，把窑洞给你掀翻。"

老董说："我去，有什么事交给我就行。"

卫士挡住了老董，说："还是得她去。"

董诗龙一听，逼人太甚，立刻说："好，去就去，我倒是看看他多大的官威！"

"好！请！"卫士前面带路，董诗龙随后就进了饭厅。

那尹温一见董诗龙进来了，马上转怒为喜，眼珠子围着董诗龙咕噜噜转，都快掉下来了。董诗龙被他看得浑身不舒服，问："大人叫小女子来，究竟何事？没事的话我告辞了。"

"慢！你走上前来，我要与你喝一杯。"尹温说。

"小女子从不饮酒。"董诗龙说。

"你今天要饮。见了本官，理应敬两杯才对，怎么说本官也是护着你们一方平安，本官为庇佑百姓的安全，枕戈待旦，如此辛劳，你不该犒劳一下吗？"尹温突然口吐莲花。

"如此，小女子敬你一杯。"董诗龙端起酒，一饮而尽。

"好！喝得好！"尹温拍手，"我俩喝个交杯酒，可行吗？"

董诗龙一听这话，是在轻薄她，想不予理睬，没承想那尹温已走到她身边，抓起了她的手！董诗龙用力甩开，那尹温却乘势拦腰抱住了她。董诗龙刚刚跟李嫣然学过几招近距离搏杀术，顺手就用了出来，她用肘和膝做武器，向尹温袭去。

"啊呀！"尹温叫了一声，趴在了桌子上。其他人都吓傻了，尹温的两个侍卫上来就要拔刀擒拿董诗龙，尹温站了起来，说："住手！"

只见尹温摇摇晃晃地站着，说："还是个辣妹子！太合我的口味了，我非把你娶成九姨太不可！"

董诗龙娇喝一声，说："做你的梦！"

尹温也不是吃素的。只见他亮了个门户，如青蛙捕食，又如长蛇吐信，身形一转，直扑董诗龙。董诗龙吃了一惊，平时跟着李嫣然练剑术，那都是女儿家防身之术，哪见过真正的搏杀呢？幸好那尹温肚子太大，身子不是那么灵活，不然她哪里躲得过，勉强躲过第一招，紧接着尹温的第二招"双猴摘桃"就来了，那两只手直抓董诗龙的胸部。董诗龙向后一仰，衣服已被他抓烂。

情急之下，董诗龙从衣底抽出张川海送她的凤鸣剑，一剑刺向尹温那肥胖的肚子。尹温正兀自得意，他怎么也不知道这样一个女子，竟然在衣底藏着一把宝剑，尽管他穿着衣甲，怎抵得住凤鸣剑的锋利，那一剑就将他的肚子刺穿，鲜血泉涌，喷射而出，似乎还带着刚吃进去的菜，喝进去的酒。

董诗龙也没想到自己会用剑刺伤他肚子，一下子吓呆了，那两名侍卫见状，唰的一声，一起出刀，架在了董诗龙脖子上。喝道："放下你的剑！"

"别别别！"薛利仁连忙向两位侍卫摆手，他顺手拿下董诗龙手中的凤鸣剑，丢在了饭桌下面。他让他手下的兵勇赶紧扶起倒在地上的尹温，先用布条包扎住，那血仍流个不停。

老董进来时，就看到这个情景，一时吓得六神无主。尹温手捂住往外冒血的伤口，说不出话来，是死是活难以预料。

薛利仁跟尹温的侍卫说:"先不要动董姑娘,我来担保,她跑不了。"

其中一名侍卫说:"我们得把她带回柳沟神机营,要是千总大人能救过来,这话就好说了,要是万一不幸,那我们只好任由游击大人处置她了。到那时,就连我们俩都怕是性命难保。"

薛利仁一看这情形,知道多说无益,时间宝贵,得赶快抢救那尹温。于是说:"好,就让你把人带走,我让手下的兄弟把尹温大人用担架抬着,赶紧送到神机营营救,事不宜迟,赶紧找担架去。"

四个人先把尹温抬到一个土炕上,平躺着,盖上了一床棉被。然后,摘星台的三个兵勇紧急去找担架。尹温的侍卫把董诗龙绑了,就等担架来了,带着董诗龙一起回柳沟神机营领罪。

薛利仁给老董使了个眼色,两人趁着这个空当来到茅房。薛利仁悄声说:"目前只有两条路可走。一是变卖所有家产,能凑多少算多少,找一个三品以上的官员,替董诗龙说话,说不定可以免去死罪。二是找江湖好汉营救董诗龙,然后全家躲起来,就等风头过去。那个尹温,看起来是活不了啦。"

薛利仁说完,立马起身,来到尹温身边,看那血还是在往外流,棉被都已经被浸湿了。

少顷,担架找来了。薛利仁说:"不能再耽误了,这里没有医药,赶紧把人往神机营抬。"

两个侍卫说:"那就赶紧走!董姑娘,怨不得别人,谁叫你出手那么重,跟我们走吧。"

接着,薛利仁和另外三名兵勇抬着尹温,两名侍卫押着董诗龙就往柳沟神机营走去。

吕凤叶、哑巴、瘸子都吓得呆若木鸡。看着他们走远,老董也才回过神来。他想起薛利仁刚才跟他说的话,第一条路根本走不通,别说卖了所有家当并不值钱,就是有了钱,他哪里认识三品以上的官员?再说,找到了三品以上的官员,还没等说话,龙娃子可能已被他们害了。那么,第二条路呢?他苦苦思索第二条路。他也不认识什么江湖好汉,大岭客栈来来往往的除了马帮,就是一些小商贩,哪里有什么江湖好汉?

哑巴叔咿咿呀呀地不知在说什么,只见他从他睡觉的屋里捧出一把铜钱来递给了老董,意思是说,大家赶进凑钱去营救诗龙。瘸子见状,也赶紧去找了一个黑油黑油的小包,里面也有一些铜钱。

老董摇了摇头,叹息了一声。这些钱管什么用?就是有一千两银子,也不管用。

老董突然看到丢在桌子底下的凤鸣剑。他弯腰拾起短剑，上面还沾着尹温的血。

他知道，这是张川海的随身之物，可他不知道，这惹祸的凤鸣剑怎么偏偏会在龙娃子身上。老董的心里暗暗地责怪着张川海。

张川海去了陕南，又不知道他家在哪儿，消息送不到他手里，就是能找着他，来回也得一个月，况且他俩人，势单力薄，如何营救龙娃子？

但他转念一想，半年都过去了，张川海会不会已经返回了韩城？如果他在韩城，那说不定还有一线希望。

他想起了张川海给他说的秘密。盘古山！对，盘古山上有八位义士，其中包括张川海的爹爹。和张川海一起上盘古山，请求这八位义士去营救龙娃子，不知道这个办法能不能行得通？不管他，只有这一条路了。想到这里，老董立马站起身向马厩跑去。

吕凤叶在身后喊，你干啥去，他停住，说了一句："你们把客栈关了，赶紧去石坷村，回去后就住到爹爹家，谁也不准出门，谁也不准说什么！等我回来。"

吕凤叶听明白了，老董肯定是想到什么对策了。她把老董的意思说给哑巴和瘸子，三人赶紧行动起来，盘点大岭客栈的东西，把门关了，把能带的都带走，肩挑背扛往石坷村走去。

第四十三回　王春和接盘茶楼
张川海迁往韩城

且说张川海携茉莉回到久违的家，此刻他最想做的是两件事，第一是赶紧到母亲的牌位前上一炷香，把爹爹还健在人间的好消息告诉母亲；第二是抱抱久别的儿子，半年多来，出门在外时，儿子几乎夜夜入梦。

祭拜过母亲，洗去身上的污秽，换了身干净衣服，张川海就直奔张川河家里，去接心心念念的儿子张逸轩。已到掌灯时分，张逸轩在伯父家用过晚餐，正在院中和两个孩子玩耍。

张川海一进门就激动地喊道："轩儿——"

茉莉也跟着说："轩儿，快叫爹爹，你爹爹回来了！"

张逸轩睁着乌黑发亮的眼睛，久久地盯着张川海的脸，似乎是在回忆，又似乎是在做梦，足足有一分钟，他才突然明白了似的，张开双臂，喊着"爹爹"朝张川海跑了过来。张川海一把抱起了他，将脸紧紧地贴在张逸轩的小脸上，那软绵绵、肉乎乎的小脸一下就让张川海的心酥了。张逸轩也用小手紧紧地抱着张川海的脖子，享受着父子重逢的人间至情。

告别了堂兄一家，俩人领着宝贝回家。茉莉特意点了一根红色的蜡烛，光亮让家里柔和而温馨。

"何当共剪西窗烛，却话巴山夜雨时。"张川海突然想起李商隐的这句诗。儿子见爹爹归来，自是兴奋地不想睡觉，缠着张川海给他讲一路上的见闻，张川海就不厌其烦地给他讲着在黄龙山和老董一起打猎、在石圪村跳篝火、在韩城游古城等见闻，直到小逸轩在他怀里睡着了，他才把他放在了床上，爱怜地亲了一口脸蛋，给他盖上了棉被。

"黄龙山果然有那么好吗？"茉莉见轩儿终于睡着了，想继续和张川海好好地说会话。

"是的，我这次还在黄龙山交了几个好朋友，要不是他们，我也没机缘见到爹爹。韩城也挺好，我最欣赏那里的文化底蕴和重教兴学的民风。"张川海说。

茉莉越听张川海说黄龙山好，越是心生向往，她说："可惜的是我没机会去那里看看。"

张川海就是在等茉莉这句话，见机会来了，就说："我正想和你商量一件大事。"

"什么大事？"茉莉见张川海一脸严肃，觉得此事非同小可，神情一下子变得紧张起来。

"我想把咱们的茶楼搬到韩城去。"张川海用试探的口吻说。

听张川海这么说，茉莉倒平静下来了，她本以为是什么大事，原来是想把生意做到韩城，那又有什么不可以呢？只要能和他在一起，天涯海角都是最好的，只是她想知道详细原因，就问："为什么？"

张川海早就想好了措辞，他说："一来呢，爹现在在黄龙山里，他一时半会儿回不来，我们搬过去，有空能常去看望他老人家；二来呢，我看好韩城重教兴学的风气，我想让咱们的轩儿以后参加科举，成为人才，造福百姓；三来，韩城经济和文化都比我们这边繁荣，却缺少茶文化，我想把茶文化传播过去。"

茉莉听他说完，回答说："哥，常言道'家有千口，主事一人'。何况咱家也就三口人，我听你的便是。"

一夜无话。第二日，张川海便着手准备搬迁之事。别的都好说，无非是店铺转让，旧物处理，整理生活用品，最麻烦的就是清理旧账。这些烦琐的事情一忙就是两个多月，看看也快到中秋节，茶楼竟没有转让出去，有几个来看的，都出价偏低。不能按照原来的计划回到韩城，张川海有点着急。他知道，冬天的黄龙山更容易大雪封山，再说茶楼也没转出去，不能轻易动身，看来，只好等来年春暖花开再启程。

一天，茶楼来了一个熟人，这人长着两颗龅牙，小眼睛，活像一只硕鼠。不用说，这人正是王春和。自从上次风波平息后，他一直没脸再来茶楼。他心里很忐忑，就怕如果有一天，茉莉把那天的情形原原本本告诉了张川海，张川海或许又来兴师问罪。但好在他破财消灾，用三百两纹银把茉莉给赎了出来，也算是赎罪了。

当地人有个风俗，就是左邻右舍闹了矛盾，就在过节时登门赔罪。常言道：伸手不打上门客。登你的门，就是赔礼道歉来了，能主动登门，这是一种姿态。茉莉看到王春和进门，就立刻进了里间。

王春和一进门，就打着哈哈说："川海老弟，久违了！生意可好？"

"还好，还好，只是有一事让人烦忧。"张川海说。

"说说看，我能帮什么忙吗？"王春和终于找到了一个与张川海和解的机会。

"我欲将茶楼转让出去，搬往他地，却无人问津。"张川海说。

"哦？老弟这是不打算做茶了吗？"王春和说。

"不不不，我是想把我们的茶文化向西北地区推广。以后还要仰仗王兄多提供好茶叶，并在价钱上给予优惠。"张川海说。

王春和赶紧说："这个好说，你的茶楼说个数，就算我王春和帮你的忙了，以后不要计较老哥的过错就是了。"

王春和心想，凭张川海的本领，如果要与他计较，那他怕是要吃哑巴亏的。自己一时糊涂犯下的错，这次终于有机会弥补了，就慷慨地给了一个让张川海满意的价钱，把他的茶楼盘了下来。

张川海没想到，茶楼就这样转出去了。中秋节就要到了，趁着秋高气爽，张川海给母亲上了坟。回来后，雇了一辆马车，带着茉莉和儿子，拉着茶叶、茶具及一些生活用品，告别了堂兄及众亲友，离开了陕南，直奔西安，取道同州、合阳，直奔韩城。

张川海一家乘着一辆大马车，由"大青"驾辕，一路走走停停，除了偶遇秋雨，道路泥泞外，其他倒还顺利。茉莉和侄儿张逸轩感觉这像是出游，一路上说说笑笑，看到什么都感到新奇。

尤其是茉莉，她从没离开过陕南老家，路途上的景色让她换了心情，未来所要生活的城市究竟是怎么样的？又会遇到什么样的人？会不会还有一个像王春和那样令人讨厌的家伙，经常来白吃白喝？一切都是未知，她对一切也都充满憧憬。

从同州到合阳有两条道路可以选择，一条是直通韩城的官道，一条是通往黄龙山麻线堡的军事战备道，张川海上次就是沿着麻线堡古道走了个来回。这次因为搬家的缘故，所用马车较大，所以他选择走了官道。

抵达韩城时，天气微冷，大街上人们都已经穿上了夹袄，还有的穿着带"万"字的棉坎肩。

进了金城大街，马车停在闯王行宫前，张川海看到了他租赁的商铺，从外面看，已经是修葺一新，挂上了黑底金字的"川海茶楼"牌匾。只是店门上着锁。

川海便问隔壁铺子的老板，老板说钥匙在他这，店铺是半月前装修好的，那两个年轻人托他照看着。如今既然主人来了，就把钥匙交给主人好了。说着，拿出了一把铜钥匙交给了川海。

打开店门，茉莉看到这装修风格非常合心，和她在陕南旧茶店相似，进来之后，她竟有回到老家的感觉，一切都是熟悉的味道。

张川海说，这怕是李嫣然的设计。李嫣然能按照哥哥的吩咐设计得这样称心，可见她有多么细心。之前，茉莉只是听哥哥说，他在这里遇到了三个好朋友，志趣相投，心灵相通，所以委托这三个朋友帮忙装修茶店，她当时还想着，哪有这么靠得住的朋友？如今看到这个景象，她知道自己完全是想错了。

从后门进去，就是后院，有几间耳房，将来做他们的伙房和寝室。张川海看到，后院也被收拾得非常干净，完全不是他第一次踏入后院看到杂物堆积的感觉。他知道，这是龙妹、嫣然、燚龙他们帮他收拾的，心里感到暖洋洋的。院子里有个辘轳古井，可以打水，井旁边有一棵一抱多粗的梨树，枝头还挂着几颗黄澄澄的梨子。

茉莉对这个地方非常满意，当下就立刻把行李搬了进来，说："今晚就住到这个院子。"张川海说："不如先在客栈住一晚，明日搬来如何？连日来一路奔波，刚搬的新家要整理内务，许多活计甚是劳人。"

茉莉说："那好，先歇息，赶明早早起来，就搬过来。"

然而，就在这个时候，张川海看到一个熟悉的身影。

这个身影不是别人，正是大岭客栈的老董——董家梁。

老董首先看到了"川海茶楼"的牌匾，接着就看到了张川海站在马车旁。于是他牵着马向张川海快步走来。

张川海看到老董神情格外焦急，心想，莫不是出什么事了？"董叔，别来无恙？"张川海大声问道。

老董走到张川海身旁，顾不得别的，只说："有要紧事，咱们找个僻静的地方说。"

张川海说："好，咱们进茶楼慢慢说。"

进入院内，老董一口气把事情的经过说完，并说出了自己的想法，想去寻盘古山义士相帮，劫了兵营，救出董诗龙。

张川海觉得只能这么办，别无良策，立即起身说："事不宜迟，一刻都不能耽误，走！"说罢，神色严肃地回头对茉莉说："辛苦你了，照顾好轩儿，我暂且去山里一趟。"

茉莉看到两人的神色，知道有大事发生，只说："你放心去，我们今晚就住店里了。"

张川海和老董骑着马，向盘古山奔去。这一带，他已是非常熟悉了，不到两个时辰，他们就来到山下。他们顾不得把马寄养在驻马店，只是把它放到山下树林里，希望回来时还能见到它们，要是见不着，兴许老马识途，会自己回到大岭客栈。

顺着蜿蜒的小道，他俩一口气就爬到了盘古山顶，盘古庙内，空无一人，只有那盘古塑像，举着开天辟地的大斧头，仰头向上，天地一片混沌，大斧劈出了一丝光亮。细看，那光亮是一缕斜阳反射到大斧上。

老董朝着盘古像跪下，磕了三个响头，说："祈求盘古大神，保佑我家龙娃子逢凶化吉，遇难成祥！"刚说完，就听见外面传来了脚步声。

第四十四回　刘楞娃翻墙探秘
　　　　　焦志明志得意满

石坪村这几天有些反常。先是少了一个人。自从上次董家梁执行完家法，石坪村人的话题就离不开黑荻灵、董家宝、董家驹、董家城几个人，也有人把焦志明查了个底朝天："人家焦志明那日子可好过哩，家里有几十亩地，四间大瓦房，一头小黑驴、一匹马都是母的。前年死了婆姨，就一个娃还送到城里去当学徒了，日子过得赛神仙。"

"难怪他想来娶黑萩灵呢，人家有这个条件嘛。这条件别说没有老婆，就是有老婆，娶个小的又咋了？搁我我也娶。"刘楞娃说。

"哈哈哈，不是我说你楞娃，你连人家的味都闻不到，一个村的都拿不下，让外村人叨走了……"王二锤说。

"这几天都没见她，是不是啥时候跟着那焦志明跑了？"刘楞娃这一问，提醒了大家。

"走，到她家看看去，大家一起叫门，叫不开的话，就撬门进去，看个究竟。"大家达成了一致。

黑萩灵家的围墙挺高的，大门是很厚实的橡木板，油漆乌黑发亮。看看身后跟着一群人，刘楞娃壮着胆子，扣着门环喊："黑姐，黑姐，开一下门。"

里面没反应，什么声音都没有，连鸡叫声都没有。停了一会儿，王二锤说："别敲了，真没人，楞娃，你翻墙进去，看看屋里啥情况？"

这道神秘的墙对刘楞娃来说，早就有着巨大的吸引力，他不止一次地想着怎么翻越它。这次被大家允许，他就按照心中想象的那样，后退几步、起跑、冲刺、猛地跳起，攀住墙上的砖头，身子向上一缩，居然骑上去了。他回头朝大家龇了一下牙，就义无反顾地跳了下去。

"不好了，不好了！"刘楞娃在墙里面喊。

"咋了？"王二锤问。

"黑姐她——不见了！"刘楞娃说。

"你个楞娃！我早就说她跑了！"王二锤说着，转身就走。"这事得去告诉董家，告诉老村长！"他身后跟着一群看热闹的人。

老村长家却也正热闹。董振兴刚刚听吕凤叶叙述完那惊心动魄的一幕，觉得一场血雨腥风就要来临了。最让他揪心的是龙娃子让清兵押走了，她一个女儿家被押到兵营，如同羊羔掉进了狼窝，危在旦夕。然而，这件事绝不能让村里人知道，别说村里人帮不上什么忙，就是能帮上忙，救出龙娃子，那龙娃子以后何去何从？就在这个时候，他听见外面吵吵嚷嚷，他以为村里人都知道了，忙站起身来，想去劝说大家少安毋躁。

"老村长，不好了！黑萩灵跑了！"他刚一出门就听见王二锤喊叫。接着是刘楞娃气喘吁吁地跑来，绘声绘色地说了他怎么翻墙进去，怎么打开窗户跳进屋子，看见东西都收拾了，人不见了影子，看样子至少走了五六天了……

老村长这会哪有心情听这些话？他说："走就走了吧！每个人都有自己的命，是好是坏，由天不由己！不要给我说，去振山家说去，让他领人把锁砸了，把房子收回，把地收回就是了。"

说完，把门一关，转身回去了。众人面面相觑，本打算看一场好戏，甚至想着就等老村长一声令下，去乱麻科村把黑荻灵"捉拿归案"，再把焦志明痛打一顿，找回石坷村男人们的尊严。没想到就这样轻描淡写。

"走！找董振山去！"王二锤把手一挥，领着大军直奔董振山家。到了董振山家，刘楞娃又把刚才的话添油加醋地学了一遍，并说："不能就这样便宜了焦志明！只要你发话，我们就去乱麻科村，找到这对奸夫淫妇，把他们带到你面前！"

董振山什么也没说，只是转身进屋。须臾功夫，他从屋里拿出来焦志明给他的绸缎和聘礼，说："人家可是来提过亲的，我这都答应了的。收了聘礼，什么时候要人，怎么要，那是人家的事，咱管不着！"说完，也转身进屋了。

"散了吧，散了吧！"看热闹的人中有一个人喊道，于是大家什么也不说了，都摇摇头，叹息一身，低着头往回走了。

那天，董家驹溜到乱麻科村，把石坷村的情况提前告诉了焦志明。焦志明一听，这事还有门，本以为是赔了夫人又折兵，石坷村他是不敢再去了，没想到董家驹又给他支了一招。

焦志明就委托董家驹把他家的小黑驴先给养着，要是生了小驴驹子也给养着，有一天他要是在外面混不下去了，还会回来，说种地没有驴是不行的。

董家驹满口答应。心想，你一走怕是不回来了，你的驴，包括驴肚子里的小驴都是我的。也活该是我的，我把自己的女人送你了，还不能明说，女人肚子里还有一个娃，这么换，怎么算也是我吃亏了。

焦志明第二天就把自己种的那些地给每个佃农分了，盘点了一下家里的金银细软，怎么着也值千把两银子，用包裹装了，就骑着他的枣红马，趁着夜色溜进了石坷村。他先把马拴在了村外的树林里，人蹑手蹑脚地走进村子，有狗嗅到了什么气味，大声狂吠起来，接着就是一片狂吠声。本来他不知道怎么能见到黑荻灵，谁知这些狗却帮了他的大忙。

全村人都在猜测，这狗为什么会叫？可只有两个人能猜对，一个是董家驹，一个就是黑荻灵。

董家驹当天刚挨过家法，脊背上的伤还疼得要命，侧身躺在家里的炕上，他听见全村的狗一起大叫时，就知道焦志明来了。他抽了自己两个大嘴巴，心里发酸，觉得这像是一个大笑话。这天下，还有男人把自己的女人这样迫不及待地送人的？恐怕就是他姓董的一个人了！可悲呀，女人还替自己怀了娃，还不知道带把不带把？自己的娃不能管自己叫大，自己却提前给他找了别人当大。

黑荻灵听见全村的狗不停地叫，一开始不以为然。后来她忽然觉得，这和自己有什么关系，莫不是焦志明趁黑来找她了？想到这里，她立刻起身，到大门口听听有没有什么动静，她听见外面似乎有脚步声，轻声问："是谁？"

"荻灵，是我，是我，焦志明，快开门。"焦志明正急得团团转。

黑荻灵轻手轻脚地打开了门，焦志明一进来就想抱住她。

"关门！"黑荻灵指着门说。

在黑暗的院子里，两个人抱在了一起，很久，很久。直到所有的狗都不叫了，直到熟悉了彼此的心跳。

黑荻灵见焦志明深夜前来，非常感动，回到屋里点着了蜡烛。焦志明将她轻轻地拥入怀内。自从上次在混乱中分别，俩人几日不见，黑荻灵只当焦志明知难而退，谁知他却趁黑夜再次冒险来到石坷村，胆子很大。与董家驹相比，这是一个拿得起放得下的大男人，她对他不禁暗暗地心生佩服。

"你怎么来了？"黑荻灵问。

"我来接你，现在就跟我走。"焦志明说。

"好。去哪？"黑荻灵问。

"先直接去韩城，要是能待住，就在韩城不走了。"焦志明说。

"我听你的。"黑荻灵说。

焦志明在她的额头上亲了一口，想亲她的嘴，她避开了。焦志明心想，以后有的是时间。

他们一起把所有值钱的东西都用一个包裹裹了，无非是些八成新的衣服，绸缎什么的。把两只鸡也抓了出来，装进一个袋子。收拾完这些，天已经快明了，他俩走出门，焦志明背着包裹，黑荻灵提着袋子，把大门锁了，蹑手蹑脚地出了村，这次，没有狗叫。

在树林里，焦志明找到了枣红马，他把包裹、袋子绑在枣红马身上，出门带的金银细软绑在自己身上，一把抱起黑荻灵，放在了马背上，自己也上了马朝着马屁股使劲地抽了一鞭子，那马扬起蹄子，直朝韩城奔去。

第四十五回　盘古山营救诗龙
　　　　　柳沟营刀光剑影

　　就在老董祈求盘古庇护时，听见外面传来急促的脚步身，他刚想起身看看是谁来了，就见人影一闪，就被一人当腿一脚，踢翻在地，接着就被另外一个人用麻绳绑了。

　　"搜一下，看看他身上带了什么，莫不是朝廷的细作？"一个河南口音说。

　　"好嘞！要是朝廷鹰犬，今天非要把他大卸八块。"这个说话的人是山东口音。

　　老董心想，完了，把我当成朝廷鹰犬了，不知道这两个会怎么处置我？两人也不问他，就把他全身上下、里里外外、仔细地摸了个遍。

　　张川海正在神殿后面眺望远方，忽然听见殿内动静很大，急忙跑了进来，一看是汪狗子和时江胜把老董给绑了。他叫了一声："狗子大叔！我是川海，大水冲了龙王庙了！"

　　汪狗子和时江胜见了张川海，说："咦，我当是谁呢？这人是你领来的？"

　　老董急忙说："对、对、对，是自己人。你们把我松开，我有要事相告。"

　　汪狗子和时江胜听老董这么说，就把他带到了庙外，借着微弱的光线把他仔细地打量了一遍，边松绑边问："既然是张川海侄子把你带来的，算我们失礼了，敢问你有啥事？"

　　"唉！此事一言难尽，我要见你们的大首领。"老董急切地说。

　　"是的，我们要见到马叔，这件事两位叔叔做不了主。"张川海也跟着说。

　　汪狗子和时江胜听他俩这么说，不敢怠慢，急忙带着他俩去盘古山大寨见大首领马岳平。

　　盘古山上最近也没有农活可干，他们所耕种的几亩地大多种的是玉米，现在还有些嫩玉米棒子，再等十来天，便可开镰收割。马岳平、黄利国、张大立和冯安吉、白荣康正在聚义堂就着昏黄的马灯，津津有味地啃玉米棒子。忽听大鼻子操着河南口音，老远喊："大当家的，大当家的，来客人了——"

　　马岳平啃着玉米棒子，走出来看时，并不认识董家梁，只认识张川海。时江胜将张川海和董家梁的眼罩摘下，董家梁看见马岳平，急忙奔上前去，"扑通"一声跪倒在地，口里喊着："大首领，求你救我女儿！"

　　马岳平上前一步，一把将他扶起，说："你是谁？怎么找到这儿的？你女儿又是谁？"

董家梁如同见到了亲人，眼泪一下就涌了出来。

张川海把他如何认识董诗龙，如何成为好朋友，以及尹温如何调戏董诗龙，董诗龙失手刺伤尹温，被带回柳沟神机营，如今生死难料，急需援手之事从头到尾讲了一遍。

张大立在一旁听着，当他听到张川海将"凤鸣"剑赠予董诗龙，心里已经明白了八九分。张川海这小子重情，为了这把"凤鸣"剑，他竟敢只身涉险，二上盘古山。现在却又把它赠予了董诗龙，为了这女子，他又三上盘古山，那这董诗龙无疑就是张川海心中最重要的人。如今，董诗龙身处险境，张川海来盘古山求助，营救董诗龙之事，看来不可耽搁。

张大立看到马岳平听完老董的话后，一言不发，久久地沉思着。张大立与老董是旧相识，但他一直不知道老董有个女儿，更没想到老董的女儿和自己的儿子有那么深的渊源。

空气像是凝固了，连平时使劲吹的秋风此时也停止了，只有蟋蟀在草丛中的叫声，凝重的氛围竟让张大立出了一身臭汗。

张川海也静静地站着，他不多说什么，只等马岳平做出决定。

良久，马岳平发话了："此事，我等不能坐视不管。一来，这女子是川海侄子的好朋友，川海侄子前来寻求帮助，我们岂能不管？二来，清廷欺压百姓，为非作歹久矣，若没有人挺身而出，闹出个动静，老百姓就会任人宰割。我等虽被困在盘古山内，但解救天下苍生的理想一刻也不曾停止。只是要等待时机，东山再起。然则，时机迟迟未到。如今，有善良百姓无辜遭难，我等当拼死营救，杀进柳沟神机营，也好让朝野震动一下。"

有野史记载："光绪三年（1877），陕西延安境内麻线岭古道柳沟神机营发生了一件大事。乡民与当地驻军发生摩擦，十名乡民夜袭神机营，其中有四人被就地正法，另有六名趁夜色逃走，不知去向。同时，事件造成多名兵勇死伤。"

该事件正是盘古山义士营救董诗龙的行动。且说，当时马岳平决定要全力营救董诗龙，黄胡子黄利国立刻响应道："我黄胡子的刀好久没有饮血了，这次就在这麻线岭上弄个风搅雪！"

汪狗子、时江胜、冯安吉、白荣康、董家城等人也群情激昂，纷纷摩拳擦掌。尤其是董家城，董家梁刚走进山寨时，他就认出是他本家大哥来了。当他听说自己的侄女被清军掳走时，急得团团转。

张大立说："各位兄弟真是义薄云天，我张大立知道，兄弟们之所以甘愿涉险，是为了大义，再者也是因为犬子的缘故。但是，此事虽急，也要商议一个万全之策方能成功，不能贸然行事。"

马岳平说："说得不错！此次，我们的首要任务是营救老董的女儿，二是给清廷一个小小的惩戒，激起民众抗争的信心。据我了解，柳沟神机营驻军共有百余人，其中千总一名，游击一名，把总三名。我计划把我们这些人分成两路，一路营救，全力营救老董之女，由张川海、张大立、冯安吉、白荣康、董家城再加上老董六人组成，冲进神机营，只管寻找关押董诗龙处，寻找到董诗龙，立刻冲出重围，等待会合；另一路诱敌，由我、黄利国、汪狗子、时江胜组成。任务是吸引大批驻军，为营救老董之女创造条件，一旦发现营救成功，就立刻杀出重围，两路会合。"

黄利国说："大哥的计划可谓周密，只是撤退后在哪里会合为好？"

汪狗子说："我看就在鬼脸袁亮的马厩会合为好，也可就地把马匹寄养在他马厩里。"大家一致同意。

商量完毕，大家就各自休息了，只等第二天天亮，吃过早饭后下山，在山下休息，待天黑了伺机冲进清军大营，按照计划营救董诗龙。

且说董诗龙被尹温的两名侍卫押解到柳沟营后，一直被关押在一间石屋内，这排石屋位于军营中间，共有六间，是供千总和游击等军官居住的，千总尹温住一套间，一名游击一间，两名把总各一间。另一间是给驻守瞭望台把总薛利仁的，一直空着。董诗龙就被关在空石屋内，周围全是兵勇的营帐，营帐外设有木栅栏，有士兵轮番值守。她被关在这里两天一夜了，只听见外面人来人往的脚步声，偶尔有嘈杂声，但没人进她的屋子，也没人送饭给她，似乎把她给忘了。

这天夜里，一开始照旧是急促的脚步声不断，嘈杂声比昨天更甚。后来慢慢地静下来，她饿极了，但她不敢喊叫，就强忍着饥渴闭着眼睛，她眼前出现爷爷奶奶的影子，接着是她大董家梁带着她到林中打猎，好像还有张川海和她在一起一路并排走着，还有娘笑意盈盈地给她端来一碗冒着热气的饸饹……她迷迷糊糊地睡着了。

突然，她听见外面喊杀声大作，她从睡梦中惊醒，一骨碌爬了起来，看到窗外火光冲天，她想趁乱拉开门跑出去，但是门被死死地锁着，根本拉不开。她想，发生了什么事？是不是有人来救我了？激烈的打斗声一直持续了一个时辰，慢慢地远了，这时候又有脚步声传来，有人轻轻地喊："龙娃子，龙娃子……"

是大的声音！董诗龙立刻跑到门口，使劲地拉门，大声喊道："大，我在这儿，我在这儿——"

门外，站着张川海、老董、张大立、冯安吉、白荣康、董家城六人。趁着马岳平他们把所有的清军都吸引到远处的间歇，他们摸到了窑洞前，听到了董诗龙的喊声，立刻找到了关押她的窑洞，老董和张大立合力把门使劲一抬，那门柱子就从门臼中滑了出来，接着就倒向了一侧。

老董看到了自己的女儿，还好，除了有些惊慌失措，并没有见到伤痕。董诗龙扑向了老董的怀抱，老董拍着她的头安慰她说："没事了，没事了，大来救你了……"

张川海看到董诗龙委屈的样子，正要上前去安慰她几句，却被冯安吉拉了一把，"快走！"冯安吉提醒大家。

老董反应过来，意识到正身处狼窝虎穴，拉起董诗龙就往外走。

忽然，眼前人影一闪，两名兵勇举刀向老董砍来。

张川海赶到，抬刀荡开砍向老董的双刀，用鸳鸯腿把那两人踢翻在地，冯安吉跟上来，结果了他们的性命。

忽然，隔壁屋子有说话声，白荣康闯进内屋，接着微弱的灯光，见有一人站在炕前，持刀护卫着炕上躺着的人，白荣康顾不得多想，挥舞着长剑就与他厮杀在一起，斗不到二十回合，冯安吉赶到，两人一左一右形成夹击之势，把那人打倒在地，那人连喊饶命。

冯安吉说："你是谁？你护卫的人又是谁？"

"我是参将侍卫长，炕上躺着的那位就是千总尹温，他受了重伤。"那人回答。

"那就饶你不得！"冯安吉说完，又一刀结果了他的性命。

尹温在炕上挣扎着坐了起来，哆哆嗦嗦地说："好汉，有话好说，只要饶了尹某，定将厚报，我这里有五千两银票……"

"呸！"白荣康吐了他一口，接过银票说，"狗官，我更喜欢要你的命！"说着，一剑划破了尹温的喉咙，血从尹温喉管喷出，溅了一炕。

屋外，张川海击毙了四名前来围攻的兵勇，周围暂时平静了下来。

"爹爹，保护好董叔和他女儿，去之前既定的地点等我们。你和家城叔四人快走，一定要保护好诗龙妹！"张川海悄声对爹爹张大立说。张大立心领神会，他与董家城一起，护着老董和董诗龙，老董背起已经十分虚弱的女儿，四人朝山林中跑去。

张川海目送他们走远，又回头对冯安吉和白荣康说："咱们去助大首领他们突围！"

张川海说着，就和白荣康、冯安吉朝着喊杀声激烈的地方奔去。

第四十六回　英雄血染柳沟营
　　　　义士转战马武山

　　老董背着董诗龙和张大立、董家城四人跑出了柳沟营，慌不择路，却迷失了方向，找不到去集义庄的大路了。四人商定，不如先上麻线岭，到客栈找点吃的，然后到林中躲一躲，以后再打探马岳平他们的消息。

　　再说张川海、白荣康、冯安吉冲到兵营外，见清军点着火把，团团围住马岳平、黄利国、时江胜、汪狗子四个人，已经把他们四人分隔开来，轮番上去与他们格斗，草甸子上虽有不少清军受伤倒地，但马岳平他们已是身处险境，且凶险万分！此时此刻，不容有丝毫的犹豫，三人立刻朝着清军的阵地冲杀过去，立刻就有十几个清军分别过来与他们纠缠在一起，然后又分割开来。

　　"大哥！我——们——来——了——"冯安吉大声喊道。

　　"快，我们往中间会合！一起朝着你二哥那里拼杀！"马岳平喊道。于是，大家都努力的朝一处汇集。领军的游击喊道："不能让他们会合在一起，一个一个的歼灭他们！"与马岳平缠斗的是两名把总，把总属于清兵里面的下级军官，大多是自幼习武，在军营中能拼能杀，才出人头地当上军官的，比起一些高级军官，武艺有过之而无不及。

　　马岳平与他们俩打斗，已是处于下风，再加上不断有兵勇上来背后偷袭，难免顾此失彼。常言道："好汉难敌四手。"何况马岳平被二十几名兵勇围住轮番攻击，一不小心，被一个兵勇在腿上划了一刀，马岳平腿一软，跪倒在地。一名把总见状，立刻挥刀朝马岳平砍去，与此同时，马岳平也挥剑刺向了他，将这名把总击毙，另一名把总跟了上来，一刀砍在了马岳平的背上。

　　"大哥——"黄胡子黄利国看到这一幕，大喊一声朝马岳平这边冲来，另外几人也看到了马岳平倒地，一起奋不顾身的朝这边冲过来。就在这个时候，与游击搏斗的时江胜和汪狗子一分神，各挨了一刀，倒在了血泊里。

　　张川海、白荣康和冯安吉冲破围攻他们的清军，奋力冲向阵中央，与黄利国兵合一处，又杀向马岳平倒地的地方。黄利国砍倒了那名正在砍杀马岳平的把总，扶起马岳平，此时马岳平已是奄奄一息，他对黄利国说："别管我，带着弟兄们，冲出去！"说完就断气了。

　　"大哥——"黄利国失声痛哭，接着就感到胳膊上中了一刀。砍他的正是领军的游击。张川海奋力击毙几名兵勇，冲杀了过来，与游击战在了一起，这名游击是柳沟营中武功最高的，他没把张川海放在眼里，岂不知张川海身手了得，只一个回合，便夺了他的刀，将他击毙。张川海救起黄利国，背在身上，由冯安吉、白荣康带头开路，三人朝着一个方向冲杀，杀出了一条血路，往通往集义庄的方向跑去。

清军现在已是群龙无首，佯装追赶了一会儿，便停了下来。他们看到来救援的三个人武功不俗，自知不敌，也就不想追赶了。张川海背着黄利国，四个人跟跟跄跄跑到了鬼脸袁亮的马厩，已是用完了力气。

大首领马岳平已经壮烈牺牲，汪狗子和时江胜也死在了乱刀之下。老董他们并没有来鬼脸的马厩，不知去向何方。此时，黄利国胳膊已断，血流如注，急需治疗。

张川海向鬼脸袁亮要了一卷干净的粗布，用开水消毒，将黄利国的伤口简单处理了一下给包扎上了。他们商议了一下，先不能回盘古山了。一来，黄利国的伤势严重，需要到城里就医；二来，清军遭此重创，必不肯就此罢休，一定会四处严加盘查，若查到集义庄，即使是鬼脸袁亮不说，别的人也难免会供出他们的住处，届时定会派大军围剿盘古山。

幸好白荣康手中有尹温给的五千两银票，可以用来给黄利国治病，也可以供他们城市生活所用，当下就决定：骑着他们寄养在鬼脸袁亮这里的马，先取道韩城，给黄利国治病，等他的病好了，再另做打算。

奇怪的是，张川海在马厩中见到了自家的大青马和老董骑来的大白马。大青马一见到他，就冲着他嘶鸣一声，似乎在问："你跑到哪去了？"鬼脸袁亮说，这两匹马是晚上自己跑到他家店外的，他出来一看，有些印象，记得这正是半年前两个英俊青年寄养在他店里的马，于是就牵了回来。

临走时，张川海叮嘱袁亮："若是近日有几个人来这里寻我们，告诉他们不可再上盘古山，千万！千万！"说完，四人就策马扬鞭而去。

再说老董他们，回到大岭客栈后，匆匆找了些玉米饼等吃的，填饱了肚子，又把他自己藏的积蓄寻了出来，装在身上。此刻，天已微亮，他们不敢在客栈多做逗留，就悄悄地隐藏在附近的松树林中，他们也不敢回石坷村，怕人多眼杂，以后若被清军盘问，说出了他们的去向；也更怕连累了董家人，遭受清军折磨。

此时，董诗龙多想见到娘亲，多想见到张川海呀。在柳沟营那一瞥，只看见他忙着和清军厮杀，她想喊他一声，却没有喊出声的力气。他们相互只看了一眼，就又各奔东西。

遭受这一劫，她才明白，人生有那么多不确定，那么多的离别！半年前和张川海在黄河边告别，她心中充满酸甜苦辣的滋味。独自一人时，思念让她愁肠百结，无边的等待带给她无限惆怅。可天知道为什么，无缘无故，她却与清廷结下了如此大的怨恨，被清军押走的两天一夜，她已经做好了死亡的准备。她不再去思念张川海。那个时刻，她想得最多的就是娘和奶奶，想儿时娘为她穿上碎花袄，想奶奶为她扎的小辫子，想娘目送她去石坷村爷爷家路上的模样。她还回忆爷爷，爷爷领着她去玉米地掰玉米棒子、摘豆角的情景都历历在目……然而，现在终于从鬼门关逃了出来，却不能回家看上爷爷、奶奶和娘一眼，她的内心在痛哭，但不能哭出声，她要坚强。

接下来该何去何从？老董心里也没谱。张大立说："你们在这里等一等吧，我去探听一下消息，看大首领马岳平有没有杀出重围，若是他们回到了盘古山，咱们也悄悄地绕道，争取再回盘古山与他们会合。"

老董说："那也只好如此了。"

董家城对张大立说："大哥，你们在这里等着，我年轻，这一带地形我比你熟悉，我去探听，估计用不了半日就能回来，到时候我们再作打算。"

老董说："我弟说的是，就让家城去吧！"

董家城顺着松林，抄小路往集义庄奔去。没承想，他差了一步，张川海、冯安吉和白荣康已经骑着马带着黄利国走了。鬼脸袁亮告诉董家城，他断断续续听到他们的对话，大概意思是不能回盘古山了，因为大首领马岳平已经牺牲，黄利国怕也是凶多吉少，他们还要给黄利国治病，不知道要去哪里寻医问药。

董家城知道了这些情况，觉得集义庄已经很不安全，不可久留，盘古山上，虽有他们辛苦种的玉米还没有来得及收获，但也不能去了，若是清军搜山，很快就会找到他们。

下午时分，他回到了老董他们藏身的松树林，四人会合后，董家城把他打听到的情况说了一遍。张大立闻听马岳平壮烈牺牲，汪狗子和时江胜两位兄弟也死在了乱刀之下，悲痛地流下了眼泪。

老董说："弟兄们此次遭难，有很多原因是为了我呀。之所以不让我们几人和他们一起并肩作战，是因为怕我们的武功不济。谁曾想，像大首领马岳平这样的高手也遭此毒手。汪狗子、时江胜兄弟，他们在捻军中身经百战，都不曾遇难，今日却命丧黄泉！"

董家城劝说道："哥哥节哀顺变！此地也不可久留，我们要好好商量一下，该何去何从？"

张大立说："我们一不可连累家人，二也不能流亡他乡，等风波过后，亲人们定能相见。"

董家城说："盘古山不可再回，我们不如另外找一座高山先隐居下来，等一年半载事件慢慢平息，再设法与二首领黄利国、冯安吉和白荣康他们联系。"

老董说："我也这样寻思。我听说离此处不远，有一座马武山，山势奇特，鲜有人迹，曾是汉代马武屯兵之处。马武山上有马武庙、练兵场和饮马泉，不管天有多旱，但饮马泉照样流水潺潺。不如我们就去马武山如何？"

张大立问："我们此去得做好长远打算，不知道马武山可适合耕种？"

董家城说："我想起来了，这个马武山有个传说：王莽篡权时，马武举旗造反。因为武艺高强，他很快就建立了一支能征善战的军队，并与姚旗、岑彭合兵。三人在黄龙山区占山为王，操练兵马，所占山头成掎角之势，马武山与姚旗寨遥遥相望，岑彭占神玉川口。三人屯兵数万，吃粮靠马武供应，因为马武山上有一块宝地，在宝地种庄稼，前面摇耧播籽，后面就能收麦打场，当日种当日收，产粮无数，囤满仓溢。官兵几次征讨，由于地势险要，加上马武武功高强，官兵难以取胜。"

张大立说："如此看来，马武山真是一个好去处。只是龙娃子是个女孩，居住在山上颇有不便。"

董诗龙说："我吃得了苦，我就跟着大一起上马武山！"

商议结束，四人又在松林隐藏了一夜，第二天天亮，老董凭着感觉，顺着山岭上放牛的小道，领着他们朝马武山走去。

马武山就位于与麻线岭相连的另一道川内，叫神玉川。遥望马武山，翠峰挺拔，高耸入云。黄龙山的山脉，与大秦岭不同，秦岭高大险峻，悬崖如斧劈刀凿，望去令人心生畏惧。而黄龙山曲线起起伏伏，山岭温柔可亲了许多，因为土壤肥沃，植被比秦岭更加茂密。因此，这一带的山，既兼秦岭之险，又具林草葳蕤之美。

老董领着三人，一路上不敢休息。饿了，就吃点从大岭客栈带出来的玉米饼，渴了就寻找野果子吃。有的地方有山泉水，他们就洗把脸，补充点水分，稍加休息，继续摸索着前行。

下午时分，他们走上了攀登马武庙的险峻小道。路隐藏在葱郁的丛林中，时而蜿蜒曲折，时而陡峭险滑。穿过一片荆棘占领的地方，见两块奇特的石头横亘其间，形成一夫当关万夫莫开的地势。董诗龙坐在石头上小憩，她环顾四周，见东西两座山峰对峙，双峰挺秀，东峰屹立着一座石寨，猜测这就是马武庙。

于是，四人决定攀爬东峰，今晚就居住在石寨内。没有路，也看不到石寨的门，拽着岩石罅隙中生长的藤蔓攀上去，两块巨石状如鹰嘴，人恰好落在夹缝中，靠着双臂支撑忽地一跃，翻身上去将巨石踩在脚下，人便站在石寨之外了，却仍未见石寨之门。

此时，已到了马武山制高点，俯瞰群山，正是暮色苍茫，逶迤连绵，如同画卷。看对面西峰，似有一庙，再看身后石寨，一庙一寨两相对峙。

"想必寨门在寨子的另一侧。"董家城说。

"我过去看看。"董诗龙说着，麻利地从寨子一侧的悬崖上翻过，果然看到那边是一处平台，可容十余人站立，寨门就在此处。于是她喊大家小心过来，先打开寨门再说。

董家城扶着老董和张大立小心地踩着石寨外侧凸出的岩石，慢慢地转了过去，来到了寨门前。寨门前除了平台，面对的是万丈悬崖，如此地势，果真少见，此处一般百姓到不了，即便是被官兵发现，也无法围攻。

张大立寻了石块，把寨门上已经生锈的铁索砸开，打开了寨子，却见里面十分简陋。石寨没有顶，但地下是一块平坦的大石板，人可以坐在石板上休息。石板大约有半亩地的面积，搭着七八个草顶的窝棚。除此之外，空荡荡的，除了尘土和鸟屎，几乎什么也没有。

"这里挺好！"董诗龙说，"一人一个窝棚，可以好好睡一觉了！"

张大立说："我们能寻得这样一个安全的地方，也算是因祸得福了。今日大家都累了，就各自休息吧，睡好以后，明日再到山上各处看看，寻找水源和田地。"

第四十七回　怨轩马帮遇红颜
　　　　　山中古村遭劫难

怨轩马帮最近正沉浸在一片喜悦中，原来是马帮大小姐李嫣然就要出嫁了！前几日，石坷村的董家托人来找韩大掌柜的，给董家宝的儿子董燚龙提亲。在此之前，韩大掌柜的已经知晓自己外甥女李嫣然早就芳心暗许了董燚龙，本来还担心嫣然不好找婆家，如今有一个比她小两岁的男子喜欢她，韩大掌柜高兴得没法说，就痛快地答应了董家的求亲。

只是他不太乐意让外甥女嫁到乡村去，虽说董家是大户人家，但嫣然自小没生活在农村，可以说是五谷不分，自是不会打理农活。不过，他听说董燚龙因厨艺绝佳，有意在韩城开酒楼，这让韩大掌柜的放下心来。

去年冬季，嫣然的结拜妹妹董诗龙来了马帮，一直陪伴着嫣然。这期间，董燚龙也来过马帮几次。韩大掌柜见董燚龙生得面容清秀，举止斯文，有空也给马帮露了一手厨艺，让大家赞不绝口，因此，韩大掌柜早就暗中相中了他。

却说董诗龙为何在恕轩马帮？原来事情是这样的：去年秋季，董诗龙跟着老董他们逃亡到马武山后，生活了一个月左右。爹爹与张大立、董家城一起改造了石寨，用木头搭起了便道，这样出入就方便了许多。又给每间窝棚换了新草，苫盖了棚顶，居住条件也改善了。

老董与张大立合计，需要下山一趟，采购一些必需的生活用品和玉米等农作物种子。

张大立说："近期，你们父女俩不可下山。怕清军正在到处张贴画像捉拿你们。清军并没有正面见过我和家城兄弟，所以我俩可以下山采办，很快就会回来，你们父女俩就在山上将就两天。"

老董说："张兄考虑得周全，我们就在山上等候。"

过了一日，张大立和董家城便从山下返回。他俩带回了可以供他们食用一段时间的粮食、灶具和生产生活用具，包括两床棉被。还特地为董诗龙带回了两身干净衣服。

董家城说："柳沟神机营的事情已经传开，听人讲，清军抓住了集义庄的鬼脸袁亮，审出了他们在盘古山的消息，已调集了几千人的军队，围住了盘古山。"

张大立说："幸亏他们几位也没再回盘古山，清军要扑空了。"

秋季的马武山有很多野果子，董诗龙每日负责采收野果子，像是杜梨、野山楂、野海棠、野蘑菇、野木耳等，尤其是野橡树豆，可以在没有粮食的时候充饥。老董与张大立、董家城就开荒，为来年种地打下基础。

进入冬季，天气越来越冷，晚上冻得很难入睡。山上生活条件之艰苦可想而知，几个大老爷们可以忍受，但对于董诗龙这花季年龄的女孩来说，怎么能长期这样生活下去呢？老董看在眼里，疼在心里。石坷村是不敢回去的，谁知道清军会不会有一天得到什么线索，查到了石坷村？他想起了董诗龙有个结拜姐妹李嫣然，就和张大立他们商量，看董诗龙能不能去投奔李嫣然。张大立仔细地询问了董诗龙和李嫣然的情形，知道她俩亦师亦友，心灵相通，觉得是个可行的办法，就说通董诗龙去投奔李嫣然。

　　董诗龙想到能见到嫣然姐姐，当然比在马武山好。恕轩马帮是个独立的场所，鲜有陌生人打扰，就是有客人来拜访，事先也得通禀，在那儿避难也应该安全。

　　再说，她这几天从风波中解脱出来后，就又每日都想着能否见到张川海。若是自己长久隐藏在马武山，张川海若在韩城，又怎么能知道自己的去向？幸好上次带回来的衣服中有一套是男子服装。于是，董诗龙将自己化妆为男子，在张大立、董家城的护送下下了山。

　　董诗龙来到恕轩马帮时，李嫣然恰好帮董燚龙装修完了酒楼，这几日闲来无事，在马帮院子练剑。见董诗龙到来，她也不觉得奇怪，以为她在石圿村待腻了，找她来玩。可当她看董诗龙面容憔悴，衣衫不整，眼含泪光，顿觉不好！她急忙收起了剑，把董诗龙拉进了自己的闺房，悄声问她怎么了。

　　董诗龙见到姐姐，多日来的委屈一下子又涌了上来，她伏在李嫣然的怀里，眼泪像是断线的珠子，不停往下掉。李嫣然替她擦干了泪水，等她慢慢地缓了口气，听她诉说了连日来遭受的灾祸。

　　李嫣然这才恍然大悟。前几日，在韩城就听说书人讲："九侠大闹柳沟营"，说江湖上来了九大侠客，在柳沟营中杀了个七进七出，把清军杀得人仰马翻。原来，这故事就是发生在眼前这位妹妹身上的，说书人只知其一，不知其二！李嫣然疼惜地看着董诗龙，深深地佩服她的勇敢。要不是她刺出一剑，岂不被那狗官霸占了去？虽然那莽撞的行为让她有之后的磨难，但总好过被狗官占了便宜。

　　"没事了，没事了，以后有姐姐护着你，再也不会有人欺负你了。"李嫣然爱怜地抱着董诗龙说。就这样，董诗龙就在恕轩马帮住了几个月。

　　但此时，张川海在哪儿？李嫣然并不清楚。她去金城大街时，路过"川海茶楼"，没见茶楼开张，大门紧闭，以为川海还没来到韩城。岂不知，或许当时张川海正在韩城为黄利国寻找郎中治病，将白荣康、冯安吉、黄利国三人藏匿在院中，所以大门紧闭；或许是张川海去了山西。黄利国胳膊被砍断，性情变得非常暴躁和固执。他因为怕拖累张川海，非得要远走山西，张川海劝他不住，又不放心比较粗心的白荣康和冯安吉，怕路途中出什么意外，就护送他们三人过黄河，去了山西，等将他们安顿好了，才独自返回韩城。这一来一去，就耽搁了好几个月，茶楼也就一直没有开业。茉莉在家带着张逸轩，也不怎么出门，从外面看，院内似乎并没住人。

　　董燚龙来马帮第一次见到董诗龙时，有点吃惊。他在石圿村已经知道了事情的真相。他告诉董诗龙："这期间，有一次，一队清军到石圿村搜查，搜到了爷爷家。清军头目想把你娘带走，以此逼迫你和你大现身。爷爷誓死与清军头目力争，被推倒在地，全村人都来了，拿着锄头、铁锹等，差点和清军拼命，清军这才没敢带走凤叶伯母。但是，石坷村却处于清军的监视之下，直到过完年才把哨岗撤走。那次，爷爷被摔得骨折了，从那时就卧床不起，到现在病情还没见好转。"

董诗龙听说爷爷一直卧床不起，想立刻回去看望爷爷。却被董燚龙拦住，说石坷村很不安全，如果她现在回去，倘被清军发现，就得不偿失了。虽说清军现在撤岗了，但谁知道暗中有没有眼睛呢？

李嫣然也劝说道："爷爷一定能好起来的，你就安心在姐姐这里住下了。不但你不能回去，就是连你现在在我这里的消息也不能透露到石坷村半个字，否则我们之前的努力就会白费。"

就这样，董诗龙在马帮一直住到现在，她从嫣然那里也得不到张川海的消息，只能把思念藏在心中。平日里，李嫣然就和她在庭院中或是散步，或是练剑，为了安全，她们也并不到城内走动。

张川海从山西返回韩城，已经出了来年的正月。茉莉带着张逸轩在韩城过了一个清冷的年。她从哥哥张川海嘴里知道，他救助的是捻军义士，此事非同小可，她不敢多询问什么。她知道哥哥素有侠义心肠，内心对捻军充满敬意，哥哥能救助他们，一定是为了大义。

张川海回到韩城和茉莉、儿子他们团聚了数日后，便思索着该去马帮一趟了。本来从他陕南搬过来，就该先去马帮找嫣然的，却被这场轰轰烈烈的营救耽搁了。茉莉告诉张川海，就在一个月前，家里来了一个人，说是给他报信的，那人说爹爹他们现在住在一座山上，让他不要担心。张川海听茉莉描述那人的长相，知道来人是董家城。那么，爹现在到底在哪里？龙妹现在怎样？山上能住多久？是不是回石坷村了？清军会不会再次去石坷村抓捕她？这一切他都还不知道。

张川海一走进恝轩马帮，就觉得非常热闹，马帮大院沉浸在一派喜庆的气氛中，有很多人在忙忙碌碌，有忙着挂灯笼的、换新窗纸贴红窗花的、里里外外大扫除的……董诗龙也在忙着重新布置李嫣然的闺房。张川海进来时，没有人注意他，还以为也是来帮忙的，但他一眼就看到了董诗龙。

董诗龙正拿着彩带往屋内走，张川海喊了一声："龙妹——"

董诗龙站住，慢慢转过身，她看到了张川海，这个经常入梦的男子，双目炯炯，身上似乎还带着黄河边的风尘，站在那里，微笑着喊她的名字！董诗龙放下手中的东西，就朝张川海跑了过来，她顾不了许多，她冲了过去，紧紧地抱着张川海。是他救了自己！若不是他及时赶到，自己可能已经死在了柳沟营。此刻，她说不出什么，只能紧紧地抱着他。

院子里人很多，但大多数都是马帮的人，他们也都知道董诗龙是李嫣然的结拜姐妹，看她抱着张川海，并不觉得奇怪，还以为是她的哥哥来了。

张川海觉得这样有点不妥，就轻轻地推开了她，说道："我们找个地方坐下说话吧！"

董诗龙这才清醒了，她知道院子里人正多，需要保持女孩的矜持，就说："我们到我住的房间吧。"说罢，就带着张川海来到了嫣然专门为她腾出的房间。

第四十八回　川海劝慰诗龙妹
　　　　　　马帮大院喜盈门

董诗龙带张川海来到房间，就各自在窗边的椅子坐了。张川海感觉与董诗龙多日未见，仿佛她突然间就长大了许多，不似以前那么活泼，又像有许多心事，眉宇间藏着淡淡的忧愁。

张川海说："多日不见，龙妹受苦了，也变得寡言了。那日一别，我最担心龙妹你们会去盘古山方向，可后来探听，清军没有找到你们的踪迹，也就稍稍安心了。"

董诗龙此刻的心中有千言万语，可是却一时不知从哪里说起，该怎样开头，她知道，这几个月她所经历的事情，张川海不一定十分清楚，自己为什么惹了那么大的乱子？讲出来骇人听闻，她居然敢用他赠予的凤鸣剑去刺伤人，于是她还是低头不语。

张川海见董诗龙表情越来越凝重，知道是因为她遭遇到这天大的变故，变得不像以前那么活泼了。柳沟营别后，龙妹、董叔、爹爹张大立、董家城顺利脱险的事，张川海已经知道。他们现在暂居马武山的事，张川海也知道了，这消息是董家城专程送来的。当时，董家城还特意对茉莉说，有个龙妹也在马武山，住得挺好，让张川海不要担心。

那龙妹又为什么会出现在马帮呢？马武山是不是遇到什么变故？

于是他又说："龙妹莫不是遇到什么事了？"

"我闯了大祸！都怪我！我连累了好多人，包括我大和你爹他们，都被我连累了……"董诗龙说着，就忍不住抽泣起来。

"不要着急，慢慢跟我说，没什么过不去的火焰山。"张川海安慰她说。

董诗龙稳定了一下情绪，慢慢地平静下来。她从那天尹温来大岭客栈吃饭说起，说到一时失手，刺了尹温一剑，张川海拍手说："刺得好！这些狗官欺男霸女，把百姓不当一回事，我们不能任人宰割。龙妹，我要是你，也会这样反抗的，你没错！"

只是义士马岳平和两弟兄为了救人，舍生取义，献出了自己的生命，这样的义举，既让张川海佩服，又令他按捺不住满腔怒火，他说："龙妹，我张川海和你一样，此生与清廷狗官势不两立！"

听到爹爹现在与老董他们安然无恙，正在马武山上耕种，张川海悬着的心放了下来，他决定等把茶店生意理顺后，就去马武山看望他们。

柔弱的龙妹遭此磨难，张川海深感是自己没保护好她。他说："一切都过去了，我相信，像马岳平、黄利国、时江胜、汪狗子他们那样的人会越来越多，我们所做的抗争，现在只是个人的，不久将会演变成为民族的，为了国家而抗争。"张川海对董诗龙说。

这番倾诉，让多日来压在董诗龙心头的石头终于搬开了，仿佛阴霾散开，董诗龙忽然觉得眼前的太阳有了温度，周围的一切不再是灰暗的了，变得美好起来。

忽然听到门外也有人喊着"龙妹、龙妹——"，一听到这个声音，张川海就知道是谁来了，忙站起身出门。李嫣然看到张川海，高兴地喊道："刚才有人告诉我，龙妹这儿来了客人，我一猜就是你来了，果然是你！"

张川海说："嫣然妹子，恭喜你！我刚刚听说过几天就是你的大喜之日，很庆幸我能赶上，祝福你和董燚龙兄弟。"

李嫣然莞尔一笑，含羞说："看来张兄是专门为吃我的喜酒而来了。"

张川海笑着说道："那是自然，这样的大事我若不在场，岂不遗憾。不知韩大掌柜在家吗，我去拜会一下。"

李嫣然说："不巧，舅舅一早就去了东家那里，说有事情商量。你就到客厅，我和龙妹陪你喝茶聊天，可好？"

于是，三人移步到马帮前堂客厅喝着茶，张川海说他已经把家搬了过来，现在儿子和妹妹茉莉正在韩城等候，不能久留。

董诗龙一听，张川海已经把他的妹妹和儿子带来了，心中忽然生出莫名的紧张，还有些许惆怅。

李嫣然显然明白董诗龙对张川海的情意，觉得此时不宜多说什么，就说道："对了，你的茶店按照龙妹的设计装修，不知道你那个茉莉妹妹可还满意？后院住的地方拾掇得温馨吗？我这儿还有几把钥匙，一会儿找出来一并给你。打理茶店的生意嘛，一定要慢慢来。"

张川海察觉到董诗龙情绪的变化，他说："我正想介绍你们和茉莉认识呢，这不，初来乍到，没有贸然将她带来，改天我就把犬子和我妹妹带来，给你俩认识一下，你们也一定可以成为好朋友呢！"

董诗龙没有接话，李嫣然说："这不着急，还是等你店内的事情都理顺了吧！"

张川海见董诗龙谈兴不高，也觉得出来时间不短了，马帮大院也正忙着操办嫣然的喜事，自己一时插不上手，于是起身告辞。

且说李嫣然等张川海走了之后，见董诗龙闷闷不乐，便劝解她说："川海兄一定也是明白你的心意的，只是他有了儿子，一时有所顾虑，但你俩应该是心有灵犀的。相信迟早有一天，有情人终成眷属。他现在搬来了韩城，就可经常见面，等待时机，我帮你向他挑明这事，妹妹一定能如愿以偿。"

董诗龙说："依我现在的处境，不该考虑这些，等渡过眼前的难关再说吧。"

两人说着，一起走出客厅，在马帮大院内随意走动着，也看看这几天院子的布置情况。李嫣然出阁的日子定在了三月初九，也就是后天，那天也正好是谷雨，是石坷村年年举行庆典的日子。

马帮的院子被打扫得焕然一新。大大小小的红灯笼随处可见，崭新耀眼。最大的一对挂在马帮议事大厅两侧，其余的屋檐下每隔十步就有一盏，就连所有的花木枝条上，都装饰了红灯笼。每一进院落门洞都张贴着喜联。

大门前的一幅是："琼楼新春属；洞府美鸳鸯。"进门后向后院有一门洞，写的是："鸟语纱窗晓；莺啼绣阁春。"李嫣然闺房的进门处是："屏中金孔雀；枕上玉鸳鸯。"闺房是套间，卧室门前贴着："志于云上得；人似月中来。"马帮有个公众洗浴房，也新贴了对联，写的是："情山栖鸾凤；爱水浴鸳鸯。"饭厅两侧贴着："金风过清夜；明月悬洞房。"

马帮大院为何布置得如此隆重？原来，按照两家人的商定，董燚龙将李嫣然娶回石坷村，三天后回门，就住在马帮，新婚宴尔，双宿双栖。婚后，董燚龙和李嫣然就可以着手在韩城筹备开酒楼的事情了。因此，以后马帮大院将是李嫣然和董燚龙长期居住的地方，石坷村反倒可以简单布置。

三月初九是个好日子。石坷村的山野，漫山遍野的鲜花引来了嗡嗡的蜜蜂。丁香花开了，蔷薇也在怒放，一树树海棠初露嫩红的花蕾。山岭上是满眼的翠绿，绿得极富层次，杏树叶子已经嫩绿，让人酸得直流口水的小杏缀满枝头。

马上要做新郎官的董燚龙格外欢喜，他不禁吟道："春满在龙乡，万树竞芬芳。桃杏争妖娆，淡淡流年香。"

这一天，石坷村处处充满喜悦。自从去年冬天，清军来过之后，全村似乎笼罩着一层乌云。就在今年刚过完年，董燚龙央求他大董家宝去韩城为自己提亲，董家宝觉得这事有点不靠谱，再怎么说，董家是小山村的庄稼人，要娶韩城的女子，就有点不容易，何况那女子不是俗人，长得俊俏不说，又会武功，还是远近闻名的马帮韩大掌柜的外甥女。可转念一想，自己的儿子也不差，这女子能看上他，自有他独到之处，还多亏了自己坚持让他读书，虽说没有考取功名，但也是一介书生，具有读书人的儒雅，不像一般的庄稼汉。

于是，董家宝就找他大董振业和伯父董振兴商量。董振兴的病也还没有好转，他说："李嫣然那孩子在我家住过几天，是个千里挑一的好姑娘，燚龙能娶到她，那是几辈子修来的福气。可惜我不能给你跑腿了，你就和你大一起，找个媒人，备些大礼，前去韩城求亲。我想，只要你有诚意，事情终归是会顺利的。"

董振业说："就让我给我孙子办一个大大的喜事，给全村冲一下喜。"

老村长董振兴虽然躺在炕上，但听到这话，他也笑了，说："这是咱们村的大事，也是咱们的大事，可不能办寒酸了。得给家驹说，把篝火办起来，秧歌扭起来，猎鼓打起来。"

第四十九回　焦志明赢得美人
　　　　　黑荻灵喜得贵子

董家驹听说又要组织排练节目，而且这一次是他一个人负责，心里忽然勾起了对黑荻灵深深的思念。

他自己知道，对黑荻灵的感情，有八分是真的。但他没有勇气让村里人指责他说："堂兄娶了堂弟的遗妻。"再说，牛玉妹是绝不会答应的，村子里也没有纳妾的先例。纳妾那事，是大地主或者当官的享受的，庄稼人谁敢和富人比？

但是，自从焦志明把黑荻灵偷偷地带走，他就没有睡过一个安稳觉，不是半夜突然醒来，就是黑荻灵进入他的梦中。半夜醒来时，他就总是先回忆一番和黑荻灵翻云覆雨时的快感，再想象焦志明现在正和黑荻灵睡觉，他们会做些什么，黑荻灵会像对他那样对待焦志明吗？实在睡不着，他就把对待黑荻灵的热情用到牛玉妹身上，牛玉妹倒是很享受那种激情。

那日，从焦志明家牵回来的母驴顺利地下了头小驴驹子。董家驹一高兴，把藏了几年的一坛柿子酒找出来，独自饮了半坛子。不料，却喝得醉醺醺的了。晚上睡觉，不停地和牛玉妹说话。

牛玉妹问："你替人家焦志明养的驴下了驹子，你咋高兴成那样？"

董家驹醉了，说话不把门，回道："我替他养的？他替我养的？我的就是他的，他的就是我的。"

牛玉妹说："你醉得不轻！胡说八道。"

董家驹自己傻笑了一会，说："我替他养驴，他替我养娃。"

牛玉妹觉得这话蹊跷，就趁机问："难不成你还有个野种在焦志明那儿养着？怪不得村里人都说你把你弟媳撮合给焦志明，这里面肯定有啥事呢！"

董家驹彻底醉了，像是自言自语地说："我跟你说，焦志明哪有那福气，他能娶黑荻灵？还不是我把她让给他的？她肚子里有娃了，没办法呀……"

牛玉妹一听这话，什么都明白了，立刻把董家驹的被子掀了，露出了光腚。她大声嚷着："怪不得村里人都说那黑寡妇有野男人，原来在这儿！都来看呀——"

董家驹被她这一喊惊醒了。他吓得打了个激灵，起了一身鸡皮疙瘩。他一把捂住她的嘴，求她道："不要喊，不要喊——让娃听见了！"

其实，他儿子董祥龙还没睡着，牛玉妹那一声喊，他听得真真切切。当时，董祥龙已经十八九岁了，啥事都懂了，他娘说得很清楚，他一下就听明白了。

董祥龙来到他两口子的窗户前，大声说："你俩丢不丢人，喊啥喊？怕村里人不知道咋地？"

牛玉妹被儿子呵斥清醒了，就强压下了火。但从那以后，她隔三岔五就和董家驹闹，不是指桑骂槐，就是摔碟子砸碗，家里没一天安生的。

且说，自从去年夏季，焦志明偷偷地从石坷村把黑荻灵带走，策马扬鞭直奔韩城，当晚，来到一家客栈。客栈名叫大禹客栈，一看就知道，名字取自大禹治水的故事。

客栈当时生意不是很火爆，老板见来了一对骑马的男女，再看看衣着，知道他们不是穷人，对他们很是热情。

焦志明问："有没有上房？"

老板殷勤地笑着说："有，在二楼，刚打扫得干干净净的，被褥都是新换过的，保证让大爷住得舒舒服服。"

焦志明说："那好，要一间靠里面僻静的房间。"

店小二就把他两个带到二楼最里面的一间大房。果然打扫得很干净，房间布置看起来也很舒适，配一对雕花木椅，圆桌上摆着铜烛台、红蜡烛。

黑萩灵从来没住过店，进来后感觉有些别扭，但也很新奇，觉得这和在家完全是两个感觉，就在床边坐下东瞧西望。接下来要干什么？她完全没有准备。

焦志明将蜡烛点着，吩咐店小二端来热水，让黑萩灵洗了手脚，自己也洗了，再叫店小二送来四个菜，烫一壶酒。黑萩灵这一段时间都没睡好，连日来，神经一直处于极度紧张中。怀孕让她的身体也容易疲倦。今天又跑了那么多路，感觉很是疲倦，只想睡觉。但焦志明对她来说，却还是一个相对陌生的男子，尽管她已经决定，把自己的后半生交给他，但那种羞涩让她很不自在。

焦志明却一点也不着急。他看着黑萩灵洗完脸，又让她洗脚。黑萩灵退下脚上的白棉布袜子，露出了小巧的脚，她将脚浸在木盆里，水温很舒适。她正洗脚时，焦志明突然弯下腰去，亲自用手为她帮忙搓洗，弄得她脸都红了。她从来没受过这种待遇，一开始还推说不适应，要自己洗，但是经不住他的坚持，就干脆享受那双手有力捏搓，那种感觉让她浑身舒服，那种感觉通过神经中枢，从脚上传遍全身，一阵阵酥麻，舒服感让她都想叫起来。

洗好了脚，店小二正好把焦志明要的菜和酒端了上来。焦志明让她坐到椅子上，吃了几口菜，焦志明将酒倒上，端起一杯递给她，说："苍天作证，我焦志明有幸能娶得我们那条川最出色的女子，这是哪辈子修来的福气？老天爷这样厚爱我，我必不负你，请饮了这杯酒，就算我们今天拜堂了。"

黑萩灵慌忙推开酒杯，她知道自己不能饮酒。但她却不忍扫了焦志明的兴，语无伦次地说："我，我，我不能饮酒。"

"你对我还见外？只饮这一杯吧，算是我们今晚洞房花烛夜的交杯酒。"焦志明兴致勃勃地说。

一听到"洞房"两个字，黑萩灵忽然知道了今晚意味着什么，那就是焦志明把今晚当作他们俩的洞房花烛夜，接下来，她就要把自己给了这个男人……这如何是好？自己现在怀有身孕，这个男人会不会动粗？唉，以后孩子生下来，对他太不公平，对娃也不公平呀！黑萩灵低着头半天想不出个头绪。

焦志明见她头一直低着，以为她还有什么心结解不开，就说："我不会勉强你的，你不愿意，心里一时没能接受我，那我就等，一直等到你愿意为止。"

黑萩灵突然抬起了头，看着焦志明的眼睛说："不，我愿意。可是，你真能接受我已经怀孕了吗？你能接受我不守妇道吗？如果能，我们就结为夫妻，我黑萩灵此生必不负你。如果你不能接受，那我明天就回石坷村，就当我们是闹了一场笑话。"

"要是不接受，怎会有今天？好，你有什么话就都说出来吧。"焦志明想让她把压在心里的石头搬开。

"你是不是一直觉得我是风流的寡妇？"黑萩灵问。

"不是呀，没人说你不好。"焦志明说。

"怎么不是，你们不都说女人要三从四德吗？还要遵守什么三纲五常，按说我是不能再嫁的。"

"我倒觉得这些礼教非常不合理，我是反对这些礼教的。"焦志明说。

"可我不是一个安分守己的女人。你们都错了，我是寡妇，我更是女人。我是女人就有七情六欲，心里就会有自己喜欢的男人。"黑萩灵接着说，"我听说，石坷村的男人们商量要给我立什么贞节牌坊，我感到很好笑，给我立贞节牌坊，就是想剥夺我当女人的权利。让我一辈子守寡，一辈子孤苦？我做不到，我不是那样的女子，我也为那样的女子觉得不值。我分明从那些男人的眼神里看到，他们都想得到我呀，那为啥又想给我立贞节牌坊？后来想多了，我就慢慢明白了，他们是想得到我，又怕背上骂名，所以一个个装得像是正人君子，连我的门都不敢上。"

"后来，终于有一个男人上了我的门，我其实也常常梦见他。这可能是孽缘吧。他给我说他想要我，说得很真诚。我就答应了他，没承想我却怀了他的娃。可谁知道，这时候他也当了缩头乌龟，不敢让人知道我怀了他的娃。我一开始想不开，觉得男人都不是好东西。后来，我又想明白了，他有他的难处，我换成他，也不敢。我现在肚子里就怀着他的娃，又要和你拜堂……"

这番话，让焦志明清楚了事情的经过。他说："你说的这些，我都理解，也都愿意接受。"

一阵沉默。黑萩灵说完，倒是胃口开了，她看焦志明在默默地想着问题，也不去管他，自顾自大口吃了起来。等她吃完，焦志明心里也十分清楚了，黑荻灵跟他说的这番话，是憋在心里很久的话，只能讲给他听。到了现在这个地步，他们的命运已经紧紧相连，他一定要理解她、包容她才是。

他一把抓住她的手，说："我愈发觉得你是一个奇女子。你看，过去的事，如果你不跟我说，我也不会问。那你完全可以瞒我一辈子，可是你却坦荡地告诉了我，这足见你对我的诚意。没关系，我焦志明认定你了，就算你现在怀孕了，怀的是别人的娃，我也认，我会让你把娃生下来，不管他是谁的娃，我来当娃他大，我会像对待亲娃一样对待他。以后，我就是你的靠山。"

黑荻灵没想到他会这样说。这么看来，焦志明对她的确是真心实意的。黑荻灵看着焦志明的眼睛，从那里，她看到了诚意，她的心又重新变得柔软起来，她开始依偎在他怀里。他轻轻地抚摸着她的头发，帮她解开了红缎子做的连襟袄的纽扣……

就这样，他俩落脚在韩城，在偏远的地方租了一间民房，过起了日子。安了家后，焦志明心想，不能坐吃山空，就让黑荻灵守着家，他到处找活干。农村人干什么都可以，半年来，他在砖窑搬过砖，在工地盖过房，到煤窑担过煤……黑荻灵安心的在家当主妇，让他回来有口热饭吃，夫妻俩很是和睦。

最近这几天，黑荻灵感觉产期慢慢临近，就不让焦志明再出去打工了。焦志明也是一个细心的男人，早就打听好了哪里有接生婆，早早地联系好了，单等黑荻灵肚子里的孩子瓜熟蒂落。

三月初的一天，黑荻灵感觉总是要解手，焦志明就知道这是要临盆的前奏，他把接生婆早早地请到家里来。接生婆来了问明情况，马上让烧开水，准备红糖、鸡蛋等食物，一切准备停当时，躺在床上的黑荻灵突然感觉到，有个小生命在猛烈地撞着她的下腹，喜悦与担心一起涌来，她，就要临产了。

像所有临盆的女人一样，黑荻灵经历了苦痛、撕裂、尖叫与大汗淋漓，在接生婆的引导下，一切都非常顺利，不到两个时辰，接生婆从屋子出来，告诉在屋外守候的焦志明说："哈哈，母子平安，是个带把的，好好当爹吧！"

第五十回　川海为嫣然祝福
　　　　　茉莉与诗龙相见

　　张川海从马帮回到客栈，茉莉和小逸轩已经等得十分焦急。小逸轩喊道："爹爹，爹爹，你可回来了！我和姑姑刚去了三庙呢。"

　　张川海道："是嘛？韩城好玩吧！我在马帮遇见了熟人，说了半天的话。改天爹带你们去党家村马帮玩！"

　　茉莉说："我也想着你必是遇到了熟人。可是帮着咱们装修茶店的小哥？"

　　张川海说："他回石坷村了，他就要新婚大喜了！马帮的千金李嫣然小姐和他有情人终成眷属，真是可喜可贺。你忘了吗？我曾告诉你，李嫣然是我来黄龙山遇到的第一个朋友。"

　　茉莉笑着说："怎么会不记着，你把她说得天仙一般。哦，对了，你还给我说有一个龙妹子，你可是遇到她了？"

　　张川海心想，妹妹的直觉还真是厉害，就像是长了千里眼，什么都能看到。就说："还真是遇到她了，就是因为遇到她，才耽搁了这半日。"

　　茉莉说："那可真是多日不见，有许多话要说呢。"

　　张川海听出了话外之音，忙说："是多日不见，可是你不知道，就是这半年来，她经历了你想都不敢想的大事，说是'惊天动地'都不为过！真是可怜她了！"

　　茉莉一听，觉得此事非同小可，便停止了调侃，说："自从我们来到韩城，你就开始奔忙，去黄龙大山里一趟，带回来三个男子，有一个还伤得那么重，接着你们又去了山西……这一切究竟是怎么回事？"

　　张川海叹息了一声，说道："一言难尽，且待我们安顿好了，我慢慢地告诉你。"

　　一旁的张逸轩早就听得不耐烦了，喊叫着说："爹爹，姑姑，你们不要再说话了嘛，说好了去吃羊肉饸饹的。"

　　"好！好！我们立刻就去！"张川海抚摸了一下逸轩，拉起他的小手，就和茉莉出了门。

　　到了晚上，张逸轩要睡觉了，茉莉心里却记着下午张川海所说的关于董诗龙的事情，便又问起。张川海便把几个月来，董诗龙所遭受的磨难以及自己和盘古山义士大闹清军营地的事情，从头到尾详细说了一遍。

　　茉莉听着听着，心里便对董诗龙产生了深深的同情，同时又充满了敬佩。

感觉她真是一个奇女子，面对如狼似虎的清军头目，竟然毫不畏惧，敢与他拼个你死我活。也多亏了这世上还有正义，还有勇士，在她危难之际，舍身相救。她真想见一见这个奇女子。便说："明日闲暇，你可去马帮再走一遭。"

张川海说："少不得要去！李嫣然后日大婚，我要去吃喜酒呢，明日且过去看看有何安排。"

茉莉说："那是一定要做的。但我还有一件事，你可不可以明日把龙妹请到家里来？"

张川海问："为何这样急着要见她，迟早能见得着的。"

茉莉说："刚才听你讲了她的故事，她和我在老家时遭遇的事是一样的，可惜我没她那么有勇气！那个从山上来报信的男子，也特意跟我提到了她，还让我转告你不要牵挂她。越是这样，我越急切地想见到她，我想亲手为她烧一桌咱们陕南的菜，我要为她压压惊，你就遂了我的愿吧！"

张川海听茉莉这样说，觉得她真是一个善良的好女子，就不再推脱，说："好，我明日一定把她请来。"

翌日，张川海起了个早，把从陕南带来的生活器具和货物全部整理了一番，和茉莉一起动手，不到晌午，家里便布置得更加温馨舒适，连伙房、马厩都收拾得整洁有序。

茉莉便对张川海说："你去一趟集市吧，按我说的去采购些菜蔬，我便准备下厨做饭。"

张川海说："好呀，但何故采购这么多蔬菜？我们是要庆祝一番吗？"

茉莉说："昨晚说的你都忘了？我让你去请龙妹来一起吃饭，我好认识一下她呢。"

其实，张川海怎么能忘呢？他是只是想确认一下茉莉是不是真的要请董诗龙一起吃饭。听茉莉这么一说，他赶紧回答："好！我这就去，就算是我们的乔迁之喜吧，应该庆贺。"

董诗龙昨天见过张川海后，亦喜亦忧。喜的是张川海已经把家安到这里了，以后就可以不单是梦里相见了；忧的是他的妹子、儿子也一起来了，这样就不能和之前一样无拘无束地在一起了。

她对张川海的那份感情，在黄河岸边升华，就像黄河的水一样，浩浩荡荡，一刻也不停息地向东流去，时而湍急，时而平静。在她身陷柳沟营，川海请来盘古山义士营救了她后，她就已经决定，此生非他不嫁，哪怕为他一辈子守身如玉。

张川海又何尝不明白龙妹的心，只是碍于自己曾有过妻室，茉莉对自己的那份心意也是明明白白的，所以一时陷入两难的选择，不知如何是好。

董诗龙觉得，只要能和张川海守在一起，她什么都愿意！他每次在自己危难的时候，都会出手相助，让自己化险为夷。所以，这辈子跟定他了。哪怕是做他的妾，甚至没有名分都可以。何况他的妻子已经过世，自己愿意做他儿子的母亲。

这世上，最难理清的就是感情，所谓"心似双丝网，中有千千结"，没有什么道理可讲。怪只怪相遇不是时节，若是早点相识，她还懵懂，对感情一无所知。若是再晚点遇见，她已嫁人，也绝不会再有"怦然心动"。可谁知，就在她情窦初开时，所遇见的最心仪的男子，却不再是孑然一身的少年郎，然而，那又如何，只要两情相悦，她并不在意他已经有了儿子。

马帮大院内依旧是一派热闹的景象，李嫣然出嫁事宜，一切准备就绪，就等着明日的迎亲队伍。董诗龙沉浸在自己心事中，与喧闹的场景格格不入。

张川海来到马帮大院，他带来了十斤上好的明前茶，两罐陕南特产酒，用红布包着，当作给李嫣然的贺礼。韩大掌柜见到张川海，高兴地说："张兄弟，多日不见，你还是第一个来送贺礼的哩。"

张川海说："实在是太巧了，我一回来就听说嫣然妹要出嫁了，正好能赶上喝喜酒。不知道还有啥要帮忙的？"

韩大掌柜说："你明日可作为娘家人，跟着迎亲队伍一起去石坷村吃喜酒，到时候可和我一起，我不胜酒力时，替我两杯。"

张川海说："如此甚好。"

董诗龙闻听张川海说话声，从房间走了出来，俩人在院子里遇见。张川海先说："我今天是专程请你去我的新家看看，本来也想请嫣然一起去，她哪有空？茉莉在家等着你呢，也好认识一下。"

"我……今天还是先不去了吧，等我嫣然姐姐回门后，我们一起去可好？"董诗龙一听要见到茉莉，心里有点忐忑。

"那是自然还要请你们去呢，只是今天，实不相瞒，是我那妹妹茉莉急着要见你，因为我平日里不断向她提起你，她很急切地想认识你，已吩咐我买了菜蔬，她在家安排饭菜呢。"

董诗龙一听这话的意思，是茉莉要见她，心想自己也正想早日认识她呢，此次要是不去，那就是不给面子了，怕以后不好相见，就答应了，说："那好，待我去给姐姐知会一声就去。"

张川海也不去打扰李嫣然，就让董诗龙自己去和嫣然说了一声。董诗龙换了男装，从马厩里选了一匹马，和张川海一同朝韩城金城大街去了。

茉莉已在家做好了一桌饭菜。这是她来到韩城第一次隆重地做饭，也为了招待客人。

她隐隐约约觉得张川海口中的龙妹子在他心中占着重要的地位，但张川海是怎样的人，她是清楚的。当嫂嫂去世后，茉莉帮着哥哥照看小逸轩，看着哥哥整天忧心忡忡的样子，她很心疼，想着要是有人能替代嫂子就好了。她就婉转地表达了愿意和他在一起的想法，并告诉他，以后他再遇到心仪的女人，可以娶回家，但是千万别瞒着她在外面金屋藏娇。

当时，张川海只是说，自己不是个贪心的人，也看不惯那些动辄就三妻四妾的老爷们。她明白了，哥哥只是把她当作妹妹。但是，一个出众的男子，在外面行走，难免会有红颜知己什么的，若是时间长了，那红颜知己便会动了终身厮守的念头。果真是两情相悦，理应成全了他们，自己也多了个妹妹。

当董诗龙出现在茉莉面前时，她把她认成了一个英俊少年。这是多么标致的一个少年郎！她身着洁净的对襟白绸衣，如一树琼枝，又似一块美玉，散发着淡淡华彩。唯有那黛眉如画，眼睛含羞，明净清澈，藏不住娇羞的女儿气。看董诗龙是这样天生丽质，茉莉打心眼里喜欢，她上来就拉着她的手，用陕南话嘘寒问暖，让董诗龙感觉好像见了久违了的大姐一般，原来的拘束一下子就荡然无存。

张逸轩错把董诗龙当成了一个大哥哥，看见自己的姑姑对她那么好，也过来拉起她的手，说："哥哥，哥哥，你是爹专门请来陪我玩的吗？我到这儿可孤单了，都没有小伙伴，这下好了，咱们玩去吧？"

董诗龙说："好呀，但你得叫我姨娘，我可不是哥哥！"

这句话说得张川海和茉莉都笑了。

董诗龙把蓝底镶金瓜皮帽摘下，一头秀发如瀑布一样披泻了下来，映衬得她的面孔更加洁净如玉。小逸轩一看，果然不是一位哥哥，而是一位大姐姐，他疑惑地问姑姑："姑姑，姑姑，我应该叫她什么呢？"

茉莉笑着说："你就叫她小娘娘吧！"

厨房隔壁的一间房子做了餐厅，恰好有一套八成新的八仙桌椅，布置得很是洁净清爽，菜已经摆在了桌子上。茉莉招呼董诗龙坐下，说："今天也没有什么外人，你是我家的第一位客人，感谢你给我们提供的帮助，以后我们也认识了，还希望你没事时多来坐坐，叫些朋友到店里品茶才是。"

第五十一回　柏峪川十里春风
石坪村锣鼓震天

　　董家宝家里张灯结彩，在大门外挂了两个大灯笼，整个石坪村都洋溢在一派喜庆氛围中，这几天连喜鹊也多了起来，整天一群一群地在村中央的老槐树下聚会，叽叽喳喳地议论着村子里正在发生的事：

　　最近半年来，村子里发生的事比以前十年来都多。先是董家宝和董家驹两弟兄为了黑寡妇打了一架，接着是两弟兄在村子中央挨鞭子，引得全村人围观。后来，黑寡妇失踪了，据说是被一个叫焦志明的男人拐走了，全村的男人又一次聚了起来，准备一起出动把她抢回来，被老村长制止了。再后来，也不知发生了什么大事，一队清军闯入村子，这可是从来没有过的，更可怕的是全村人差点和清军动手，老村长为了这事跌了一跤，卧床不起……而这次呢，村子里到处张贴着"喜"字，还挂着红灯笼，偶尔还能听见鞭炮响，有孩子们"咯咯咯"的笑声，能看到一群孩子在地上抢糖吃，那个叫董家驹的男人还带着人打猎鼓、扭秧歌。一切都表明，这一次可能是一件大喜事，究竟是怎样的喜事？喜鹊们还没有得到答案。

　　清军的岗哨是从过完年以后撤走的。为什么撤走？石坪村没人知道，其实这事还多亏了摘星台上的那位把总薛利仁。薛利仁本来和老董关系不错，他怎么也想不到，因为尹温的一次巡查，酿成了那么大一次事件。整个事件他都知道，他心里像明镜似的，全怪尹温平时作威作福惯了，不把老百姓的尊严放到眼里，是他咎由自取，活该被杀。

　　也多亏了董诗龙不同于一般的农家姑娘，敢于抵抗，只是一时失手误伤了他，要不早就被他霸占了。事情发生后，柳沟营千总尹温、游击、两名把总全都死了，整个柳沟神机营最大的官也就是剩下唯一的把总薛利仁了，上边就让他暂时代管神机营，说是等他把元凶抓获归案后，就正式提升他的官阶，当神机营的千总。

　　薛利仁明知道"大闹柳沟神机营"这事是老董找帮手干的，但他没有明说，手下的弟兄也有知道内情的，他叮嘱他们少说话，多干事，以后少不了他们的好处。常言道："一朝天子一朝臣。"尹温死了，眼看着接替他的就是薛利仁，弟兄们当然得听他的。薛利仁象征性的从上面借了兵马，围了几天盘古山，又让一名小头目带着一队清兵到石坪村搜查了一番，向上面汇报说："据可靠消息，此案元凶逃逸到省外，且在本地并无亲眷，一时难以抓捕。"

清政府正是内忧外患，加上财政捉襟见肘时。老佛爷一心只想着把自己的寿宴搞得体体面面；李鸿章忙着搞洋务运动，建北洋水师；张之洞大兴工业，炼造钢铁，但连年亏损；朝廷户部的官员被逼得到处找钱，变着法地想歪点子筹款，好不容易筹到一些钱，还要先给老佛爷建造颐和园用。各地驻军都在伸长了脖子等着拨银子，哪有心思管这些小事？时间一长，上边也没人顾得上过问此事了，风波就这样慢慢平息下来。

　　就这样，才给了石坷村大张旗鼓地办喜事的机会。

　　太阳还没出来，石坷村就响起鞭炮来了，响声在山谷回荡，震得鸟儿全都惊恐不安东飞西蹿。村子里的鸡呀、狗呀、牛呀、马呀都被惊呆了，站在那里侧着耳朵听，等鞭炮响完，公鸡伸长脖子对着深沟鸣叫了起来，狗也开始叫起来了，热闹的声音一波接着一波。一二十个孩子围在迎亲的队伍前要糖吃，一把糖撒下来，孩子们都蹲在地上捡糖，运气好的一下子就抢到三五个，运气不好的一个也没得到。不过没关系，等把新娘子娶回来，拜天地时，那才是正式撒糖果的时候。

　　吃完馄饨，迎亲队伍就出发了。十匹马，一顶花轿，大小十五个人，全都披红挂彩，浩浩汤汤向韩城走去。董家驹带着他的猎鼓队和秧歌队在场地里一遍一遍地排练，就等着把新娘子娶回来时，好好地表演一番，让那些来自城市里的娘家人也开开眼，不要把小山沟里的人小瞧了去。

　　正午时分，迎亲队伍终于回来了。唢呐声声，一路上山花烂漫，那路上的野花已把马蹄染香。新郎董燚龙身披着大红喜服，胸戴大红花，骑着枣红马，显得雄赳赳气昂昂的，颇有"一日看尽长安花"的势头。后面的花轿中，便是他日思夜想的新娘李嫣然，他一路都在想象着化着新娘妆的李嫣然会有多美。

　　村子里一伙人早就在村口设下了障碍，等着讨喜糖吃。伙房设在村子中央临时搭起大棚，里面摆着三十余张桌子，桌子上摆好了糖果。石坷村里办喜事，饭菜是有讲究的。不管条件有多艰苦，八宝酥鸡、红烧鲤鱼、如意肘子这三道硬菜是必备的。另外一般配一些平时吃不到的菜肴，如凉拌三丝、凉拌藕、拔丝红薯、皮蛋等。村里的小孩最爱吃的一道菜是红甜肉，用红薯和五花肉烧制的，肉的颜色变成了焦糖色，吃起来有肉的香味，又有红薯的甜味。这几年，董燚龙因为做菜远近闻名，村里凡是"过事情"，他就是大厨。今天，是他自己大婚，那些已经歇了几年的老人又重新"出山"，上手办喜宴。

　　邻村赶来吃喜酒的人也不少，喜棚内的席位几乎都快坐满了。路远的人来了先吃一碗馄饨垫垫肚子，等新郎新娘拜过天地后才能开席。在这个当口，董家驹带着他的猎鼓队打起了猎鼓，猎鼓表演结束后，秧歌队上场。

刘楞娃伸长了脖子看着扭秧歌的队伍，多数是中老年妇女，扭得也挺卖力，但却好像少点啥，他对身边的王二锤说："没有了黑萩灵，秧歌扭得差点味了……"

王二锤说："屁话！你就知道黑寡妇！听说人家董燚龙娶的媳妇比黑萩灵漂亮多了，不信一会儿拜完天地时，你趁机去把新娘的盖头扯下来，看看，馋死你！"

刘楞娃说："要扯你扯，就你最扯！人家媳妇的盖头能顺便扯开？"

王二锤说："人家结婚你高兴，你啥时候娶个媳妇回来？"

刘楞娃一听这话，自己三四十了，还没拉过女人的手哩，顿时蔫了，耷拉着脑袋。

村里十来个大半小子拦住了新郎的马，闹着让新郎下马把新娘子背回家里。董燚龙趁机下了马，按照他们的要求来到花轿前，扶着新娘子出了轿子，俯身将她背起。李嫣然蒙着盖头，也看不到外面的情况，只听到村子里人声鼎沸，吵吵嚷嚷。"猪八戒背媳妇了，猪八戒背媳妇了——"半大小子们的要求得到了满足，高兴地吆喝着，跟着董燚龙往前跑。上了一个小坡，就到了家门口，一些男男女女堵在门口，向董燚龙要喜钱，没有喜钱不让进门。早有帮忙的准备好了喜钱，喊了一声："抢喜钱了——"便将一把麻钱撒向地上，趁着大家都去抢喜钱，新郎把新娘背回了家。

韩大掌柜和张川海一起乘着一辆带篷的马车。马车上拉着韩大掌柜给外甥女的陪嫁：一对光闪闪的铜盆，两床大红缎子铺盖，两个雕花镂刻的橡木箱子。其中，最惹眼的是一双巧夺天工的韩城花馍。有人问，为何要带着一双花馍？这是关中地带从古到今婚俗中必不可少的一个环节，闺女出嫁，娘家要送一对非常漂亮的插花花馍。

石坷村虽然深藏在麻线岭中，但风土人情都和关中一样，这里的婚俗也是从关中传过来的。婚俗花馍外观要精美，色彩要丰富，花馍须由娘家人端着送到婚房的堂屋，摆放到最显眼的位置。这可见，花馍在整个婚礼中非常受重视，它的寓意很深，既有祝福新婚夫妇不缺吃穿之意，又预示着小两口今后的日子蒸蒸日上。

张川海从马车上下来，用一个黑漆大木盘端着花馍，一路上惹得村里人不断围观着，赞叹着。只见这一双花馍个头很大，方圆均有一尺，做工匠心独运。这双花馍有名称叫"龙凤呈祥"，其中一个花馍造型是盘着的金龙，那金龙栩栩如生，色彩艳丽，龙身上片片鳞甲层次分明，染成金黄色。龙头、龙目、龙须、龙角等处，或红，或黑，或绿，各有各的颜色，玲珑剔透，活像一条真龙。在龙身下面，祥云漂浮，见缝插"花"。另一个花馍的造型是一只凤凰，这凤凰亦是生动夺目，令人叹为观止。但见凤身五彩缤纷，凤头神态自若，呼之欲出。凤凰身下，"鲜花"簇拥，五颜六色，美不胜收。

除了送花馍，关中一带还有个婚俗，新娘三天回门，回娘家住十到十五天后，再返回婆家时，娘家要送各种样式的核桃馍。核桃馍有做成石榴、鱼和枣等形状的；有做成鸡、胡桃和虎等形状的。新婚第一年，新媳妇从娘家返回婆家时，娘家又送狮、虎等样式的插花馍，寓意后代生龙活虎，大富大贵。

张川海把花馍端到了董燚龙和李嫣然婚房，放到堂屋中央早就准备好的桌子上，村里的妇女和娃娃一拥而上，围着花馍细细地观看，不住地发出赞叹声。

紧接着，便是举行结婚仪式，入洞房，宣布开席……大伙最盼的就是"开席"这两个字，香喷喷的鸡、鱼、肘子端上来了，有些人迫不及待撕了鸡腿就吃，能喝酒的就趁着今天开怀畅饮，不能喝酒的便大饱口福，吃得满嘴流油。

张川海当作娘家送亲人，算是李嫣然的哥哥，和韩大掌柜的一起被安排到院内里屋吃席。席间，董家的人轮番前来敬酒，第一轮是董振业和董振山夫妇，老村长董振兴因为还不能起来走动，没能过来。第二轮是董家宝、董家驹等人，第三轮来敬酒的是和董燚龙平辈的弟兄。韩大掌柜本不胜酒力，今天因为是外甥女的喜酒，又不能推脱，只能让张川海代喝几杯，几轮下来，两人就都飘飘然了。

第五十二回　张川海看望爹爹
董诗龙一路同行

张川海从石坷村回到韩城，茉莉已将茶店做了精心布置，单等选个好日子开张。他俩商量还用"川海茶楼"做招牌，等李嫣然回门忙完她的婚事，"川海茶楼"就开张。趁着这个时候，张川海很想去一趟马武山，看望一下爹爹。茉莉也一直很想去，奈何领着小逸轩，实在是不方便。

茉莉想到上次董诗龙来吃饭时，详细地说了马武山的情况。就说："龙妹也说有空要去看望她爹爹，你对马武山又不熟悉，并不知道路怎么走，不如约了龙妹一起去吧。"

张川海说："我也正想去约她，又怕你不乐意。"

茉莉听他这么说，莞尔一笑说："我岂不知你的心！我看龙妹看你的眼神，也知道她着实喜欢你呢。我觉得龙妹的确是个人见人爱的好女子，你俩要是两情相悦，倒不如将她娶了过来，我也多了一个好妹妹。我这么说，也解了你俩的愁。"

张川海说："这个嘛，还得听高堂的意见。"

茉莉听懂了张川海的话，他在龙妹和她之间难以抉择时，就听爹爹张大立的。她心里顿时不是个滋味。

但茉莉还是细心地帮着川海准备去看望爹爹的东西，她知道马武山条件艰苦，今年又是他们在山上落脚的第二年，食物一定短缺。他们一起去集市买了米面，又去裁缝铺照着张川海的身材做了几身衣服，一切准备停当，张川海就去约董诗龙。诗龙闻听要去马武山看望爹爹，非常高兴，说："要给他们带些生活用品才好。"

张川海说："这个不用你操心，我已准备周全，除了生活用品，他们三人每人都有礼物。"

临出发时，茉莉领着小逸轩出来，说："哥，你总是要骑马，不如带着轩儿一起去吧，好让他也见见爷爷。我告诉了轩儿，他也吵着要去呢。"

张川海看轩儿眼巴巴瞅着他，也没多想，就说："好吧，带轩儿去，那你呢？"

"我今天嘛，可能轻松一下了。"茉莉愉快地说。

陕西有"南有大秦岭，北有黄龙山"之说。大秦岭险峻，黄龙山秀丽。马武山与麻线岭之奇秀，又是黄龙山诸多山峰中的佼佼者。已是暮春时分，马武山换上一身绿色的戎装。山花早就换过几茬了，金黄的连翘和洁白的海棠是最多的，梨花也开得正繁茂，不知名的各种小花引得蜜蜂嗡嗡地唱。

黄龙山人口最稠密的村庄，就在濮水的源头神玉川。黄龙古八景之一的"濮水朝宗"就在此川，这里山山水水一石一寨皆故事，小桥流水、白墙灰瓦、屋舍俨然，如诗如梦。马武山、姚旗寨、大石村、东周古寨、千手千眼佛寺……一个地名就是一个故事。

张川海骑马带着儿子，董诗龙自己骑着一匹马，奔驰在这山花烂漫的林间。隐约间，张川海想起了去年初到麻线岭，夜宿石坪村那晚做的梦。在梦里，他和诗龙妹骑着马，穿行在漫山遍野的丁香花海中，时而下马牵手漫步，时而在花丛中相依相偎……而那梦中的情景竟然和现在出奇地吻合。

董诗龙这是第二次上马武山了，她知道上山的路有许多地方不便马行走，于是就和张川海商量，等走到马不能攀登的地方，把要带上山的东西卸下，在山下碾子湾村找一户人家，把马先寄养到他家，然后先背着一部分东西上山，再让山上的人下来接应一下。

山路松软，绿草如茵，两旁山花烂漫，金黄的连翘花未谢，翡翠般的芽尖又冒出，每到转弯处，就会有一两株鲜艳的红桃白梨迎风摇曳。一块"飞来石"矗立在路旁，其形像极了在浑然天成的石桌上摆着一块巨大的蛋糕，而"桌"前恰好立有一块碑状石，像是记载着什么。于是，他俩就把马身上驮着的东西卸下，放在石桌上，董诗龙领着轩儿暂且在此等候，张川海返回山下去将马安顿好再返回。

董诗龙自己坐在"石桌"旁，休息一个时辰后，正揣度"无字碑"会讲述一个什么故事，见张川海满头大汗地从山脚返回。可见，他是跑着回来的，唯恐诗龙等得不耐烦了。

看到张川海大汗淋漓的样子，诗龙不禁疼惜地走上前去，用自己的手帕为他沾了沾脸上的汗水。张川海闻到诗龙身上散发出的女儿香，几乎要醉倒在春光烂漫的山野里了。

他们拉着轩儿，走上了攀登马武庙的险峻小道。路隐藏在葱郁的丛林中，时而蜿蜒曲折，时而陡峭险滑。穿过被一片正在开花的荆棘占领的地方，见两块奇特的石头横亘其间，坐在石上小憩时，环顾四周，张川海看到东西两座山峰对峙，双峰挺秀，东峰屹立着一座石寨。

诗龙指着石寨说："看到了吗？马上就要到了，就在那里，我们在这里看不到石寨里面，说不定爹爹正在石寨里面休息呢。"

张川海说："那让我喊一下试试，看他们能不能听见？"

诗龙说："好吧，反正这山上除了他们，也不会有别人的，可以尽情地扯着嗓子喊。"

张川海站起身，把手放在嘴边，正想对着石寨喊，却见从石寨里走出一个人，诗龙一看，说这不是家城叔吗？就站起来挥着手大喊："家城叔，我是龙娃子，我回来了——"

原来，石寨内有瞭望孔，外面的人看不到里面，外面的情况在里面却可以一览无余。现在正是正午最热的时候，张大立与老董、董家城三人一早上出去，到他们开的荒地里干了半天活，这会儿正在石寨内休息。就是休息时，他们习惯地不断地瞭望山下的情况，一怕有清军或是衙役搜寻到这里，二怕山下的村民上山来。董家城在瞭望时，就看到了两个很眼熟的身影。等张川海站起来，他看清了，那不正是张川海与董诗龙吗？于是他就从寨子里跑了出来。

一听说是张川海和董诗龙来了，老董、张大立紧跟着从石寨内跑了出来。石寨离这里已经不远了，不到一刻钟，三个人从上面走到了跟前。

张川海看到爹爹，这才分开半年时间，爹爹显然已经成了一个老头了。他的头发已经全白，而且十分地稀疏了，随意地挽在脑后，脸色黝黑，沟壑丛生。老董也比之前显老了很多，毕竟也是五十多岁的人了，半年前的"国"字脸已经变尖，两边的颧骨凸了起来，花白的胡须杂乱地飘在胸前。唯有董家城却由一个文弱的人变成了壮汉，只是身上的衣服破破烂烂的，头发乱蓬蓬堆在头上，猛一看像个野人。

张大立看到了张川海领着轩儿，第一次看到自己的孙子，差一点就要掉泪了。但他忍住了，多少年的磨砺，已经让他的心十分地坚硬了。他用沙哑的声音说："真是世事难料，唉！才半年时间，马大首领他们走了，其他弟兄也不知去向，全都散了……"

张川海拉着爹爹颤抖的手，那双手十分的粗糙，也是黑黢黢的，摸起来像是老橡树皮。张川海此时却已经泪目了，他说："活在这样的世道，老百姓贱如蝼蚁，若不愿委曲求全，就只能奋起反抗，反抗就会流血牺牲。马岳平他们是我心中的英雄，迟早有一天，我也会像他们一样，加入反抗的队伍，与腐朽的王朝血战到底。"

"好！有志气！我和你爹爹都老了，接下来就看你们这些年轻人的了。我想冯安吉和白荣康他们一定不会就此隐藏下来，要是到了山东或者河南，肯定又会掀起一番风浪，到时候可以去投奔他们。"老董说。

"都先别说了，看他们走得很累，赶紧回寨子里喝点水，休息一下再接着说吧。"董家城一提醒，老董他们这才回过神来，忙帮着接过他们俩身上背的衣服和米面。

董诗龙说："下面那块大石头后面还放着一些衣物和粮食，得赶紧拿上来。"

"我去拿！别一会儿被山猫子叼了去！"董家城说着，就飞快地向山下跑去了。

"山猫子是什么？"董诗龙问。

"是你家城叔起的名字，我们也没见过那东西，只见过脚印，比猫的脚印要大很多，也许是豹子呢。"老董说。

"啊？这山上会有豹子吗？"董诗龙有点紧张了。

张大立笑着说："就是有豹子也不怕。豹子怕人，你不去招惹它，它也不会招惹人，精着呢。再说我们住的石寨那么坚固，豹子不会光顾的。"

说着话，几人就回到了石寨。寨内还是那四个窝棚，不同的是窝棚里干草换成了被褥。外面依着石墙搭起了一个棚子，下面垒起来一个锅台，新添置了铁锅、刀具等，做饭、吃饭就都在这里。

看到这些变化，董诗龙舒了一口气，看来这里已经有了长期居住的条件了。老董看到了女儿表情的变化，说："放心吧！住在这儿美着呢，我又可以**打野兔吃了**。冬天有了被褥也不怕冷了，等天热了没事我们几个打算盖一个**大窝棚，**盘上土炕，今年冬天就可以烧土炕了。我们地里的玉米长得也挺好，收了以后，粮食也就够吃了。"

"这里用水不太方便吧？"张川海问。

"方便，方便，寨子下不远处有一眼泉水，常年流水，冬天也有，这可能就传说中马武的饮马泉。"老董说。

正说着，张大立就从木桶里舀了水，打着火为他们烧开水。老董见两个年轻人都十分疲倦，等他们喝过水后，就说："你俩到窝棚里睡会，我领着我孙子去山上摘野果子去，等你们睡醒了，饭就好了。"

小逸轩刚见到爷爷时有点害怕，这会儿倒是非常亲了，一听说爷爷要领着他去摘野果子，高兴得不得了。

张川海和董诗龙也的确十分疲乏，就各自到自己爹爹的窝棚里休息了。

第五十三回　最忧心儿女婚姻
　　　　　　重情义结为亲家

香味从灶台飘出。老董今天炒菜多放了些油，饭菜的香味氤氲在石寨上空，引来了一群喜鹊。

"今天的菜好香！"张大立边烧火边说。

"唉……"老董叹了一口气。

"孩子们都来了，你还叹气？"张大立不解。

"我一直觉得诗龙这孩子喜欢你家川海。可你说，这不是苦了我家娃了吗？川海是个好孩子，但他有过妻室。当然，男人三妻四妾都不算什么，何况听你说他现在是孤身一人。要是我家娃子愿意，我也愿意把她托付给川海。毕竟这世道，像他这样靠得住的男子不多。只是不知道川海怎么想？"老董把心中的话一口气吐了出来。

张大立早就觉得诗龙是个不可多得的奇女子，不但长得俊俏，而且有个性。多日来，董张两家同甘苦、共患难，早已成为不可分割的一体。今天，听老董说出了心里话，十分高兴。他早就想，要是诗龙能够成为他家的儿媳妇，该多好！他原本想着让川海娶了茉莉的，虽说茉莉聪明能干，又会持家，但她与川海多年的兄妹之情怕一下子难以转变。川海毕竟还是缺少一个贤内助。如果能娶得诗龙，两人性情相投，都有江湖儿女的豪气，那就太好了。想到这儿，便说："这有何难，自古道：'婚姻大事乃父母之命。'有你我两位老人做主，他俩又是你情我愿，有何不可？等明日，我寻机会向他挑明这件事。"

老董说："不急，待我先私下里问了龙娃子，听听她的意思再说。"

正在这个时候，董家城扛着张川海带来的米和面进了石寨，大声嚷嚷着："这也太重了！差点把我累死！"

"早知道我和你一起下山去了。"看到董家城满头汗，张大立抱歉地说。

"哪里用得着？我一个人能行，就是天太热了。"董家城舀了一瓢水，从头上直接浇了下去。

说话声把张川海和董诗龙都吵醒了，他俩先后从窝棚里钻了出来。尽管才睡了不到一个时辰，但是都已是精神抖擞了。

"正好！你们起来了，家城也回来了，开饭！"老董说。

一盘炒豆角，一盘辣椒西红柿，还有一盆野菜。吃的是玉米面馍馍，锅里熬着粥。

吃过饭，太阳还没落山，一缕斜阳射进石寨，西天一片通红，山尖变得更柔和了。

老董跟女儿说："我带你去看看咱们开的那一片地吧！现在豆角长得很好，顺便摘一些回来。"

"好呀。小逸轩，要不要一起去？"诗龙问。

"要，要。去摘豆角了！"小逸轩觉得山上什么都好玩。

"我和你们一起去吧？"张川海正好也想看看他们在山上开的田地。

张大立赶紧说："你先别去了，跟我说说茶店搬过来怎么样，以后有啥打算。"

张川海这才想起，是该和爹爹好好说说话了，许久不见，爹爹应该很想了解他的情况。但凡天下儿女，孝道为先。何为孝道？首先是孝顺，孝的具体表现就落在"顺"字上。这个"顺"字包含了许多内容，一是要顺着父母亲的思路，二是要让父母亲心情和顺，三是在父母亲面前态度和顺。怎么能做到？最简单的方法就是多和父母亲谈心、聊天。就像朋友一样地聊，推心置腹地聊。和"顺"相反的便是"逆"，逆着父母亲的意愿行事的，便被世人称作"逆子"。

张川海是个孝子，自然是想和爹爹多交谈交谈。当老董和诗龙出去后，董家城也说他要去地里转转，石寨内就剩下张川海父子俩了。张川海向爹爹描述了搬来韩城的种种情况，包括茉莉和张逸轩的一些趣事，自然是报喜不报忧。张大立听着，脸上自然地流露出了久违的微笑。

"你和诗龙是怎么回事？"张大立冷不丁地问了一句。

张川海知道爹爹问的是什么意思，沉思了一下，说："龙妹与我情意相投，我们俩可谓心有灵犀。但是，我们从未越雷池半步，一直保持着兄妹情意。但我们这份情意又超出了兄妹之外，每当分离，我就想她。"

"那就好！"张大立情不自禁地拍了儿子的肩膀。

张川海是鼓足勇气说出了心里话的，没想到爹爹的反应是这样的，有点诧异。他说："我想了好多次，我喜欢龙妹，想娶她回家，只是怕伤了茉莉。"

"跟你说实话吧，我今天问你，就是诗龙的爹爹昨天跟我提起了这事，我俩都已经认作亲家了，你们还有什么担心的？我想现在老董也正在跟诗龙谈这件事呢。"张大立高兴地说。

"那我得明媒正娶，可不能亏待了诗龙妹。"张川海说。

张大立说："当然要明媒正娶，我和诗龙她爹都要见证你们的婚礼。唉！在这乱世，能与情意相投的人在一起，该是多幸运！可是，石坷村是不敢回去的。万一走漏了风声，我们做下的那件事朝廷怕是不会放下，只有等你把茶店理顺了，到时候茶店开张和迎娶诗龙一起办，只要我们两个当爹的都在场，这婚礼也就齐了。老董把女儿托付给你，他也就放心了。"

"朝廷还在追查那件事吗？"张川海问。

张大立说："朝廷那些人怎么可能就此善罢甘休？我们还是小心为上。你知道吗？我们有了白荣康和冯安吉的消息。"

"哦？快给我说说，他们怎么样？"张川海着急地问。上次他们四人脱险后，来到韩城，寻了郎中，为黄利国包扎了一下，止住血。黄利国因为马岳平之死，性情变得暴躁，坚决要离开韩城去山西。没人挡得住，白荣康和冯安吉只好顺着他。

张大立说："黄利国死了。在他们去了山西以后，黄利国伤口又一次感染，没能及时医治，得病死了。白荣康和冯安吉辗转去了山东、河南，最终在河北找到了志同道合之人，参加了义和团，打着'扶清灭洋'的旗号，多次和清军激战，立志要推翻大清王朝。"

原来，就在前一段时间，董家城下山去采办货物，遇到了鬼脸袁亮。袁亮被抓后，因为供出了盘古山的秘密，朝廷认为他和盘古山的"土匪"不是一伙的，就放了他。袁亮告诉他，白荣康回来找过他们，给他们留下了一个地址和联系方式。

"他们是真英雄！可惜二首领了。或许有一天，我们也能和他们并肩作战。"张川海激动地说。

张大立说："我和老董都老了，你们年轻人一定都会经历这朝代的改变。"

晚上，趁着皎洁的月光，张大立把张川海带来的酒葫芦打开，满满当当地斟满五碗酒，五个人围着石桌坐下。

张大立举起碗说："今天很高兴，许多天没有这样的好日子了，这一口酒，庆贺我们在劫难之后的团圆！"

大家端起酒，每人饮了一大口。

"大家再喝一口，为了川海和诗龙，也为了我和老董成了亲家！"张大立再次举起了酒。

"恭喜！恭喜！真是天设地造的一双玉人！"尽管董家城事先不知道为何喝酒，但是一听到张大立这么说，心中顿时明白了，因为川海和诗龙怎么看都是一对。

上次董家城去韩城寻张川海时，在茶楼见过茉莉，此时他脑子里不知怎么突然闪出了茉莉的影子，茉莉那浅浅的笑容不知怎么就刻在了他的心里。

"来，亲家，我们干杯，都在酒里了，啥话都不说了。"老董也高兴得不知道该说什么。

董诗龙喝了两口酒，脸色绯红，一半是因为害羞，一半是因为饮了酒，在月光下她显得更加楚楚动人。张川海自然是最高兴的了，他给岳父和爹爹不断地敬酒，不一会便醉意蒙眬了。

张大立说："明日，我和你们俩一起下山，趁夜色我去一趟韩城，到你的茶楼看看，也看看你妹妹茉莉。"

张川海心里明白，爹爹这次冒险跟着下山，都是为了自己。他是想亲自把他和诗龙的事告诉茉莉。

董家城也跟着川海他们来韩城了。他说山上待久了，心里烦躁，想逛一逛。川海、龙妹、小逸轩、张大立、董家城一行五人骑着两匹马。

　　回到川海茶楼，已是傍晚。茶楼门锁着，茉莉不在。打开门进去，川海就觉得有些不对劲，小逸轩大声喊道："姑姑，姑姑——姑姑去哪儿了？哇，哇，哇……"小逸轩号啕大哭。

　　"不对，茉莉莫不是走了？"川海查看了茉莉的房间，果然，梳妆台上日常用品都不见了。再一看，放着一张纸，歪歪扭扭地写着："哥，我回利康城了，保重！祝福你。"

　　"快！快去把她追回来！"张大立说。

　　"我跟你一起去！"董家城说。

　　张川海和董家城跨上马，向合阳方向奔去。天已经黑了，当他们奔到芝川，趁着月光，在黄河边，看到了一个瘦小的人影。

　　"茉莉——"张川海大声喊道。

　　人影停下了，她回头望着川海。两骑瞬间便奔到她身边。张川海翻身下马，站在了茉莉身边，说："为什么？你走了，我和轩儿怎么办？不要走，跟我回去。"

　　"我能怎么办？我觉得龙妹和你真的很般配。我知道你重情重义，我不走，怎么成全你？"茉莉背着包袱，淡定地说。

　　"无论怎样，你先跟我回去。轩儿现在都哭晕了。爹也来了，你难道不想见他一见吗？"

　　"我……"茉莉犹豫了，她一直习惯了听张川海的话，不见他人时，她下定了必走的决心，但一见到哥哥，她的决心就被瓦解了。

　　"来来来，上马，往回走，我给你牵马坠镫。"董家城上次来报信，茉莉还给他做了饭，他和茉莉当时挺聊得来，也算是熟人了。他将马牵到茉莉身边，弯腰伏在地上，请茉莉上马。

　　茉莉为难地看着伏地的董家城，不知道该怎么办。

　　川海说："快上马吧，不然他不会起来的。"

　　茉莉无奈，只好踩着董家城的脊，上了马。

　　"好嘞，回家，回家！"董家城高兴地牵着马，往回走去。张川海也牵着马，与茉莉他们并排走着。董家城格外开心，不停地说着有趣的话，逗茉莉开心。

　　就这样，因为董家城的加入，茉莉心里的委屈慢慢地淡了。等她见到小逸轩，看到他哭得眼睛都肿了，就责怪自己做得不对。等见到爹爹张大立，茉莉狠狠地哭了一场，眼泪中有对爹爹大难不死的庆幸，也有对这么多年来张家所遭遇的种种不幸的释放。

第五十四回　择吉日茶楼开张
　　　　　福双至迎娶娇娘

常言道："福无双至，祸不单行。"但是，这一年的这一天，对于张川海来说，却是真正的双喜临门。

有《摊破浣溪沙》为证：

摊破浣溪沙·麻线岭

最爱层林脸颊羞，
千般娇丽一岭收。
深浅红黄染秋色，物华休。

台上摘星寻北斗，
白云着意碰眉头，
凝眸嶂峦成彩绘，已忘忧。

又是一年的深秋，麻线岭上，层林尽染，红叶似火。早晨，起雾了。远远望去，麻线岭宛如飘浮在云端，乳白色的雾从山脚冉冉上升，埋住山腰便散开了，露出重重叠叠的山尖。薄雾笼罩下，诸峰各有千秋，悬崖长满黄栌，像红色的城堡；山头松柏林立，像一头的青丝；山岭连绵起伏，像枣红的马群。

五十岁的吕凤叶独自从石坷村出发去韩城，一路欣赏着美丽的秋景，心情格外好。

她是去参加女儿婚礼的。还让她高兴的是，此番能见到一年多没见的老头子董家梁。这个消息是董燚龙悄悄带给她的。这一年多，关于女儿和老董的消息，她经常能从董燚龙那里探听到。最让她开心的消息，就是董燚龙这次特意来告诉她："龙娃子要成亲了！"

嗯！嫁给张川海是个不错的归宿。但是，这个事情不能在村里声张，她知道柳沟营风波并没有平息，万一消息走漏，被清军知道了，可不是闹着玩的。

她把这个好消息告诉了公爹董振兴和婆婆王一萍。他们都催促她早几日赶到韩城，但千万不能让村里人知道她干什么去了。董振兴自从上次卧床不起，情况越来越不好，他时而能起来走动一下，时而又一连几天不能起床。就在前几天，他不小心又跌了一跤，这次好像更严重了。从那以后，他就再没起来走动过。

平时，吕凤叶和婆婆一起照顾病人，瘸子和哑巴两个人把地里的活干得井井有条，也没什么问题。现在，她要出门了，就担心婆婆一个人忙不过来。她叮嘱哑巴叔帮婆婆照顾一下公爹，只说自己有点事，过几天就回来了。

且说那日，张大立和张川海、董诗龙一起回了韩城，在儿子的新家里，他与孙子张逸轩玩得十分开心。茉莉被张川海、董家城从黄河边截住，接了回来，见到久别的爹爹，哭过以后，她的心情又格外欢喜，烧了几样拿手的好菜，一家人举杯相庆。

吃饭时，张大立说了让川海娶董诗龙，茉莉何等聪慧，立刻拉起董诗龙的手，把诗龙的优点细数了一番，表示自己早就盼着哥哥再遇到可心的人。现在好了，你俩是天作之合，又有双方父母亲大人做主，自己有了这样一个让人喜欢的嫂子，真是太好了。茉莉和诗龙两人碰了杯，又向爹爹张大立敬了一杯酒。

董燊龙和李嫣然终于腾出空，来到张川海店里。他们听到董诗龙要嫁给张川海的消息，李嫣然高兴地说："你俩终于修成了正果了，真是有情人终成眷属，川海兄洪福齐天呀！你可不许欺负我妹妹，要好好待她，不然我可不依。"

几个人一起看了皇历，选了黄道吉日，依着张大立的意思，把茶楼开业和迎娶诗龙放在同一天，诗龙出阁前就住在金城客栈中，连同老董、吕凤叶、嫣然、燊龙都算上，是诗龙娘家送亲的人。到时，川海先去金城客栈迎娶诗龙，在院内拜堂成亲，一家人一起吃完喜宴后，接着鸣炮，宣告茶楼开业。这叫喜上加喜。

这样做的原因有三：第一，川海刚来韩城，认识的人不多，娶亲这事，除了恕轩马帮的韩掌柜会来，再无别人；第二，诗龙因为惹上官司，不宜抛头露面，万一被人打听到新娘子的底细，就会暴露身份，因此不宜以此为由宴请宾客；第三，茶楼开业本是大喜，引人瞩目，到时候鞭炮一响，自会吸引许多人进店喝茶，这就为他们的婚礼添了彩头。

茉莉这几日有董家城相陪，心情好了许多，听了这样的安排，说："甚好，喜宴就由我来操办，只是新嫂子的母亲不知可否前来见证女儿的婚礼？"

董燚龙一听这话，马上说："那我这就回石坷村一趟，把这个好消息告诉我伯母。"

"快去快回！"李嫣然催促他说。

于是，就有了吕凤叶的这次韩城之行。吕凤叶对韩城倒也不陌生，按照董燚龙的交代，她很快找到了金城客栈。这是韩城最大的一家客栈，古色古香，二层砖木结构的楼房，有二十几间客房，干净敞亮。董燚龙告诉吕凤叶，到了店里，只对店小二说找"老梁"便可。"老梁"是老董的化名，为了不招惹麻烦，他们称老董父女姓梁。

在店小二的带领下，吕凤叶上了二楼。他们包了楼上三间房子，新娘子住一间，老董一间，董燚龙和李嫣然一间。

仅仅一年多没见，老董和吕凤叶这对老夫妻几乎都认不出对方了，老董看到，才刚刚五十的吕凤叶，头发全白了。脸很黑，全是皱纹，人很瘦。好在她出门时，穿了一身平时不舍得穿的青花袄子，把腰身显了出来，那个麻利劲还在。

老董就更显老相了，他的门牙已经脱落，胡须花白，凌乱地飘在胸前，稀疏的头发已经扎不起辫子，但还是扎了一个指头粗的小辫坠在脑后。

夫妻俩互相打量了一会儿，吕凤叶终于伸出颤抖的手，攥住了老董那粗糙的大手，没有人流泪，他们知道，这是为了女儿的婚事，不能流泪。良久，老董问："家里还好吧？"

"还好，一切都好，你不用担心。"吕凤叶说。

"大呢？"老董又问。

"他跌了一跤，在炕上躺着养病，时好时坏……"吕凤叶说。

话题转到了女儿的婚事上。"没想到龙娃子会嫁给老张家的人，我看这孩子不错，只可惜……"吕凤叶说。

"只可惜什么？"老董问。

"可惜是刚过门就要做后妈。"吕凤叶说。

"她是真心喜欢川海，我早就看出来了。这是缘分吧，拆不散的，嫁给川海我放心。我看他家里的那个妹妹也知书达理，龙娃子嫁过去，她们是能够合得来的。"老董说。

董诗龙听到了她娘说话的声音，跑了过来。她推门进来，喊了一声

"娘——"，接着就抱住了吕凤叶，眼泪止不住地流了下来。

吕凤叶知道孩子受委屈了，但是不知怎么去劝她，只是抚摸着她的头，安慰她说："没事了，好孩子，以后和你心爱的人在一起了，就有人保护你了，也再也没人敢欺负你了。"

"娘，你在家可好？爷爷奶奶怎样？"董诗龙无时无刻不念着那个生她养她的小山村。

"好着呢！他们都还好着呢，整天念叨你。"吕凤叶说。

"你回去跟爷爷奶奶说，我就在韩城，等我以后没事了，就回去看望他们。"董诗龙说。

一切都在计划之中，那日，张川海披着红戴着花，骑着他的大青马，把董诗龙接到家里，在茉莉、嫣然他们的祝福下，拜了天地，结为夫妻。

茶楼开业时，"川海茶楼"的牌子挂上去，接着，董燚龙放了鞭炮，这倒是一下子吸引了很多人来围观。但是，出乎意料，到店里喝茶的人却并不多。茉莉、嫣然、燚龙三人站在门口大声喊："今天茶楼开张，谢谢诸位大驾光临，凡是进店的客人，免费品茶！"但是，进来的人大多只是转了一圈就走了，只有少数几个人试探着坐了下来。

第五十五回　柳沟营走马换将
　　　　　大岭山客栈易主

麻线岭又是雪花飘飘。那山，像是一群沉默的老人，穿着黑魆魆的棉袄，蹲在刺骨的寒风里，满脸褶皱。调皮的雪花像是有意挑逗他们，脸上的褶皱慢慢地被白雪覆盖。忽然，那群老人都白了头，又一起披上了白袍，整个世界变得崭新了。

大清明王朝大厦将倾。1900年，义和团运动爆发，接着，八国联军攻入北京，慈禧太后逃亡到陕西。吓傻了的慈禧回去后，拼命地镇压杀害义和团，拼命地讨好洋人，割地赔款。

不知什么原因，柳沟神机营派来了新的千总，把薛利仁顶替了。薛利仁仍然是驻守摘星台的把总，这让他感到十分郁闷。如今，想喝酒也没地方去了，只能和一批批换防的弟兄胡吹乱侃，或者看一年四季草木荣枯，景色交替。

天空中，不时有一两只苍鹰在盘旋，和摘星台屯兵的石寨呼应着，构成了一幅雄壮的画面。天气晴朗时，站在摘星台上，他经常能够眺望到黄河。

　　柳沟营事件已经过去八年了，上边早就答应提升他做千总的，可是他暂管了柳沟营这么多年，一直就没有得到任命，他想着朝廷现在内忧外患，没有心情管这些小事。可谁知，却突然派来了一个叫钮祜禄胡里的人任了千总，而且这家伙非常嚣张，一来就对他指手画脚的，还呵斥他查案不力，与地方刁民交往，等等。后来，薛利仁打听到，这个人原来和尹温是亲戚，难不成派他来，是为了查清楚尹温的死因吗？

　　下着雪，摘星台上就更冷了。薛利仁实在无聊，就信步下了摘星台，往大岭客栈方向走去。他只是想踏踏雪、散散步，可是没想到惊喜出现了，他远远地看到大岭客栈方向有一缕炊烟袅袅上升，隐约还有饭菜的香味随风飘来。

　　说实话，薛利仁对大岭客栈还是很怀念的，但是自从发生上次的事之后，他知道大岭客栈完了，从此就该关门了，再也不能和老董喝酒聊天了。是谁这么胆大？还敢接手这客栈！没有了大岭客栈，那南来的、北往的客商又该在哪里歇脚？

　　带着这些疑惑，薛利仁加快脚步向大岭客栈走去。

　　客栈很冷清，也或许刚走了一拨客商。薛利仁大声喊道："老董在吗？"

　　从里屋走出了一个人，看起来有六十余岁，头发全白了，但身板挺硬朗。薛利仁一看，不是老董，但有几分相似。便问："店老板是不是换人了？"

　　那人回答道："换人不换姓，还是姓董。我叫董家驹，这店本是我大哥董家梁的，关了几年，我现在再把它经营起来。南来北往的马帮离不开这店。"

　　董家驹为何会来大岭客栈开店？事情是这样的，自从董诗龙嫁给张川海后，就全力帮助张川海和茉莉打理茶楼，一开始生意并不很好，后来董燚龙和李嫣然的燚龙酒楼也开张了，由于董燚龙的厨艺好，酒楼生意非常火爆。李嫣然特意给来酒楼吃饭的客人介绍陕南绿茶的好处，让他们没事去川海茶楼品茶。

　　韩城的这些闲人和利康城的闲人不一样，本不习惯喝茶聊天，但在嫣然的巧妙推荐下，竟爱上了喝茶。就这样，茶楼的生意一比一天好，韩城人喜欢上了陕南绿茶，闲来无事，不仅会约三五好友去茶楼喝茶聊天，学习茶艺，还把陕南绿茶当作走亲访友的必备礼物。

　　随着茶楼一天比一天忙，董诗龙就捎话让她妈吕凤叶来店里帮忙，一来是诗龙想念母亲了，二来吕凤叶本是开客栈的，可以给他们做饭，三来诗龙已有孕在身，有母亲在身边，她心里有底。

自从董家驹那次酒后说漏了嘴，牛玉妹就和他一直闹别扭，儿子董祥龙也看他不顺眼，总是挑他的毛病。再加上自从黑萩灵走后，他看村子里哪都有黑萩灵的影子，像做梦一样，整个人灰头土脸的，人也老得很快，才四十多岁看着就像六十岁的人。董家驹在家里一天都待不下去，总想着要离开家，自己躲个清静。

他听说吕凤叶要去韩城了，就想着她不会再回大岭客栈了，立刻找到吕凤叶，商量着让把大岭客栈转给他，想离开村子，这正好是个机会。

吕凤叶和婆母王一萍一合计，婆母说："我觉得大岭客栈不能长久关门，不然马帮没个落脚的地方。你到韩城后也很难回来了，以后还要伺候闺女，带外孙子，就让给家驹去经营吧。"

于是，董家驹把大岭客栈里里外外重新收拾了，自己在大岭客栈做起了生意。

时光荏苒，光阴如梭。客栈接待的无非还是那些南来北往的生意人和马帮。这几年，薛利仁负责柳沟营事务，并不知道大岭客栈重新开业了。今天闲逛，没想到居然又可以像以前一样，在客栈喝酒聊天、消磨日子了，只不过物是人非，那种感觉又不复存在。

薛利仁要了一碟花生米，一碟炒豆角，烫了一壶酒，一个人慢慢地喝着。董家驹并不太搭理他，偶尔应一句话，便去忙了，这让薛利仁感觉很不爽，独自把一壶酒吃完，结了账，便离开了。

第五十六回　董家城远走河北
　　　　　　董燚龙暗访狮巷

且说张川海眼看着自己的茶楼生意一天好过一天，再加上爹爹张大立和岳父老董他们在马武山安定下来了，听说今年收成不错，心情大悦。儿子张逸轩在李嫣然的帮助下，入了党家村的私塾，据说，党家村的私塾从明朝到清朝，出了不少举人、进士，还有几个出仕做官的，学风甚好，先生也都是德高望重、学富五车之士，能在这里上学，那小逸轩定然前途可期。

最让他高兴的还有一件极其重要的事，那就是妻子董诗龙怀孕了！平日里，茉莉一人就能把茶店打理得井井有条，岳母吕凤叶也从石坷村来到店里帮忙做饭。茶叶的货源地在利康城，那里有川海许多朋友，他也不需要亲自去进货，写一封信，让恕轩马帮的弟兄去带货便可。川海倒是并不忙碌，他有空便陪着诗龙在韩城周边到处游玩，偶尔也去马武山看望两个老人。

马武山上现在就只住着张大立和老董了。川海和诗龙完婚后，董家城一心想去河北寻找白荣康和冯安吉，他听说白荣康和冯安吉在那边正在干大事，心里羡慕得不得了，这么多年，他跟随马岳平、黄利国他们，早就在心中埋下了一颗推翻大清王朝的种子，这颗种子在心中生根、发芽，一天天长成大树，就再也拔不掉了。

老董和张大立早就看出了他的心思，就主动跟他说："家城，你是干大事的人，年龄不饶人，我俩老了，不然也会跟着你一起干。我们知道你想去河北找白荣康和冯安吉，你就去吧！"董家城听了这话，正说到他心里了，就择日与老董和张大立告别。

途中，董家城专程来到韩城，与川海、诗龙、茉莉三人道别。张川海对董家城敢想敢干的性格十分欣赏，俩人惺惺相惜。张川海说："川海若像家城叔您一样孑然一身，此番也许会随你一起去干一番轰轰烈烈的大事，也不枉受大首领马岳平的教诲。你我相识一场，我须与你设酒饯行！"

茉莉做了两个菜，董诗龙从外面打了一壶酒，四个人就在家对饮起来。席间，董家城说："我这一去，也不知道将要面对的是什么。但白荣康、冯安吉两位兄弟在河北翘首以待，我不能负了他们。当然，我更是为了实现大首领马岳平之理想，不得不去！我有一句话想单独对茉莉姑娘讲，不知可否？"说罢，董家城目视茉莉，等待她允诺。

董诗龙听她叔如此说，心里明白了七八分。她拉着张川海的手走了出去，把空间留给了茉莉和董家城。

董家城为何要与茉莉单独道别？这近一年时间，几次接触，茉莉让董家城难以忘怀。所以，在这次远行之前，他要把心里的话告诉茉莉。茉莉是个心思细腻的女子，岂能不知董家城的心思？董家城看着茉莉的眼睛，说："我虽孑然一身，但也并非心无牵挂。河北之行乃是生死弟兄相邀，实在是不能不去。但生逢乱世，此去凶多吉少。乱世本不该儿女情长，但我不得不对你说，我董家城此生非你茉莉不娶。你要等着我，待我干完大事，定会再来韩城，娶你为妻。"

茉莉见董家城说得真诚而悲壮，一下子触动了她柔软的内心。她眼睛一红，眼泪竟然吧嗒吧嗒地掉下来了。但她很快控制住了情绪，用绣花方巾擦拭了眼泪，转悲为笑："你去吧！你我要是有缘，今生定会再见的。"说罢，从身上掏出一个荷包，捧在手心里说："这个荷包是我绣着玩的，针脚不怎么好，你拿着当作念想吧。"

董家城听茉莉这样说，赶紧双手接了过来。他知道自己在她心里也有一席之地，便心满意足了。董家城小心翼翼地将带着体温的荷包藏在内衣口袋里，起身戴了自己亲手做的斗笠，背上随身的褡裢。董家城出来寻着张川海和董诗龙，三人告别后，他一个人大踏步向河北而去。

韩城有很多古庙，全都香火鼎盛。金城古街内有著名的城隍庙、文庙、武庙、九郎庙、北营庙、东营庙、庆善寺等。在黄河岸边的一些村落里，还有著名的大禹庙、普照寺、司马迁祠等。东营庙位于金城老街，与金塔遥遥相对，里面有一戏台，是韩城百姓集中观看戏曲的地方。平日里只要天气好，就会有戏班在此演出，这些戏班，或者是大户人家请来的，或者是自发演出，靠票友打赏的。

董诗龙怀孕已有八个多月，吕凤叶按照她的经验，告诉川海说，应该陪她多走走，活动得多，将来对分娩有好处。这一日，川海陪诗龙到东营庙观看东府戏曲，东营庙内人山人海，戏台上正唱得热闹。"走进陕西韩城县，杏花村中有家园……"一听唱词，董诗龙就知道这是碗碗腔中的《三滴血》。

张川海怎么看怎么觉得正在唱戏的那人似曾相识，虽然她化了妆，穿着戏服，但那身段，那动作，包括眼神，都好似在哪里见过。于是，他对诗龙说："龙妹，你看，唱戏的那人你认识吗？"

董诗龙盯着她看了几秒钟，忽然脱口而出："黑萩灵！"

"果然是她！她怎么会在这儿呢？"张川海疑惑地问道。

董诗龙说："我也觉得奇怪，村里人都说她跑了，至于跑到了哪里，谁也不知道，可谁想她居然在戏班呢！"

张川海说："你现在还是少抛头露面为好，待回去后，把这件事告诉燊龙，让他留心点。"

俩人怕黑萩灵在台上看见他们，就赶紧出了东营庙，回家了。恰好，下午时分，董燊龙和李嫣然来茶楼喝茶，川海便把遇见黑萩灵的事告诉了他们。董燊龙说："我明天也去看看，若果真是她，等她唱完，我到后台寻她，问个清楚。"

第二日，董燊龙就按照计划，去了东营庙，等《三滴血》开始时，上场的果然是黑萩灵。董燊龙耐着性子把戏看完，到了后台一看，黑萩灵刚刚卸完妆。有人问："你找谁？"

董燊龙也不答话，用手指了指。黑萩灵抬头一看，是董燊龙，脸上露出了诧异的神色，然后立刻站起身，拉着他的胳膊走了出来，悄声问："你怎么来了？"

董燚龙说："我昨天听人说是你在台上唱戏，还不相信，今天一看果然是你！这究竟是怎么回事？"

黑萩灵说："这里说话不太方便，等晚上了，你到狮巷最后一个院子，我在那住，我慢慢告诉你。"

等到了晚上，董燚龙按约定去了黑萩灵家。推开门一看，这不是他想象中那个整齐的家，而是乱七八糟，东西随意乱扔着，一个十岁左右的孩子穿着一身打着补丁的棉袄棉裤，看见有生人进来，就大声喊："娘，娘——来人了！"

黑萩灵从屋子里出来，也不似戏台上那么光彩照人，也穿着打补丁的衣服，看见董燚龙来了，不好意思地说："家里有点乱啊，进来吧！"

董燚龙走进屋里，发现床上还躺着两个人，一个大人，一个几个月大的娃娃。娃娃正熟睡着，大人睁着眼，半躺半坐，看见他进来，从嘴角挤出一点笑，说："来了啊！随便坐吧！"

董燚龙认出来了，这个男人就是焦志明。真是世事沧桑，一点也没了他初到石坷村的洒脱，满脸的胡须，头发也花白了。

"你这是？"董燚龙不知道他为什么会躺在床上。

"唉！一言难尽，你听我慢慢说。"黑萩灵向董燚龙说了这十年间他们的变故。

原来，黑萩灵生下第一个儿子后，焦志明虽知道这孩子是董家驹的，但也对孩子非常好，只当是自己亲生的。用他的话说："生到谁跟前，就是谁的娃。"焦志明给孩子取名叫焦宏伟，希望他将来能干一番宏伟的事业。

然而，小宏伟却生来体弱多病，为了给孩子治病，焦志明带来的那些积蓄很快就花光了，没办法，焦志明只能更辛苦地去砖窑搬砖，但搬砖也不挣钱，最挣钱的是去煤窑挖煤，为了黑萩灵和孩子，焦志明就让人介绍了一个挖煤的活，每天天不亮就出发，从煤窑里挑十几担子煤出来，来回走几十里路，几乎风雨无阻。

后来，焦志明与前妻生的那个孩子要结婚了，虽然在这之前，焦志明把他过继给了堂兄，但结婚需要的钱财，焦志明还是要出的，于是他就回了一趟乱麻科村，把家里的地和房子全都变卖了。这样一来，焦志明除了靠在煤窑挖煤挣钱，再没有了财路。可喜的是，小宏伟慢慢长大，身体也好起来了。在小宏伟九岁时，黑萩灵发现自己又怀孕了，这次是焦志明的，黑萩灵把这个消息告诉了焦志明，俩人格外喜悦。

谁知天有不测风云，正当俩人想要收获这喜悦的果实时，焦志明却出事了！煤窑塌方，他死里逃生，但是腰折了，还断了一条腿。如果一直能挖煤，日子倒勉强可以过下去，焦志明成了残疾，黑荻灵又马上要临盆，这可怎么办？

焦志明劝黑荻灵："不行了，娃生下来就送人吧？"

黑荻灵咬咬牙说："不行！我一定要把娃养大！我要有咱们自己的孩子。"

娃生下了，还是男娃。黑荻灵等月子坐完，给娃断了奶水，就出去寻活干了。她在东营庙遇到了戏班，心里一动，自己从小就会唱戏，可不可以央求班主给她一碗饭吃呢？班主被她的苦苦央求打动，一试，才知道她就是一个天生唱戏的料，就同意收留她。

没想到的是，她第一场正式演出就唱了个满堂彩，票友们天天都等着看她的戏。就这样，她在外唱戏挣钱，焦志明在家看娃，好在这几个月戏班都不怎么出外演出，黑荻灵边演戏边赶回家给娃喂奶，一晃，娃就快长到一岁了。

董燚龙听完黑荻灵的故事，知道她与焦志明是真爱，焦志明为她也付出了代价，要不是因为倒霉，怎么也不会让黑荻灵去唱戏维持温饱。他本来想把他叔董家城没有死的消息告诉黑荻灵的，看到她现在的状况，觉得也没必要说了。再说董家城去了河北，找白荣康他们干大事去了，那可是把脑袋别到裤腰上的事，干好了，称王封侯，干不好便落个反贼的名声，不说也罢。

告别了黑荻灵和焦志明，董燚龙回去直接找到张川海，把事情的经过原原本本告诉了他。董诗龙也在一旁听着，听完后说："黑婶敢爱敢恨，我倒是喜欢她的性格，是个有一说一、有二说二的人。以后我们要是有钱了，帮衬他们一点吧。"

第五十七回　张川海喜得贵子
董家宝继任村长

一日，董诗龙早晨一醒来，就觉得想去厕所，可是去了几次又没什么，只觉得肚子里有个小生命在蠕动。吕凤叶听她描述感觉，说："这是要临盆了，不在今天，就在明天，快去请接生婆！"

张川海认得接生婆李氏，家住庆善寺旁，于是飞快地向李氏家中跑去。谁知李氏家门紧锁，急得张川海在门口团团转。转了一会，看到有一高僧进入庆善寺，心想，何不去上上香，求上一卦？于是步入寺内，上了三炷高香，给菩萨们都把头磕了，向功德箱捐了些碎银子。

寺内香客不多，那高僧一直暗中观察张川海，待他把这一切做完，便主动问："施主可是要卜上一卦？"

张川海说："正是。"

高僧拿出竹筒，让张川海自己摇。川海举过头顶，摇了三下，蹦出一签，拿与高僧看。高僧念道："春风时节桃花香，花飞漫天粉艳光。望花泌唻心莫急，自有鲜桃赠君尝。"

川海听完，急问："不知此卦怎样？"

高僧拍手道："好，好，好，施主近日家中有好事！"

川海听后，知道说的是诗龙即将分娩的事，乃上上签，只是不知会生儿子还是女儿，便问："可否再求一签？"

高僧做了一个请的手势。川海又将竹筒举到头顶，摇了三下，求得一签，高僧念道："鱼翻浪跳当三月，此身方起化为龙，他时得位方为吉，百事无忧方变新。"

川海疑惑，问道："此卦何意？"

高僧笑道："天机不可泄露。"

从庆善寺走出来，川海恰好遇到李氏在开她家的门。"李婶，李婶！可把你盼回来了！我在这等你多时了！"川海急切地说道。

"可是你家娘子要生了？"李氏一听就知道了。

"李婶料事如神。请赶紧移步家中，怕是即刻就要分娩了……"张川海说。

"好！你先回家帮忙烧开水，我回去取点东西，随后就到。"李氏说着，打开了家门走了进去。

川海回到家中，岳母和茉莉已经把一切准备就绪，正焦急地等着他回来，见川海回来，急问："怎么这么久？"

"龙妹怎样了？"川海最怕回来得晚了。

"放心吧，嫂子在床上躺着，正等着你回来呢，李婶怎么没来？"茉莉问。

"她随后就到，让我先回来准备。"川海说到。

正说着，李氏进门了，嚷着问："这会有没有感觉，让我先进去看看。"

"刚才一直喊着肚子疼，疼一阵停一阵，我们不太懂，就让她先在床上躺着，就等你了。"岳母吕凤叶说。

"嗯嗯，那就快了，我进去看看，你跟进来帮我，你俩在外面守着，等我吩咐。"李氏指挥着，向里屋跑去。

进了里屋，就看见董诗龙脸色发白，汗水直流，把枕头都打湿了。李氏问："感觉怎样?"

"疼，疼得厉害。"董诗龙咬着牙说。

"来，让我看看。嗯嗯，羊水破了，还好还好，待会我教你怎么用力。"李氏用一个行家的语气说，这让董诗龙心里安稳了不少。

吕凤叶在屋里心疼地看着女儿满头大汗，她攥着女儿的手，说："你一会儿要听李婶的话，让你用劲，你就使劲，别害怕，第一次都是这样。"

张川海站在窗外，干着急帮不上忙。倒是茉莉有条不紊地忙活着，她准备好了开水、剪刀、纱布、红糖水，鸡蛋等需要的东西，就等着李婶的吩咐。

一直到子夜时分，一声响亮的哭声划破了夜的寂静。吕凤叶欢喜地从屋里跑出来说："是个带把的！是个带把的！真好！"

川海迫不及待地进了屋，在烛光下，他看到诗龙脸色发白，头发湿漉漉的，累得近乎虚脱，婴儿在她身边躺着，"哇哇"大哭。他轻轻地握住诗龙的手，坐了下来，说："辛苦了。"然后俯下身轻轻地亲吻了一下儿子的额头。

"这孩子有福！我掂着足足有八斤半！你听，他哭得多有劲！"李氏在一旁说着，"快给产妇煮两个荷包蛋吃吃，生完娃，饿得很！"

就在这个时候，进来一个人，端着一碗细细的挂面，里面窝着两只荷包蛋。张川海一看，这人居然是李嫣然！原来，李嫣然早就得到董诗龙今天要分娩的消息，早想过来瞧瞧，无奈董燚龙今天回了石坷村，说是村里有大事叫他回去，并没说什么事，李嫣然忙活着酒楼的生意，偏偏今天生意出奇地好，临到子时还有喝酒的客人，她分身乏术，一直拖到现在才过来，刚进门，就看见茉莉端着一碗热气腾腾的面条，听茉莉说："生了！生了，是个公子哥！"李嫣然从茉莉手里接过碗就走了进来。

此时，婴儿刚吃了几口奶，睡着了。董诗龙看见李嫣然端着香喷喷的面条，食欲来了。川海扶她坐了起来，嫣然把面递了过去，亲自给她吹着，喂她吃。等她吃完，精神恢复了不少，两姐妹开心地说着话，看着婴儿，夸赞着这孩子长得俊俏。李嫣然问川海："怎么，还没给宝贝取名字吗?"

张川海说："你不提我倒忘了，名字我早就想好了，他哥哥叫张逸轩，他就叫张逸远，希望他哥俩能够行稳致远。"

且说董燚龙回石坷村何事? 原来是老村长董振兴召集全村人商议换村长

的事情。董振兴自知时日不多，近几日精神有所恢复，虽然还不能起床，但可以讲些话了，所以就让王一萍通知大家来他家，他要让大家选举一个能主事的人代替他，主持村中一切事务。

本来，他早就想把村长的宝座传给董家梁，而如今董家梁因为柳沟营事件不敢回村，董家驹又去经营大岭客栈了，现在能接任村长职务的就剩下董家宝了。但他又觉得董家宝心胸不够开阔，不大合心意，就打发人去韩城把董燊龙叫了回来，想说服董燊龙回来当村长。

董燊龙回来直接就去了老村长家。此时，董振兴家院子里已坐满了人。董燊龙一进院子，就看见他大董家宝忙着给大家发糖吃，边发边笑着说："你吃，你吃，这可是我儿媳妇叫人捎回来的，好吃着呢！"

咦！嫣然还瞒着自己往家里捎过东西？董燊龙满腹狐疑。转念一想，这定是他大想当村长，提前自己准备好的，就在今天发给大家，好让大家选举他。于是，他暗自笑了一下，叫了一声："大！我回来了！"

董家宝转过身一看，忙对大家说："看看咋样？我娃为我的事专门回来了！"

王二锤看见董燊龙，大声喊道："呀！你看他养得白得不像乡下人了！咋，你那漂亮媳妇咋没回来？她还看不上咱石坷村？"

董燊龙说："不是，不是，我那酒楼太忙了，她哪有时间回来，我这都是赶着回来的，明天也就得赶快回去。"

瘸子一听，接话说："不对，不对！你不是回来当村长的？"

董燊龙说："就让我大当村长吧！我还是算了吧，我在韩城的酒楼生意还可以，就不回来了。"

正说着，王一萍走了出来，对董燊龙说："燊龙，你回来了？来，到屋里来。"

董燊龙走进里屋，看见老村长董振兴还在床上躺着，此时的他已是骨瘦如柴，几根白发绑在脑后，仿佛油尽灯枯之时，只要一阵风吹来，就熄灭了。

"大爷爷！"董燊龙喊了一声，情不自禁地上去抓住他的手。那是怎样的手呀！冰凉冰凉的，黑黢黢的，仿佛是垂老的鹰爪。董振兴今天讲了太多的话，此时有些体力不济，气息微弱。他见董燊龙回来了，歇息了一下，开始用微弱的声音跟董燊龙说话了。

"燊龙，我刚才在屋里听见了，你不想当这个村长，韩城有你的事业……也罢，也罢……燊龙，我快不行了，有几件事我放心不下……"董振兴边说边喘着气。

"大爷爷，你慢慢说，我听着呢。"董燚龙说。

"我最放心不下的就是龙娃子，不知道她现在咋样……怎么说你也是她哥哥，你要替我照顾好她呀！"董振兴说完又喘了一会儿气。

"她好着呢，夫妻感情甚笃，孩子也快出生了，你就放心吧！"董燚龙说。

"哦……那我就放心了。我这身体，估计熬不过今年了。我要是死了，你不要把这个消息告诉龙娃子，悄悄地捎信给你大伯就行。我听说……我听说柳沟营换了新头领，新头领和那挨千杀的尹温有亲戚，就怕……"董振兴一口气说了这么多。

"好，我照你说的做就是了。"董燚龙说。

"好，好。你现在到外面去，帮我主持选举新村长。本来定了你、你大、二锤三个人。现在你不参加，就剩下你大和二锤了。你让大家从他们两个人里面选一个。"董振兴把选举新村长的事委托给了董燚龙。

董燚龙从屋里出来，向在座的抱拳作揖，大家正在说笑，看他这个动作，知道有话要说，就都坐直了，等着他说话。

"老少爷们，燚龙这厢有礼了。因老村长行动不便，我受老村长委托，主持今天的村长选举。本来拟定候选人是三个，那就是我、我大和二锤叔，现在我因为其他原因，退出候选人，就剩下我大和二锤叔了。这样吧，大家就举手表决吧，支持谁的人多，谁就当选，怎么样？"董燚龙问道。

"你这娃，怎么就不回来了？韩城有那么好吗？还是娶了漂亮老婆就忘了娘了？"刘楞娃在下面起哄。

"咱们说正事，我刚才说的，大家同意不？"董燚龙又问了一遍。

"同意，你就开始吧！"大家异口同声地说道。

"那好，首先，同意王二锤当村长的请举手，我来计数。"董燚龙说。

当时，等了大约三分钟，也没见有人举手。

本来，对于石坷村村长一职，村民都不怎么感兴趣。石坷村位于大山腹地，离周边城镇都很远，属于三不管地带，村长历来是董家人，董振兴当了近四十年村长，他当村长后，把村里的土地基本给平分了，人人均等，大家各自把自家的地种好就行，村里临时需要干什么，有力出力，有钱出钱，所以村长一职并没有什么油水的，就是解决村里的一些矛盾。现在，想当村长的两个人，一个是董家的，一个是王家的，都和老村长是亲戚。董家宝是老村长的侄子，王二锤是王一萍的侄子。选谁不选谁的，大家一时还不好定夺。

"大家请举手呀！不举手就视为不同意了？"董燚龙说。

这时，才有人开始举手。董燚龙数了一下，举手的有八个人。

"好。接下来，同意董家宝当村长的请举手。"董燚龙接着说。

刚才为王二锤举手的没有董姓人，这时董姓人全部都举手了，当然还包括其他姓氏的，董燚龙数了一下，有二十四人。不用说，董家宝取得了压倒性的胜利。

"通过举手表决，董家宝当选为石坷村新村长，大家有意见没有？"董燚龙问。

"没有！以后就请家宝多为咱们村操心了。"大家说。

董家宝掩饰不住内心的高兴，站起来抱拳一周，说："好，好！我来说两句！"说完快步走到前面，先是干咳了一声，把微驼的背伸直了。然后，他拿出了村长的气势，环视了一下在场的人，说了一番早就在心里想好的话，倒是有模有样。

第五十八回　钮祜禄重新查案
董振兴溘然长逝

且说那钮祜禄胡里自从调来柳沟营任千总以来，每天加紧操练士兵，并秘密成立了一个十人小组，专门调查当年柳沟营事件，他说："尹温大人为国捐躯，死在了自己的岗位上，这也算是为国尽忠，死得其所了。但我们务必要追查出当年杀害尹温大人的凶手，为尹温大人报仇。"

士兵们听了他的话，都暗暗发笑。觉得他能把黑的说成白的，颠倒是非的能力确实不一般，但不管怎么说，他是上面派下来的长官，那就得听他的。据传言说：尹温本是钮祜禄的一个堂叔。

一年多过去了，春去秋来，查案小组在钮祜禄的督促下，终于查到一些线索，给钮祜禄报告说案件涉事人确是石坷村的董家父女，但自从柳沟营事件发生后，董家父女就凭空消失了，不知去向，因此此事也就不了了之。但是，最近从石坷村隐约打听到，董家父女居然还活着，董家梁与他的爹爹——石坷村的老村长董振兴有着秘密的联系，似乎不久前因董振兴病重回来过一趟。

钮祜禄一听这话，兴奋得两眼发光，他即刻命令查案小组，每天秘密地盯紧石坷村。钮祜禄说："据本官分析，柳沟营事件，董家父女一定是始作俑者。否则，那妖女是如何从军营中逃脱的？这父女又为何在事发之后消失，如今又有了音讯？既然他老爹爹病重，估计离死也不远了，一旦他得知他爹去世的消息，肯定会回来发丧，到那时，本官命你们将他们捉拿归案！"

再说石坷村自从董家宝当了村长后，一切照旧。董家宝找人把董家祖训重新誊写了，装裱起来，挂在了自己家的中堂，偶尔来人，便读与他们听，还颇有老村长的风范。遇到端午节、中秋节之类的节日，董家宝也出面组织村里办一场演出，无非就是扭扭秧歌、打打猎鼓。然而，打猎鼓没了董家驹，扭秧歌没了黑荻灵，看的人总觉得不那么过瘾。

一晃，就到了冬天。这年冬天格外冷。入冬以来，一直没下雪，石坷村干冷干冷的，村民们没事就去山里砍柴，很多人家院子里堆积了新砍来的柴火。石坷村人爱整洁，把柴火用手锯锯得一般长，码放得整整齐齐，倒也好看。他们全凭着这些柴火过冬，把土炕烧得暖暖的，或者再偶尔搭下火炉，每家每户整天炊烟袅袅升起，一进房子里，总让你觉得暖暖和和的，挺舒服。

一个炊烟袅袅的清晨，董家宝刚刚起来把炉火搭着，烧开了一锅水，屋子被白白的蒸汽填满，在上半截空间漂浮着，不肯散去。他正享受着这冬日的温暖，忽然听见外面传来急促的脚步声，紧接着有个人一头撞进屋子里。

董家宝定睛一看，来人是老村长家的哑巴。哑巴和瘸子两个人因为都和吕凤叶沾着亲，老董不开大岭客栈了，他俩就到了老村长家帮忙打杂，吕凤叶去了韩城，仍旧把他俩留在家里帮王一萍干活。

哑巴一进门就着急地"咿咿呀呀"地乱喊，又是比画，又是瞪眼。董家宝略一思忖，就明白发生什么事了。他马上穿上衣服，对还在被窝里赖着的老伴说了声："我去大伯家里了，估计情况不好！"

哑巴在前面一路小跑，董家宝紧跟在屁股后面。刚进老村长家门，就听见王一萍带着哭腔地喊道："他大呀，你再睁睁眼，不能就这样走了呀！这咋行呢，娃都不在家，都没有人来送你一程，你走得太恓惶了……"

董家宝走进屋里，看见老村长董振兴已经是紧闭双眼，一动不动地躺在床上，神态安详，显然他已经去了。王一萍一时难以接受，只管在那里哭天抹泪，瘸子刚刚把炉火生着，手足无措地守在那里。

董家宝问瘸子："我伯走了多长时间了？"

瘸子说："哑巴刚出门去找你，他就咽气了，可能有一刻钟吧。"

董家宝对王一萍说："伯母，我知道你很难过。人死不能复生，节哀顺变。是这，先不哭了。趁我伯还没走远，我们先给他擦擦身子，换上寿衣，不然一会儿就不好办了。"

王一萍一听这话，冷静了下来，赶紧去另外一个屋子的柜子里找董振兴

生前准备好的寿衣。瘸子端来了一盆热水，哑巴拿来了毛巾，董家宝把董振兴身上的衣服纽扣慢慢地解开，把原来的衣服给脱掉。董振兴刚刚闭眼，身子还没僵硬，如若再等一会，怕是连衣服也难脱掉。董家宝从瘸子手里接过毛巾，给擦拭了一番，王一萍正好拿着寿衣过来，里里外外共三层。董家宝和王一萍一起动手，半个时辰才把衣服给穿好，累得董家宝出了一身臭汗。

给老村长把衣服穿好，董家宝这才开始吩咐瘸子和哑巴，让他俩挨家挨户去叫人。不一会儿，全村能干活的人陆续来到。董家宝对这些人进行了分工，有负责后勤的，有负责打墓的，有负责搭灵堂的，有负责抬棺材的，还有负责出外请吹鼓手的，请司仪的。最后，他派了董家驹家的老大董祥龙和老二董辛龙分别去大岭客栈和马武山报信。

很快，就在老村长家的院子里，搭起了临时的大棚，盘了一个大锅灶。柴火是现成的，平时瘸子和哑巴积攒了不少，锅灶下面的火烧起来了，熊熊烈焰舔舐着那大铁锅，大铁锅整日整日的冒着热气，没事的人就聚集在铁锅旁聊天、取暖。

几个妇女不停点地切菜，土豆、白菜、豆腐、猪肉片、粉条等满满地炖了一锅，香气四溢，这就是有名的"烩菜"。在石坷村，吃"烩菜"有另外一层含义，就是指要埋人了。平时，有些爱耍嘴皮的，和人见面就问："什么时候吃你的烩菜呀？"被问的人一听就知道是在咒自己，便不高兴地回道："先吃你的！"

"烩菜"十分好吃，管饱，第一顿吃烩菜，连半大小子都能吃两三碗，再外加两个馒头。遇到事，主人通常都很大方，可以倾其所有地让全村敞开了吃，就是为了让大伙帮着把事办好、办风光。那吃了烩菜的人也都特别勤快，还有眼色，不等人指挥，就知道帮着干啥。出力最大的莫过于挖墓的那些壮劳力，这三九严冬，天寒地冻，一铁镐下去，震得人手臂发麻，刨出的土带着冰碴，但是尽管这样，墓必须要在三天之内打好。好在壮劳力都在，大家不停地换着干，逐渐把冻土层挖开了，里面就好办了。

寒风呼啸，天不知什么时候阴了。穿着棉袄的男人们挥着铁镐、铁锹、镢头战天斗地，浑然不觉得冷，有的人甚至还流汗了。他们中午休息的时候，要回去吃烩菜。厨房对他们格外照顾，往往是把藏在锅底的肉片子翻出来，给他们每人盛上满满一碗，饭量大的边吃边喊："香，真香！"三下五除二就把一碗烩菜扒拉完了。

晚上，院子里搭起了一堆篝火。从韩城请的响器班来了，整晚吹着哀乐。村里人都来了，默默地围着篝火，听着那哀乐，为老村长送行。响器班吹一阵子，便停下来，这时就有人出钱点戏，响器班里会唱戏的人很多，只要你能想到的，大多都有人会唱。但唱得最好的，往往是那些催人泪下的经典名戏，比如《哭七关》《哭爹爹》《祭灵》《老来难》等。

唱《哭七关》的是个女的，穿着白戏服，戴着孝，化着浓妆，只听她唱道：

　　一呀嘛一炷香啊，香烟升九天，大门挂岁纸，二门挂白幡，爹爹归天去，儿女们跪在地上边跪在地上给爹爹唱段哭七关；

　　手捧啊一炷香，香烟升九天，大门挂岁纸，二门挂白幡，爹爹归天去呀啊，女儿跪在地上边，儿给爹爹免灾难啊，跪在灵前哭七关；

　　哭呀吗哭七关呐啊，哭到了一七关，头一关关是望乡关啊，爹爹回头望家园啊，爹爹躺在棺椁里，女儿我跪在地上边，为了爹爹免去灾难，我给爹爹哭七关；

　　……

　　哭呀吗哭七关呐啊，哭到了六七关，六七关是衙差关，衙役大棍戳在路边，儿女给你扯块布，搭在了爹爹你的肩，爹爹呀，爹爹您舍钱别舍布，做件衣服让您老穿……

这一出戏唱得在场的人都在掉眼泪，在熊熊的篝火的映照下，那些平日里的硬汉这会也偷偷地用手背抹着眼泪，妇女们的眼泪更多，还有忍不住小声抽泣的，连小孩都瞪大了眼睛，一动不动地在思索着什么。几只狗卧在一旁，昂首朝着黑魆魆的天空，像是黑色的雕像。戏曲停下来的时候，村庄出奇地寂静，静得让人大气不敢出。

董家驹是早上从大岭客栈赶回来的。此时，他领着媳妇和两个儿子跪在灵堂前上香，董家梁一家还没赶到。

在听《哭七关》的时候，他忽然觉得这个声音好熟悉，往外望了望，看那女子穿一身戏服，化着戏妆，但那身段，举手投足间隐约就觉得像极了黑萩灵。"不可能是她。"董家驹心里想，是自己想多了。正在想着，媳妇突然哭起来了，他也赶紧跟着哭，两个儿子也跟着一起哭，随着戏唱到高潮，他们的哭声也越来越大，和那唱戏的女子的唱词融在了一起，更加让外面的人群感到悲伤。

这时候，响器班的主持站了出来，对大家说："接下来，送给大家一部《祭灵》，这是我们的台柱子李高的拿手好戏。"

出场的是个男的，也是穿着戏装，这是秦腔中刘备在关羽、张飞都相继战死后的一段唱词，直唱得人荡气回肠，肝肠欲断。

> 满营中三军齐挂孝，
> 风摆动白旗雪花飘。
> 白人白马白旗号，
> 银弓玉箭白翎毛。
> 文官臣头戴三尺孝，
> 武将官身穿白战袍。
> 因甚事王把服袍套，
> 为只为桃园恩义高。
> ……

几只狗忽然站起身来，警觉地望着远方。接着，一只狗开始狂吠，另外几只也跟着叫了起来。狗的叫声似乎要压倒台柱子李高的唱腔了。

董家宝心想，该不会是老大回来了？他起身往外走去，果然看见一行人朝村里走来。

第五十九回　风雪夜龙娃归来
冒严寒全村出殡

天终于飘起了雪花。在篝火一明一暗的映照下，雪花像是跳舞的幽灵。董家宝借着白雪的映照，数了一下，隐约有六个人，三匹马，踏着刚刚被白雪薄薄覆盖了一层的路面，匆匆向这边赶来。

俄顷，一对年轻人最先到达门口，董家宝定睛一看，天哪！这不是龙娃子吗？站在她身旁的不用说正是张川海。

"龙娃子！你……"在叫董诗龙的名字时，董家宝不由得向四周瞅了一圈。

"家宝叔，是我！我爷爷他……"董诗龙哽咽地说不下去话。

紧接着，后面四个人也到了，董家宝看到老董、吕凤叶，还有自己的儿子董燚龙、儿媳李嫣然。董家宝上去抓住老董的手，啥也说不出来，老董说："家宝，多亏了你，我们都不在家，你受累了！"

"你这几年不容易！啥也别说了，快回来！"董家宝拉着老董的手一直都没有松开。

院子里的人知道是老董他们回来了，全都站起身。多年都不见老董和龙娃子了，乡亲们对他们格外想念。说话间，厨房已经把烩菜热好，给六人每人盛了一碗。吃饭的间歇，大家了解到这次龙娃子回来的原因。

其实，董家宝并没打算把老村长逝世的消息带给董诗龙，但是这事不让董家梁知道肯定不行，毕竟董家梁是老村长的长子。所以，他派人火速赶往马武山。当老董知道消息后，本想立刻回家，但转念一想，白天回村不安全，不如先去韩城把这个消息告诉吕凤叶，然后他们一起回村时，刚好是晚上，能避过那些耳目。吕凤叶作为老董家的媳妇，公爹去世了，按理必须得参加出殡仪式。就这样，老董去了川海茶楼。

董诗龙当时正在茶楼下哄着小逸远玩，忽然见她大来了，自然是非常高兴，忙对小逸远说："瞧瞧谁来了？是不是外公？叫外公！"

老董走过来拉着外孙子的手，对诗龙说："没想到都长这么高了！我看马上会走了呢！你娘呢？"

董诗龙从老董的神色上察觉到了什么，问："怎么这么着急地找我娘？都不抱抱你外孙子？"

老董一时没办法掩饰，就说："唉！顾不上了，等会见了你娘再说！"

吕凤叶正在厨房准备下午饭，听见说话声走了出来，几个人走进里屋。老董说："咱大他老人家昨天早晨去世了！"说着掉下眼泪。

吕凤叶说："那咱们快赶回去吧！不能等了，这就走！"

张川海这时也走了进来，说："事不宜迟，咱们马上动身吧！要不，逸远先让茉莉照顾几天，反正他也断了奶水了。"

老董说："不得行！绝对不得行！我和你娘回去，你们不能回去，知道就行了，以后清明节回去给你爷爷扫扫墓，祭拜一下，眼下却不能回去。"

董诗龙听闻爷爷去世，已经是泪流满面，她啜泣着说："怎么可以！怎么可以不让我们回去！不行，我们一定要回去送爷爷一程！"

张川海说："事情都过去那么久了，想必也没什么事了，我看可以回去，不然我怕诗龙心里过不去。"

老董看女儿这么伤心，知道她和爷爷的感情很深，就答应了带她一起回去。董燊龙和李嫣然恰好也来了，他们听到老村长去世的消息，也悲伤不已，也一定要回去送老村长一程。

茉莉对董诗龙说："你放心回去吧，我有带孩子的经验，早去早回。"

吃过下午饭，茉莉带着逸轩、逸远两兄弟出去玩耍，张川海牵出了大青马，准备停当。李嫣然又从马帮牵来了两匹马，他们六人骑着马，急速向石坷村奔去，回到石坷村时，天已黑透。

这是一个大雪纷飞的冬夜。天公似乎为了给老村长送行，将这个山村装扮得洁白无瑕，树上挂满了银条，群山披上了白袍，像是为老村长穿上了孝衣。

哭声从灵堂传出，感天震地。随着一声"起灵——"老村长的棺椁从院子抬出。抬棺的是六个健壮的中年汉子，董家梁头顶瓦罐，立在灵柩前。

只听见喊丧人问："停当了吗？"

抬杠人回答："停当了！"

只见董家梁把瓦罐高高地举过头顶，使劲往地上摔去，随着"啪擦"一声闷响，瓦罐被摔得粉碎。六名壮汉便抬着棺材踏着厚厚的积雪，向山里走去。董家驹、吕凤叶、董诗龙、张川海等亲人全身披麻戴孝，一路哭着护送着灵柩。后面跟着长长的队伍，是拿着"奠"字花圈的人们，一律穿着黑长褂，腰间系着整段白布做成的一根腰带。紧跟着的两个人拿着一对纸扎的仙鹤，再后面是拿纸马、纸元宝的人。

老村长的墓地在河对面的山根下。因为下了雪，马车过不去，只能由这六名汉子一直抬着灵柩往墓地走。好在雪停了，通往墓地的路早被人扫了出来，六个汉子腿脚有力，一路走得很是稳健。尽管如此，灵柩抬到墓穴时，这六名汉子已经是浑身被汗水浸湿，寒风一吹，冷风钻进棉袄，那贴着身子的衣服也冻成了冰，冰冷冰冷的，实在难受。要下葬时，董诗龙想着从此再也见不到爷爷了，悲痛欲绝，哭得几乎昏死了过去，川海紧紧地抱着她，掐了一阵人中穴，她才清醒了过来。

一个时辰后，山脚下多了一堆隆起的黄土，与阳光照射下的白雪覆盖的山野对比鲜明，老村长董振兴从此便在此安眠了。有的人还在坟前默默地祭奠，有的人慢慢地往回走，渐渐地，一切都归于寂静。董诗龙停止了哭泣，在李嫣然的搀扶下，回到了熟悉的家，这个院子，有太多的儿时记忆。

以往，每逢梨花盛开，就在那棵梨树下，爷爷董振兴教她识字、唱儿歌、给她讲故事的情景一下子都浮现在眼前。现在，梨树上空有积雪压枝头，却没有了爷爷，爷爷再也不会从屋里走出来呼唤她的乳名了。

第六十回　钮祜禄带兵围村
　　　张川海手刃悍敌

董诗龙在梨树下徘徊时，张川海、李嫣然、董燚龙也默默地陪在她身边。老董和吕凤叶在里屋陪在老母亲王一萍的身边，母亲听儿子讲述这几年的逃亡生涯，不觉潸然泪下。

王一萍叹息了一声，说："这些天杀的，欺负咱们平民百姓习惯了。咱老百姓本想太太平平地过日子，谁能料到祸从天降？咱们董家就住在这深山老林里，本想着与世无争，把自家的日子过好，哪里能料到会与那清军头目产生那么大的过节？本是他们的错，却不依不饶，要把咱们逼上绝路。你大他要不是被清军打伤，也不能就这样死了。可我们到哪里说理去？"

老董说："娘，这几年我在外面，把这个社会看透了，也想清楚了。这个清政府早就从根子上烂透了，老百姓没有生存的权利，当官的作威作福，认为一切都理所应当，你稍不顺从，轻则打骂，重则身陷囹圄。咱家龙娃子是有骨气的，只因为没顺从那狗官，就被抓了去。要是没有马岳平他们仗义相救，龙娃子都不知道要被糟蹋成什么样了。所以，我经历了那么多，更有了抗争的勇气，越是和他们斗，我才越觉得要斗到底，我们的抗争是有意义的。"

王一萍觉得儿子董家梁虽说这几年在外逃亡，但思想却完全不一样了，像是变了一个人，但她从内心感到高兴，觉得儿子说的道理是对的。她说："娘老了，但想的也和你一样。你不用替娘担心，该干什么，尽管去干，像你说的家城一样，娘还觉得他就是个有出息的娃。"

正说着，突然听到急促的脚步声，有一个人飞快地跑进院子。张川海转身一看，并不太认识此人。此人在院中没有停留，直奔里屋而去。

来人是王二锤，他是王一萍的弟弟。他一进屋，就惊慌失措地喊："姐，不好了！我发现有十几个穿着清军服装的人，骑着马，都带着兵器，朝着咱们村奔来，会不会是来抓龙娃子的？"

"什么？好呀！正说他们呢，他们居然就来了！娘，你不要害怕，我就是拼了这条命，也不会让他们把龙娃子抓走的。"董家梁说着，就往外走。

张川海、董诗龙、李嫣然、董燚龙都感到有大事要发生，就围了上来。弄清楚情况后，张川海镇定了一下，告诉大家："听我说，估计清军发现龙妹了，他们来了！现在，我们不能束手待毙，就像上次马岳平头领在时，勇敢地与他们搏斗。一旦有丝毫的软弱，就会陷入万劫不复之地。"

正说着，马蹄声近了，狗叫了起来，接着，全村的狗一起狂吠，有一只狗好像被打了一下，凄惨地嚎叫了一声。但其他的狗叫得更猛了。

张川海说："他们不认识我，我先出去阻挡他们一会儿，你们在院子里埋伏起来，一旦他们冲进院子，就和他们拼了！"

李嫣然说："好！就这样，你要小心！"

张川海刚走出大门，那些清军旋风般就到了眼前。张川海扫视了一下，来人有十二个，全副武装，骑着战马，挎着腰刀。为首的那名清军长相十分凶悍，身材肥大，满脸横肉，眼若铜铃，面目狰狞可怖，此人正是柳沟神机营参将钮祜禄胡里。

钮祜禄胡里看见张川海站在路中央，挡住了马队，就大喊："哪里来的不知死活的东西？快让开！"

张川海抱拳说道："各位官爷！今天石坷村刚刚为老村长办完葬礼，不知各位来我村是不是也来参加葬礼的？如果是，还能赶上给老村长烧炷香，磕个头，送他老人家一程。"

钮祜禄胡里一听这话，气得七窍生烟，他咬牙切齿地用马鞭指着张川海："我看你不是什么良民，把他绑了！"

他左边的清兵翻身下马，直奔张川海而来。张川海一看对方来势凶猛，便卖了一个破绽，引他扑了上来。那清军自以为得手，上来就施展锁喉功，招招直逼张川海的喉咙，但不知怎么的就被张川海擒住了手腕，只听一身惨叫，他便被撂倒在地上。钮祜禄胡里右边的清军一看，直接从马上跃了过来，挥刀砍向张川海，张川海哪里能让他近身？只见他施展八卦掌，敌人虽刀法娴熟，也占不到半点便宜。

钮祜禄胡里看到这种情况，知道董家梁已有了准备，大喊："不要和他纠缠，直接就地正法，其他人跟我冲进院子，只要有人就给我抓，若有抵抗，一律就地正法！"

张川海看到清军冲向院子，知道形势危急，也顾不得那么多了，反手将扑向他的清军腰刀夺过，一掌将对方击倒在地，紧跟着钮祜禄胡里冲进了院子。

院内，董诗龙、李嫣然、董家梁、董燚龙四人已然做好了迎敌的准备。钮祜禄胡里冲进来勒马站定，看见四人对他们怒目相视，他拔出腰刀，指着四人说："都不许动！小心爷拿刀砍了你们！"

"狗官，你要抓的是我，和他们没关系，来吧！"董诗龙说着，从腰间拔出凤鸣短剑。

"呵呵，果然是烈女子，难怪……把她给我拿下！"

两名清军同时向董诗龙发起攻击。他们没有料到董诗龙会武功，更不知道她手中凤鸣短剑的厉害。最先扑向董诗龙的清军挥刀直逼董诗龙的面部，诗龙让过，第二名清军的刀也跟着到了眼前，诗龙用剑格挡，只听"喤啷"一声，那刀居然被削断了。就在两名清军目瞪口呆之际，凤鸣剑已经划破了他们的脖子，血流如注，两人倒在了血泊里。

钮祜禄胡里大吃一惊，顾不得那么多了，他要亲自上阵去擒拿诗龙。其余七名清军想以多欺少，蜂拥而上。李嫣然挺身而出，施展擒拿术，从一名清军手中夺得腰刀，与他们大战在一起。董燚龙和董家梁两人各执一把铁锨，也加入了战斗。李嫣然知道他俩不会武功，边和纠缠自己的三名清军战斗，边护着董燚龙和董家梁，尽管清军人多，又手执利器，但也占不了半点便宜。

钮祜禄胡里施展大力鹰爪功，向董诗龙发起攻击。董诗龙挥剑奋力还击，但却不能伤及钮祜禄胡里半分。正在危急时刻，张川海赶到，他的八卦掌正好与钮祜禄的大力鹰爪功相克，钮祜禄胡里突然觉得有力无处使，他从没遇到过这样的对手，怒火冲天，大吼着把他的拳头向张川海冰雹般倾泻而来。只见他眼如铜铃，咬牙切齿地边打边喊："小子，活得不耐烦了？看爷把你撕成碎片！"

张川海并不与他硬碰，脚下行云流水，如同走在梅花桩上。钮祜禄胡里就像一个被惹怒的熊瞎子，只管咆哮着往上扑，却总是扑空。董诗龙看那边李嫣然他们慢慢地落了下风，趁这个时机，赶过去支援。董诗龙和李嫣然刀剑合璧，威力大增，七名清军瞬间倒下五名。另外两个一看形势不好，装作不敌，被董燚龙和董家梁一人一铁锨，打倒在地，抱着头求饶。

钮祜禄胡里看到自己全军覆没，没了底气，进攻也无胆气了。张川海瞅准时机，身形一闪，就擒住他的手腕，反手一拧，钮祜禄胡里便跪倒在地。然而，就在他跪倒在地的同时，从腿上抽出一把匕首，冷不防向张川海刺去，张川海下意识地阻挡了一下，手臂却被刺伤。张川海怒从心起，一脚将钮祜禄踢翻，复一脚踢掉他手中的匕首。钮祜禄胡里挣扎着起来想再战，张川海不与他纠缠，更不想废话，捡起地上的匕首，挥手划破了钮祜禄胡里的脖子。血喷了出来，钮祜禄胡里摇摇晃晃，轰然倒地，像一只被击毙的熊瞎子。

此时，董家宝、董家驹也率领着村里的二十余名壮汉赶到。一看这情形，知道战斗已经结束，村民们没有想到，张川海、李嫣然都是身怀绝技的人。现在，唯独还有被董燚龙、董家梁打倒在地的两名清军，再加门外被张川海击了一掌的清军还在地上喘息，其余悍敌均被手刃。

那三名清军跪在地上磕头如捣蒜，求饶过他们。董家宝说："不能饶！不然他们回到军营，就会领着更多的清军来祸害我们。"

"我们不敢了，我们哪还敢回军营？头领都已经死了，我们回去也会被杀，说不定还连累家人。求求你们放了我们，我们偷偷地回家，再也不当兵了。"其中一个清军说。

"我们也是平民老百姓，为了混口饭吃才当兵的。此番未建寸功，却和百姓起了冲突，实属不该。早想逃脱军营，无奈害怕首领，如今首领已死，我们肯定不会再回去了。"另一个清军说。

"放过他们！我看他们也是穷人家的孩子。"王一萍从屋内走出来说。

第六十一回　柳沟营分金罢市
　　　　　石坷村投身洪流

雪又下了起来，纷纷扬扬。这场雪盖在了上一场的上面，大山被雪封闭了。本是"千山鸟飞绝，万径人踪灭"的时候。但是，石坷村的人却没有闲下来。

董家宝、董家驹领着村中数人，用棉被包裹住了九名清军的尸首，绑在两匹战马上，牵着马，踏着没入脚脖的深雪，往大岭山走去。他们要让战马自行把这些尸首带回柳沟营，石坷村不能留他们，也不欢迎他们。

十余名村民顶着寒风，踏着积雪走了整整一天，终于到了麻线岭山巅。董家驹用手指着西北方说："这个方向正是柳沟营的位置所在，我们不如就到这里，把尸首扔到深沟，你们把这两匹马骑回去，岂不是一笔财产？"

董家宝说："我又累又饿，也管不得那么多了。这是战马，又不能耕地，我可不敢要，惹祸呢！也好，就让战马自己跑吧，能跑到哪算哪，跑不回柳沟营，把这狗官的尸首丢在大山里，说不定还能当肥料，让树林长得更好哩。要是林子里的豹子遇见了，也能充充饥什么的。"

村民听了他俩的对话，觉得非常解气，就一致同意不再往前走。吵着要去董家驹的大岭客栈吃点饭，住上一宿。

董家驹说："好！我客栈里还存着几罐酒呢，今天管大家往饱喝，喝醉了把炕烧得暖暖的睡觉，那皇帝老子也没咱舒服！"

董家驹、董家宝领着村民去客栈喝酒、住宿不提。且说那两匹马被大家赶进树林，到处是深深的积雪，马根本不辨方向，就胡乱地奔跑，跑来跑去终不知跑到什么地方，带着那些尸首凭空消失在茫茫大山中，或许真如董家宝所说，被豹子吃掉了。

柳沟营的士兵们几天不见钮祜禄胡里回来，没有首领，也没了军粮，人心惶惶，都感到有什么不对劲。按说大雪封山，这钮祜禄胡里他们要是到上面催要军粮，也该回来了，兵营里已经快半月没军粮了，靠喝粥度日也有些日子了，但那钮祜禄胡里根本不在乎其他士兵的死活，只管和他挑选的十个什么侦查队员吃吃喝喝，他们的马匹吃得都比士兵好。

薛利仁此时也在柳沟营，士兵们便围着他，想听听他的主意。薛利仁说："你们大概还不知道外面的形势吧？"

士兵们皆摇头说不知，只知道朝廷现在是慈禧太后说了算。

薛利仁说："好，我就给大家讲讲我这几年听到的。前几年，光绪帝想推行戊戌变法，慈禧就发动了政变，将光绪帝囚禁在中南海瀛台。慈禧宣布重新训政，立端亲王载漪子溥隽为大阿哥，并准备废黜皇帝，立溥隽为帝。光绪二十六年八月，八国联军入侵北京，烧杀抢掠，无恶不作，还烧毁了圆明园。慈禧居然表示从此要'量中华之物力，结与国之欢心'。庆亲王奕劻与列强签订了空前屈辱的《辛丑条约》，以慈禧为首的清政府则成为外国人统治中国的工具！"

"这老巫婆！难怪我们连军粮都没有，她都拿去孝敬外国人了！"士兵们群情激愤。

"那我们现在该怎么办？"薛利仁问大家。

"你说怎么办，我们就怎么办！"士兵们回答。

"我们不能坐着等饿死。趁着现在那钮祜禄胡里不在，我们不如吃一顿饱饭，然后各自逃命去！"薛利仁说。

"吃饱饭？我们还有什么可吃？"士兵们问。

"马厩里不是还有十余匹瘦马吗？你看它们也饿得奄奄一息了，不如把这些瘦马宰杀，我们补充体力，每人还能分上几天的干粮，拿着上路，想回家的回家，不想回家的，去闯荡江湖，说不定还能在这乱世中有一番作为呢！"薛利仁这么一说，士兵们茅塞顿开，大家一致同意。

第二天，柳沟营便人去营空，只剩下几孔窑洞。直到今天，也只剩下一些残垣断壁而已。

再说张川海、董诗龙、李嫣然等人刚刚经历了大战，一时心绪难平。王一萍疼惜地对董诗龙说:"龙娃子,你怎么就不能享受安安稳稳的太平日子啊!奶奶好不容易见到你了,想着你能在我身边住上几天,可谁知……"

董诗龙说:"奶奶,我要带你走,你跟我走,咱们再也不分开!"

王一萍摇摇头,说:"不行呀!我要守着你爷爷。川海、龙娃子,石坷村不可久留,现在就连韩城也藏不了身了,你们得想个去处。奶奶不希望你们过东躲西藏的日子,不如远走他乡。"

董家梁沉默了半晌,突然开口说话了。他说:"我看,不如让这个几个年轻人去投奔白荣康、冯安吉和董家城他们。几个月前,鬼脸袁亮来了马武山一趟,本来这是个秘密,不能说出来,事到如今,我必须得说了。"

吕凤叶着急地说:"都到现在了,你还绕啥弯子?快说嘛。"

董家梁说出了一个秘密,这个秘密关系着大清朝即将改朝换代,也正是让董家城不顾一切去河北的真实原因。袁亮专程到马武山,是给老董他们三人送信的,信是白荣康托人带给袁亮,并让他转交马武山的。

这个秘密便是白荣康、冯安吉与董家城他们在义和团被剿灭后,在河北加入了一个组织,组织的名字叫"中国同盟会"。听说他们的总首领是孙中山,主张是"驱除鞑虏,恢复中华,创立民国,平均地权"。据说,同盟会成员遍布全国,他们正在积极准备武装暴动,随时要和大清王朝开战,一旦开战,大清王朝势必灭亡。

白荣康这封信是想让董家城、董家梁和张大立一起去河北,共举大事。但是当时董家梁和张大立俩人觉得已经到花甲之年了,无力干这样轰轰烈烈的大事,只想在马武山了此残生。但董家城知道消息后,觉得这是个千载难逢的机遇,非去不可。于是他就告别了老董、张大立,自己去了河北。

此番,在石坷村与清军遭遇,一场激战后,老董就想让这些年轻人去闯荡一番,不能坐以待毙。

白荣康的那封信里,留下了河北那边详细的联系地址和接头暗语。

"你们就按他给的地址,收拾一下,去河北找他们。你们也加入同盟会,向朝廷宣战,只有和腐朽的政权决战到底,咱们老百姓才有活路!我已年迈,但你们正是做一番轰轰烈烈大事的好时机,这也正是马岳平常告诉我的道理。"董家梁说。

张川海听到董家梁这个打算,顿时觉得热血沸腾。"好!我赞成!早在盘古山上,大首领马岳平的一番话就深深地印在我的脑海里,我早就想等待时机,加入革命的洪流,这次不正是个很好的机会吗?"

李嫣然和董燚龙听闻此计划,也欣然响应。李嫣然说:"我们俩也就有个酒楼，虽说生意不错，但也不值得留恋，我就把酒楼留给董叔叔打理，他也开过饭店，我俩和你们一起去河北，加入同盟会，寻找救国救民的道路。"

王一萍听明白了，知道他们这次的决定不同凡响，也许全中国有很多像他们这样的人，那可真好，要变天了，要是真能推翻大清朝，那可是人人期盼的事啊。就说："事不宜迟，你们既然决定了，就赶紧走，不要耽搁，不知道把那些清军的尸首运回柳沟营后，清军会不会再次派兵来围剿我们。"

"奶奶，我……舍不得你。"董诗龙知道自己非走不可，但她舍不得奶奶，也舍不下娘亲吕凤叶。

"傻孩子，奶奶身体还好，能照顾好自己，你放心吧。"王一萍说。

"我分析，清军暂时不会再来。第一，此时大雪封山，虽说老马识途，但那些两匹马不是本地的马，能否顺利地把那些尸首带回营地，是个未知数。第二，即使是两匹马能够回到营地，那柳沟营此时群龙无首，或许他们并不知发生了什么事，该干什么，该听谁的？他们一时并没有主张。第三，据我观察，那三名被我们放走的清军，他们的确是出身平民，经此一战，他们早就吓破了胆，哪敢再回兵营，一定是寻路回老家去了。因此，清军要破此案，找到他们是突破口。即便是将来清军找到他们，他们也绝不会说实话，那反倒帮了我们。"董燚龙不愧是读过书的，分析得有条有理。

"那如此说来，那我们便可稍做安排，从容北上了？"张川海听闻这个分析，也觉得有理。

"怎么安排？"董诗龙问。

张川海思忖了一下，说："你们看这样好不好？我们这一去，不知何时才能回来，要把老人安顿好了，才无后顾之忧。我想不管怎么说，石坷村已经十分不安全，不宜再住，不如就把这院子留给瘸子和哑巴叔。奶奶和母亲就随我们去韩城，我们把茶楼交给茉莉，奶奶和母亲也能帮茉莉打理茶楼生意，茉莉也能帮我们照顾奶奶。我还想拜托奶奶和母亲一件事，如果将来遇到好人家，能给茉莉说一门亲，我也就了了心愿了。"

王一萍听张川海这样说，觉得有理，便欣然同意。他们又细细商定了许多事情，包括启程去河北的日期，等等。

第二天天放晴了，太阳出来，银装素裹的麻线岭山脉分外妖娆。一行人套了三辆马车，把王一萍的生活用品带全了，王一萍与吕凤叶坐上了一辆带篷的马车，用他们骑来的三匹马拉车，董家梁亲自赶车，拜别石坷村的父老乡亲，踏着积雪，朝韩城走去。

张川海、董诗龙、李嫣然、董燚龙各骑一匹缴获来的战马，其余的五匹战马跟在后面，马蹄溅起雪沫，北风一吹，四散飞扬，在阳光下熠熠生辉。

在"川海酒楼"，张川海简要地向妹妹茉莉讲述了整个事件的经过。

茉莉听闻董家城在河北干大事的消息，激动不已。一向文静的她也下定决心，跟着张川海他们一起去了河北。当然，他们也带走了逸轩、逸远两兄弟。至于茶楼和酒楼，后来就由王一萍、吕凤叶、老董和张大立共同打理了。

第六十二回　故人相遇城隍庙
　　　　　世事沧桑互帮衬

先不说张川海他们如何投身大业，韩城这边精彩的故事还在不断地上演。

某日，王一萍和吕凤叶一起去城隍庙听戏，人特别多，听人说今天的主戏是当家花旦黑荻灵演唱《三滴血》，票友都是奔着她来的。她俩认出了戏台上的黑荻灵。

戏散场后，王一萍说："多长时间没见她了？我还当她……唉，这娃命也是苦，咋说她也是咱们家的亲戚呢，我想见见她。我这也是老了，不知怎么地，见到你们这些小辈，就觉得亲，就想说说话。"

吕凤叶说："娘，您要是想见她，我就搀着你去后面找她去。"

她俩到后台找到了黑荻灵。黑荻灵正在卸妆，听说有人找她，扭头一看，认出了王一萍。她本能地想躲起来，但转念一想，既然都来了，那也躲不开，就大大方方地见一面吧。

相认后，王一萍便邀请黑荻灵去酒楼做客。当他们听黑荻灵说到现在的境况，都劝说她不要再唱戏了，好好照顾焦志明，好让他早日康复。黑荻灵说，她全指着唱戏挣钱，给焦志明看病哩，再说，两个娃娃平日的开销也不小。

王一萍听黑荻灵这么说，觉得让黑荻灵到酒楼来帮着管管生意，就能有多余的时间来照顾家，总比唱戏好得多。她说："我们年龄都大了，我是不中用了，你那哥哥家梁，你嫂凤叶，谁会做生意？半辈子在地里刨食，不懂这些呀。你娃一看就是灵醒人，把酒楼交给你管着，说不定生意会有起色。"

黑荻灵见王一萍处处为她着想，感动的眼泪就流下来了。她好多年都不流泪了。在韩城这么多年，遭遇了那么多变故，她的心慢慢地变硬了。眼泪，解决不了眼前的事，哭一回，该翻过去的沟依旧是那么宽那么深，再怕，你还得一个人面对。所以她就没有了眼泪，就像原来在石坷村，董家城不在的一年多，她在人前就那么笑着。

只有在戏台上，她才哭，因为她唱的就是哭戏。还有一回，她是真哭。那是上次她跟着戏班去石坷村为老村长董振兴送行时，她边唱边哭。她看到了许多熟面孔，甚至看到了董家驹。但他们没认出她，连董家驹都没认出她。她是专程为了送老村长一程才来的，她心知肚明，她和董家驹的事，老村长是知道的，但他老人家不同于一般人，心地善良，能容得下她犯下那样的错，给她一次重新做人的机会，这么大的恩情，她要报答。

老村长走了，大娘王一萍见她也这么亲，她咋能不感动？只是，让她到酒楼来，她做不到。

王一萍看出黑荻灵面有难色，就说："娃，你有啥事，就跟大娘说，在这里，大娘就你的亲人。"

黑荻灵本想把那些事打落牙齿和血吞，可不知道为什么，她见到王一萍，就控制不住情绪了，流了一会儿眼泪，她把这两年在戏班的遭遇告诉了王一萍。

自从黑荻灵进了韩城蒲剧团，越唱越好。有一回，韩城有名的财主赵公升专程来看戏，他点的是《三滴血》，不巧的是旦角贺小元生病了。班主求换戏，赵公升不依，非得让唱这出。班主一咬牙，就让黑荻灵顶上。没想到的是，黑荻灵一炮走红，赵公升更是大为夸赞。从此，他每个月都要来听三回戏，听高兴了，就给戏班很多打赏。班主对黑荻灵也就刮目相看，黑荻灵当然也是满心欢喜。

然而，好景不长。到了第三个月，赵公升就不来戏班看戏了，他让家丁过来，请黑荻灵到他家唱戏。班主觉得得罪不起这个大户，就答应了。可黑荻灵思前想后，总觉得到他家唱戏不太好。班主说："又不是让你自己去，要唱《三滴血》，你那些师哥、师姐不都得陪着你去吗？你怕啥？"

端人家的碗，就得受人家管，黑荻灵不得不答应。其实，到赵公升家唱戏，也没啥不好，无非就是给他家人唱个专场罢了。后来才知道，赵公升为啥非要请他们去家里唱，他家有个八十多岁的老太爷，行动不便，但老太爷也是戏迷，赵公升为了孝敬他大，才把戏班请到家里。

时间长了，赵公升就和黑荻灵熟起来了。唱完戏，还经常想留她吃饭。黑荻灵惦记着家里，不肯在他家吃。家里面，焦志明的腰还没好，只能拄着拐杖挪动，根本没有办法照顾那个两岁的娃，只有十岁的老大在家帮着他大看娃，但他自己毕竟也是个娃娃，黑荻灵不放心。

赵公升见黑荻灵每次都不给他面子，有些恼火。黑荻灵越是推辞，他就越想留下她来，和她好好说说话。有一次，他把戏班其他人都打发走了，专门让后厨做了一桌丰盛的饭菜，让人把黑荻灵叫到中堂。黑荻灵也不是油盐不进，一看这桌饭菜，就知道今天是走不了了，心想，吃他一顿又怎样？就这一次吧，大不了下次不来他家了。

常说："宴无好宴。"黑荻灵架不住赵公升三番五次的劝酒，就饮醉了。糊里糊涂地，她就被赵公升搀到卧房，赵公升替她宽衣解带。待到赵公升正要成了好事时，黑荻灵酒却醒了，她第一反应就是大声呼叫。呼叫声引来了赵老太爷，赵老太爷倒是不糊涂，他把赵公升狠狠地训斥了一顿，让他给黑荻灵赔礼道歉。赵公升是个孝子，就照做了，他也承认自己就是酒喝多了，本没想这样的，一时色迷心窍。

赵老太爷询问了黑荻灵家里的情况。听黑荻灵说到家里有个瘫痪的丈夫、两个没成人的娃娃时，老太爷就吩咐赵公升："我平时常给你说，要心存善念，要度己救人，这事你看着办。"

老太爷年龄大了，没有力气熬夜，说完就回去睡觉了。

赵公升对黑荻灵说："刚才是我不对，家父也把我训斥了，这不，还又让我帮你。这样吧，我让人给你拿一百两纹银，你请个好一点的郎中，给你家人看病。"

黑荻灵一听，觉得他还诚恳，就说："那就算我借你的，等我有钱了，一定还给你。"

赵公升说："是呀，那可不是借的吗？我当然不白送给你，想让我白送你也成，你日后让我亲近亲近，可好？"

黑荻灵说："我虽是戏子，但也洁身自好。我知道你家风甚好，我也不敢辱了你的家风。到时候惹了乱子，老太爷责怪下来，我在韩城怕也坏了名声。你给我借银子，我就写下借条，到时候还你就是。"

当时，黑荻灵就拿了赵公升一百两纹银，并写字画押。

她没想到当晚在回家的路上，就遭人抢劫了。她总觉得这事和赵公升脱不了干系，却也苦于没有证据。从那以后，赵公升每次都拿这一百两纹银相逼，要与她相好，她被逼无奈，只好推说，欠条还没到期，要是到期还不上，那也只能由他。

戏班给黑荻灵只能发个生活费，她哪能攒下那么多钱来还那一百两纹银的欠账？黑荻灵想着看戏班能不能给她借点银子。那日，黑荻灵想问班主，还没开口就被怼回去了。班主说："这个戏班，花费太大了，这么多人等着吃饭，再说那些戏装也该换了……"

眼下，还有三天就到了还钱的时候，看来她要是还不了钱，这个难关就过不去了。赵公升说，他会拿着那借条，到家里去找焦志明，让焦志明认命离开她，然后，他给黑荻灵买个别院把她养起来。

王一萍听完黑荻灵的话，就把董家梁叫上来，问他能不能凑够一百两纹银。董家梁算了算，虽说酒楼生意不太好，但酒楼和茶楼也有些周转的钱，凑一凑，一百两纹银该是可以凑够。

就这样，王一萍陪着黑荻灵，先到赵公升家，把账给还了。王一萍还见了赵老太爷，告诉他说："这娃本是她失散多年的闺女，如今母女重逢，就不让她唱戏了，要带回去帮着家里做生意。"

赵公升也早都知道川海茶楼和燚龙酒楼，虽然他从没去吃过饭，也没去喝过茶。韩城人都说这是从西安来的一个大财主开的分店，许多人对茶楼和酒楼很是仰视。今天，赵公升见到王一萍，虽说七十多岁了，但身体很硬朗，看她说话做事很是干练，不怒自威，知道她就是酒楼的老掌柜的，也就敬她三分。

从赵家出来，王一萍直接带黑荻灵到了戏班，把同样的话说了一番。那班主哪舍得放黑荻灵走？但黑荻灵去意已决，她说："自从我成了咱韩城蒲剧团的当家旦角，你每月才给发多少钱？咱不说你给贺小元发多少，你给我的连她的一半都没有。你要是把欠我的钱补齐，以后再加倍给我发钱，我就留下，要不然，我这就走。"班主是个吝啬鬼，他觉得没有了黑荻灵，还有贺小元，他更舍不得多给黑荻灵发银子，就放黑荻灵走了。

从那以后，黑荻灵就到酒楼来了，这样就既可以挣钱，也可以照顾家，比在戏班自由多了。意外的是，黑荻灵一来酒楼，生意一下子就火起来了。

这是因为黑荻灵在韩城的名气，来吃饭的都是冲着这个当红旦角来的。老董一看，干脆把茶楼也交给黑荻灵打理，茶楼的生意也就跟着好起来了。

黑荻灵把焦志明和两个娃接了过来，把家安到了茶楼后院。焦志明在老董和张大立的照顾下，身体慢慢恢复，终于能站起来了，人也精神了不少。他逢人便说，石坷村董家是他的恩人，今生无以为报，今后愿意给董家做牛做马，凡是董家想要他帮的忙，那他肯定没二话。

至于大岭客栈后来为啥又关了门，原因很简单，董祥龙他大董家驹因为心情不好，整天郁郁寡欢，最终在刚到六十岁时便驾鹤西游了。他一走，大岭客栈便荒废了，董祥龙不接手他大的生意，只愿意在石坷村把地种好。随着战乱四起，麻线岭古道便没了马帮，也没了"蹚古道"的生意人，只是时常有大兵过境，也不知道是哪一部分的。从此，石坷村也没人再愿意去接手大岭客栈了。

若干年后，董祥龙的儿子董长兵到韩城赶集，看上了焦志明的孙女焦云霞。焦云霞正在学校读书，什么都不知道，就被她爷爷焦志明设了圈套，硬生生给嫁到石坷村，等她明白过来，就已经嫁人了，她心里有一万个不服，每晚睡觉都不脱衣服，抱着剪刀。

故事讲到这里，董祥龙便不知以后的事了。他说："张大夫，你是北京来的，为什么你在北京出生，我想我不说你也该明白了，那就是你爷爷、奶奶后来干大事成功了，在北京当了大官了，你爹跟着住到了北京，才有了你……"

张延谨知道这个舅爷会编故事，后面的这几句是他信口编的，他并不接他的话。他只想着，等他回到北京，见到爹以后，要好好让爹讲一讲，再听听自己的家史。

第六十三回　张延谨韩城祭祖
　　　　　焦云霞回校读书

董祥龙把故事讲完了，叹息一声，对张延谨说："不知道你奶奶现在身体咋样，这么多年了，也没个信，要不是你来到石坷村，我还以为他们都死了呢。"

张延谨说："舅爷，也是我不对，到黄龙都快一年了，也没来认认门。工作太忙了，你是不知道，地方病防治工作千头万绪，又没有个好办法，平时出诊忙得两条腿都快跑断了，还好你们村不是克山病重灾区……"

董祥龙摸了一把花白的山羊胡子，点着旱烟锅子，猛吸了两口，呛得直流眼泪。他把烟灰磕掉在屋里当脚地上，慢悠悠地说："你是个文化人，给我出出主意，咋样能让我那孙媳妇回心转意？"

"听完你讲的故事，我清楚了焦家和董家的恩恩怨怨。可是，现在是新社会了，不能包办婚姻。我那哥哥董长兵的婚姻是错误的，也是不幸的，他那就是包办婚姻，严格地讲，是违法的。"张延谨给董祥龙讲起了大道理。

"你说的道理我懂。可现在能咋办？名义上我孙子已经结婚了。"董祥龙说。

"领结婚证了？"张延谨问。

"到哪领结婚证?"董祥龙不懂这个。

"嗨!连结婚证都没领,这就更不合法了。这个婚姻不算数的。就是领了结婚证,也可以离婚。"张延谨说。

"啥也别说了。再咋说,咱还是亲戚哩,你不会害你哥哥。你说咋办吧?"董祥龙是个明白人。

张延谨想了想说:"我在这里住了一二十天了,过了一个年,等于放了一个假。我哥的伤口也慢慢好了,我也快走了,找个时间,好好和他谈谈。"

"忘了跟你说,你曾爷爷、曾外爷、曾外婆的坟在哪儿,你知道吗?我也不知道具体在哪儿,就知道在韩城,我孙媳妇她爷爷知道。你得去坟上烧烧纸。"董祥龙忽然想起了这件事,他认为这才是每个人最重要的、最该做的事。

"好,明天是正月初六,我去一趟韩城,替我奶奶给先辈上坟去。"张延谨说。

张延谨在石坷村住了整整二十天。这二十天可是石坷村人的福分。往年,临近过年,天气寒冷,患流行感冒的人非常多,大人小孩咳嗽发烧不断,离镇上太远,村里也没赤脚医生,全大队只有一个赵医生,还在乱麻科村。今年可好,张延谨在石坷村,石坷村可热闹了,找他看病的不断,感冒发烧,他给包上几包西药,一吃就好。有胃疼的、腿疼的、腰疼的,甚至是牙疼的,他都能看,他给点药或者按他说的吃点草药,症状一下子就减轻了。

董长兵在张延谨的治疗下,早就能下地走动了。他正在外面晒天阳,刚才他爷爷和张延谨的对话,他都听到了。

张延谨从屋里出来时,董长兵坐在一个长凳上,半眯着眼睛。张延谨坐到长凳的另一头。

"你去韩城要见到我袖子(媳妇),不,焦云霞,你给她说,我董长兵就是个笑话,我好歹也念过两天书,弄下这怂事。我鬼迷心窍了,就当我俩不认识,以后,她走她的阳关道,我过我的独木桥。"董长兵说。

"这就对了。凭你一表人才,将来肯定会找到一个好媳妇。恋爱自由嘛,现在不都是先恋爱再结婚的吗?咱们都是生在红旗下、长在新中国的人,这个道理早该懂得的。"张延谨说。

正月初六,张延谨趁着石坷村的大马车拉村民去韩城赶集的机会,一起去了韩城。

村民们给他指了指金城大街的位置,说去金城大街寻找川海茶楼,便能找到焦志明老夫妇。原来,多年前黑萩灵接手燚龙酒楼和川海茶楼后,生意十分兴隆。随着时间的推移,焦志明的病好了,两个孩子也长大了,先后娶妻生子。再后来，就有了孙子、孙女。王一萍、董家梁、张大立、吕凤叶先后去世。焦志明这年八十三岁，黑荻灵也已七十八了，老态龙钟，在家颐养天年。茶楼和酒楼由儿子和孙子们在经营着。

张延谨找到川海茶楼，看到店里坐着一个十七八岁的姑娘。"你要买茶吗？我们这有绿茶、花茶、红茶……"那姑娘看他在门口往里张望，便问他。

"对对，我想买点绿茶，顺便打听一个人。"张延谨说。

"哦，你要什么价位的？"姑娘问。

"你沏上一壶，我尝尝再说。"张延谨在一个茶桌前坐了下来。

姑娘给他沏了一壶紫阳茶，香气四溢。张延谨边称赞边品着茶。姑娘就问他："你刚还说要打听一个什么人？"

"哦，叫焦志明，你认识吗？"张延谨问。

"你问他干啥？老糊涂！"姑娘来气了。

"他是你爷爷？"张延谨猜测。

张延谨猜对了，这个姑娘就是焦云霞。年前，焦云霞跑回来时，还和爷爷焦志明大吵了一架，现在还没和好呢。焦志明毕竟老了，拗不过孙女，儿子和儿媳也不帮他说话。老伴黑荻灵有些老年痴呆症，能管好自己的事就不错了，所以他干着急没办法。

"你别怕，我是北京来的，和你们家沾点亲。我找你爷爷，要打听一件重要的事。"张延谨说。

姑娘努嘴示意，焦志明就在后院。

来到后院，张延谨看到这院子很像北京四合院，中间堂屋门上挂着手绣棉门帘，有火炉的烟筒冒着青烟。掀开门帘进去，一个瘦瘦的、白胡子的老头正在炉子上熬茶喝。旁边的躺椅上，躺着一个瘦弱的老太婆。

"爷，您老身体还好吧？我是北京来的。"张延谨说。

"北京？我不知道。"焦志明门牙没有了，说话有点不清楚。

老太婆本来半眯着睡觉，被说话声惊醒，坐了起来。"娃，你来咧，喝水，喝水。"老太婆就是黑荻灵，她似乎早就认识张延谨一样，热情地招呼他坐下喝水，然后又半躺半坐的做她的梦去了。

张延谨坐下来，并没人给他倒水。张延谨想了想，怎么能让焦志明尽快知道他是谁，就说："爷爷，我给你说一个人，你看你记得住吗？"

"哦，哦，你说。"焦志明说。

"董诗龙。"张延谨说出了他奶奶的名字。

"谁？我不知道么。你说董啥？"焦志明问。

"龙娃子！"张延谨忽然想起，估计他们平时不叫奶奶的大名。

"龙娃子？她不是死了？你是？"焦志明深陷的眼窝睁大了些。

"她是我奶奶。她没有死，现在在北京呢。"张延谨说。

"哦哦哦……你奶奶，哎呀，好，好。这么说，你爷爷也还在哩？"焦志明说话牙齿漏风。

"我爷爷他去世了。现在只剩下我奶奶、我爹爹和我妈。我大伯1949年去了台湾，生死不明……"张延谨说。

"你爷爷可是个好人哩。论年龄，他比我小好多呢，怎么就没了。哦，你是老二家的。"焦志明说。

"是的，我叫张延谨，是北京医疗队来支援黄龙山区地方病救治的。我听说我曾爷爷、曾外爷、曾外婆都是您和我黑奶奶给送走的，我太谢谢您了。我这次来韩城，就想去他们坟上烧上几张纸，不知道他们的墓地在哪儿？"张延谨说明了来意。

"哦哦哦，我想想，对了，象山，你知道吗，在象山半山腰，我走不动了，也不能带你去，我找个人带着你去吧。咳、咳、咳……"焦志明说着，拄着拐杖，一步步地走到茶店的柜台旁，看到孙女焦云霞在那儿坐着，就训斥说："你坐着干啥？你是嫁出去的闺女泼出去的水，该回石坷村去！你大呢？"

焦云霞说："谁嫁了，谁嫁了？我还没到出嫁的年龄呢！老封建，我才不听你的呢！我大去酒楼干活去了。茶楼又没啥生意。"

张延谨接过话茬说："爷爷，你能听我一句吗？咱要跟上时代，现在是新社会，有《婚姻法》。《婚姻法》规定了男女结婚的年龄，女孩到二十一岁才能结婚，不然就是违法的。还有就是要提倡自由恋爱结婚，反对买卖包办婚姻。咱们现在生活在共产党领导下的社会主义新中国，咱们呀，要听共产党的。你说是吗？"

"唉。咳，咳，我思想老了，跟不上了。你是读书人，明白大道理。咳，咳，你这么一说，我还真觉得我错了。"焦志明摇着头说。

"所以，要让你孙女把学上完，现在的社会，不读书就是睁眼瞎，那以后可要吃亏哩。"张延谨继续说。

"就是，就是，我就要回学校读书，你看，我都准备好了开学的书包，还有文具。"焦云霞把她新买的书包拿给张延谨看。

"学校还能要你？"焦志明问。

"那当然了！我老师都让我同学到家里来找过我了，说好了开学一起去报名呢。"焦云霞说。

"哼！我就知道是那个姓马的臭小子！他又来勾你的魂了！"焦志明恨恨

地说，胡子一抖一抖的。

听说张延谨要去象山，焦云霞说她可以带路。墓地她去年跟着爷爷奶奶去过，记得在什么地方。

来到了象山半山腰，果然找到了坟地。一共三个坟头，没有立碑，但每个坟头前有石板支起的供桌，供桌上立着一个石牌，刻着坟墓主人的名字，依次是王一萍、董家梁、吕凤叶、张大立。

张延谨拜了三拜，给每座坟烧了一道纸，上了三炷香。焦云霞帮忙清除了坟头上的杂草，时候已经不早了，就一起回城。

路上正好遇见石坷村的大马车往回走，张延谨对焦云霞说："我就先搭车回去了，下次再来看你爷爷和奶奶，你代我向他们问好。对了，开学了你一定要去上学，好好学习，争取考上大学。"

第六十四回　家书一封泪满襟
扎根黄龙立新功

返回石坷村，张延谨又在董长兵家住了一宿。借着吃晚饭的机会，对董长兵的进行开导，劝他多学几门手艺，祖国要实现四个现代化，既然生活在农村，就时刻准备为实现农业机械化做贡献，好好学学机械知识，将来在农村也有一番大作为。董长兵似懂非懂地不住地点头称是。

第三天，张延谨骑着自行车返回了黄龙县人民医院，向白院长汇报了驻石坷村的情况，白院长称赞他是一名负责任的好医生。

"对了，年前就收到了你的一封信，因为你不在，所以我先保管着，是家里来的信吧？看地址是北京来的。"白院长说。

张延谨一看那熟悉的字体，就知道是妈妈亲笔写给他的信，厚厚的，不知妈妈会给他说什么？张延谨拿着信回到自己房间，慢慢地拆开，准备好好享受一下和妈妈隔空对话的亲情。

妈妈是老牌北京师范大学毕业的，一直从事教育事业。他只知道爹爹张逸远是中国人民解放军中的一个团级干部，平时和他交流得很少，很威严的样子，哥哥和姐姐也都很怕他。至于他怎么和妈妈认识的，他们之间的浪漫爱情是什么样的，张延谨一无所知。他也是第一批跨过鸭绿江，奔赴抗美援朝前线的战士。

拆开信，张延谨看到了妈妈那隽秀的字体，足足写了三页。

亲爱的儿子：

你在黄龙还好吗？工作忙不忙？甚念！

妈妈好久没给你写信了，但这不代表妈妈不想你。只是平时工作太忙，还要帮你哥哥照顾孩子，时间真是太紧了。

谨儿，咱们家是革命家庭，有着光荣的革命传统。你爸爸他是个战斗英雄，党的好战士，也是我这一生最爱慕和敬仰的人。能和你爸爸相识、相知到相爱，可以说是妈妈这一生最大的幸事。他是个伟岸的男子，更是个无私的、纯粹的共产主义战士。

我和他相识在如火如荼的大革命年代。当时，我在北京师范读大学，我信仰马克思主义，是共产主义的拥护者、追寻着。而你爸爸已经是一名坚定的布尔什维克战士，他光荣地加入了中国共产党，成为我党在北平的一名地下工作者。

在一次反对国民党独裁的大游行中，我被当局警察追捕，逃到了你爸爸开的茶店里。多亏你爸爸掩护了我，我才没有被捕。后来，我才知道你爸爸就是共产党人。在和你爸爸的接触中，我更加坚定了革命理想，后来经他介绍，我也光荣地加入了中国共产党。我们的爱情就是建立在并肩战斗的战场上，那是没有硝烟的战争，却更加凶险万分。

我毕业后，党安排我在北平一所小学当了教师，期间，我经常帮你爸爸传递情报。有好多次，你爸爸的身份遭到怀疑，但最后都化险为夷。在此期间，我和你爸爸结为夫妻，先后生下了你哥哥，你姐姐，还有你。

我们携手经历了八年抗战，我们共同走过了解放战争。当抗战结束后，你爸爸回到了部队，参加了解放全国的战斗，横渡长江天堑，把蒋介石赶到了台湾。你爸爸在部队作战勇敢，立下了特等功，被授予"战斗英雄"的光荣称号，被擢升为团长。我呢，就安心地留在北京教书育人了。

可是，美帝国主义不让我们过和平的日子。你爸爸所在的部队第一批开拔跨过鸭绿江，他也成为第一批参加抗美援朝战争中的一员战士。在战斗中，你爸爸的部队多次完成了特殊任务，他们为抗美援朝战争的胜利做出了巨大贡献。

儿子，妈妈给你说这么多，是想让你更多地了解你爸爸。我知道，你并不是非常了解他，有时候甚至不理解他。妈妈知道，那是因为你和你爸之间性格有太多的相似，太过于相似了，反而相斥，就像电磁波一样。

你也是一个顶天立地的男子汉,在读完首都医科大学后,毅然决然地响应国家号召,主动请缨去支援偏远山区,在爱国这一点上,你和你爸爸何其相同!当祖国召唤的时候,都是义无反顾地响应,第一个报名。当祖国需要的时候,献出青春、热血,甚至可以献出最宝贵的生命。

儿子,我要告诉你一个不幸的消息。当然,这个消息对妈妈来说打击更大,但妈妈挺过来了。你爸爸他为国捐躯了。是的,战士就要马革裹尸,他光荣地牺牲在了抗美援朝战争中,他和无数战友们的牺牲,换来了美帝国主义的退让,他们的生命是一座丰碑,永远矗立在了朝鲜那片热土上。

儿子,给你写信的同时,妈妈又忍不住流泪了。但妈妈还想叮嘱你,既然你选择了远方,就要日夜兼程。你选择了为黄龙山区地方病防治做出贡献,那就要扎根黄龙,以"不破楼兰终不还"的精神,去忘我地工作,为黄龙山的地方病救治努力工作,不断钻研,总结经验,攻克这一难题,造福黄龙百姓。

不要牵挂家里,路途太远,没事就别回家了,可以经常给妈妈写写信,也给奶奶写写信。

对了,你不是一直问你奶奶和你爷爷年轻时候的事吗?前一段时间,你奶奶也让我代笔给你写了一封信,现在一同给你邮过去,这封信也是我们的家史,你没事时可以看看。

就此搁笔。

好好工作,多做贡献。

妈妈杨惠月
1954年元月28日雪夜

张延谨读完信,不觉已是泪流满面。他失声痛哭出来,哭声把白院长给引了过来。白院长推门进来,看到张延谨手中拿着的信,接过来读了一遍,他拍了拍张延谨的肩膀说:"你爸爸是个英雄,男子汉流血不流泪,咱不哭。要不,你回北京看看家里吧?我这就去打听一下,看啥时候有去西安的顺风车,把你捎上。"

"不!我不回去!"张延谨站起来紧紧地抓住白院长的手。"院长,你安排我下乡吧,我妈在信里交代得很清楚,说不能为地方病救治作出贡献就不要回去,我还没有做出成绩,哪有脸回去见她?"

第六十五回　峥嵘岁月闪光辉
　　　　　漫漫征途再出发

在 20 世纪五六十年代，陕西省黄龙县出现了严重的地方病，叫克山病。据说，东北也曾流行过这种病。"吃黄馍吐黄水，出门碰见个柳拐腿"这句民谣，是黄龙县当时真实的写照。

"吃黄馍"的意思是老百姓一日三餐，吃的是玉米面馍馍。能吃玉米面馍馍在当时也是不错的，黄龙县是移民县，从民国到解放，全国各地来黄龙逃荒要饭，最终选择安家黄龙的人不计其数，就是奔着能吃上玉米面馍馍，"到黄龙咥玉米面馍馍夹蜂蜜，日子好得很！"这句话是当时很多人家迁移到黄龙的动力，以至于到今天，黄龙成为一个多元文化县域。

"吐黄水"可就不好了，这个就是克山病发作时的表现。患者一发病，口吐白沫，嘴角流水，如不及时救治，几个小时人就没有了。"出门碰见个柳拐腿"，则是说大骨节病普遍，很多人腿脚不好，走路像个瘸子。

在这么严重的地方病面前，北京医疗队工作任务之繁重可想而知，张延谨当然也不能当逃兵。在张延谨的血液里，流淌着英雄的血液，这种革命英雄主义精神，是从他爷爷张川海和奶奶董诗龙那里传承下来的。

奶奶让妈妈代笔给张延谨写了信。从奶奶的信中，年轻的张延谨受到了鼓舞，也清楚地知道了自己的家史。严格地讲，那不仅仅是家史，更是一部革命史。

张延谨的眼前浮现出这样一组画面：当年，爷爷张川海带着奶奶董诗龙，还有李嫣然、董燚龙等人与清廷鹰爪展开了殊死搏斗，血染石坷村，之后又一路向北，投身到推翻封建王朝的滚滚洪流中。

他们在白荣康、冯安吉、董家城的引荐下，加入了孙中山领导的同盟会，成为革命先驱。大清王朝土崩瓦解，他们因为各自的信仰，爷爷张川海与奶奶董诗龙一起加入了中国共产党，而姑奶奶张茉莉他们几位却加入了国民党。抗日战争中，国共两党就像闹了多年的弟兄，又重新合作起来。爷爷张川海率师奔赴抗日前线，巧遇当时已经是国民党少将的李嫣然、中将董燚龙，他们并肩作战，多次与日寇展开浴血奋战。没想到的是，在台儿庄战役中，他们三人全部为国捐躯。

这期间，张逸轩、张逸远也先后长大成人。由于姑奶奶茉莉与董家城结为伉俪，董家城当时已是国民党部队中的一员上校，大伯张逸轩与姑奶奶茉莉感情较好，受他们的影响，加入了国民党。1949 年，随着国民党兵败，董家城一家去了台湾，张逸轩也跟着去了。

而爹爹张逸远，受爷爷张川海和奶奶董诗龙的影响，光荣地加入了中国共产党。爹爹开始时在北平做情报工作，后来成了中国人民解放军中的一员虎将，再后来，就牺牲在抗美援朝的战场上。

奶奶的来信让张延谨的脑海里像演电影似的，他清晰地看到了上一辈为新中国而奋斗的峥嵘岁月和光辉历程。

这样的革命家庭，在苦难面前，是从不会退缩的。张延谨听说，小寺庄公社地方病最严重，就主动请缨，要去小寺庄救治病人，白院长同意了他的请求，特意给他调拨了需要的药品，把自行车也配给了他。

年还没有过完。黄龙得过完正月十五，大年才算过完了。

张延谨骑着自行车往小寺庄赶。路是蜿蜒的、颠簸的、陡峭的，好多羊肠小道其实是骑不成的，甚至得扛着自行车往上爬。这倒让身体得到了更大强度的锻炼。

北风呼呼地刮，迎面过来，要撕开张延谨的纽扣，往他怀里钻。但他没感觉到冷。天气是晴朗的，风吹乱了头发，但脸却微微发热，那是因为高强度的运动。用了整整一天时间，才到了小寺庄公社，天已经黑透了。

到了公社，把介绍信给公社马书记看了，马书记爽朗地拍了他的肩膀："好后生！好后生！那甚，先吃饭，吃完了还歇不下，离这五里路的村子里，有一家人正等着救命哩。"

马书记吩咐公社灶房给张延谨炒了一盘鸡蛋，热了两个玉米面馍馍，这算是款待了。吃过饭，马书记提着马灯，领着张延谨到他说的那家去给人看病。

村子里没有一点灯光，连狗叫声也没有。渐渐地，听到有人呻吟，借着马灯可以看到，是从一孔窑洞里传出来的。推门进去，窑洞里冰冷冰冷的，像是地窖，炕上铺了一些干草，躺着两个人，都在呻吟着。张延谨把马灯接过来，拿到病人脸旁一看，病人口吐白沫，两人都在昏厥状态。

"这就是克山病常见的发作症状，得赶快打强心针！"张延谨说着，立马打开药箱，取出药品，吸入针管，迅速地注射到了患者的身体里。

"再晚一点儿，他俩都抢救不回来了！"打完针，张延谨舒了一口气说。

"唉，可不是咋地！这个公社啊，可苦了！尤其是年前年后这段时间，就不得安生。这个克山病把人害的，一家子一家子的报销！就在前天，这家的老头刚下葬，你看这两口子成这样了，要不是你来得及时，他家的娃娃谁照看哩？娃娃现在还在公社妇联主任那里呢。"马书记叹了一口气说。

"公社没有医生吗？"张延谨问。

"赤脚医生，管甚用？"马书记说。

"得赶快把公社卫生所建起来。"张延谨说。

说话间，患者先后苏醒过来，张延谨赶紧扶着他们让半躺半坐，马书记烧了开水，让他们先喝点。两人再把炕烧暖，又给熬了苞谷糁，每人喝了一碗。临走时，张延谨给他们留下了三天的口服药，叮嘱他们按时服下，注意休息，病情就会慢慢好转。

回公社的路上，马书记给张延谨介绍了小寺庄的状况。"可糟糕了。"马书记说，"每个村都有发病的，轻的还能缓过来，重的干看就没办法了！眼看着一个好好的人，白天还能下地干活，晚上发病了，就没了。"

"我已经摸索出了治疗克山病的办法，你放心，有我在，再有发病的，我一定会把他从鬼门关拉回来。"张延谨说，"只是，建卫生所的事刻不容缓，我要连夜写信，拜托马书记到县上把信交给县长。"

"那好么，我明天就去县上。"马书记说。

第六十六回　延谨回京祭祖母
黄龙百姓迎救星

春天真的到了，桃花已经冒出了花骨朵，山不再是那么光秃秃的了，有了几分妩媚的色彩。

张延谨在小寺庄公社一住就是两个多月，他记不清走了多少路，那辆自行车陪他在泥泞中挣扎过多少次。翻山越岭，迎着刺骨的寒风，蹚过冰冷的河水，他走遍整个小寺庄公社的村村落落，救治了成百上千的患者。

一日，马书记从县上回来，带来了好消息。"你们那些一块儿来的后生们又都回来了！还从西安来了一批医疗队伍，我们根除克山病有希望了。"马书记兴奋地说，"你的那封信县长看了，县委书记也看了，说你想得周到，几个领导商议了一下，从上面争取资金，建公社卫生所的事有着落了。"

"好！太好了！"张延谨说。

"把事做大了。不单给咱们小寺庄公社建，县上所有的公社都要建。县长想让你回去一趟，把细节再仔细地给他说说，等专项款拨下来，就得赶紧着手哩。"马书记说。

张延谨骑着自行车回到了县上，给李军县长汇报了建卫生所的具体计划，本着最实用、急用的原则，他列出了在人力、物力、药品器械配置上的必需项目。

李县长说："不行了还得你回来，全县一盘棋，你得把这个担子挑起来，我看非你莫属。"

张延谨觉得有点离不开小寺庄了，小寺庄也离不开他。但是，毕竟全县建设卫生所的事更重要，权衡了一下，就答应了由他具体负责这项在当时非常重要的工程。

然而，天有不测风云。就在这个节骨眼上，张延谨接到一封电报。

奶病危，速回。妈。3月15日。

一边是被委以重任、刻不容缓的修建全县卫生所的公事，一边是敬爱的奶奶生命垂危，在她临走前想再见一面。怎么办？张延谨的脑子有两种声音在打架，他计算了一下，如果路途顺利的话，来回一个月时间应该能够用。目前，专项款还没有到位，没有钱，项目便无法开工。至于前期的启动工作，他想委托从北京一同来的赵大夫帮他先干起来。

把一切事宜交代完后，张延谨联系了一辆去渭南办事的车，先到了渭南住了一晚，第二天，从渭南汽车站坐车到了西安，打问了西安火车站发往北京的列车时间，幸好当天还有一趟慢车，于是购了车票，两天后回到了久别的家中。

然而，他却没有赶上送别奶奶董诗龙最后一程。回到了家，他首先看到别离了将近两年的妈妈。记得走时，妈妈的头发还都是黑的，眼角也没有那么多的皱纹，而此刻，已经有一半的白发，她的眼睛因为昨天哭得太多，又红又肿。

张延谨鼻子一酸，叫了一声："妈——"

杨惠月似乎还沉浸在悲伤中，抬头看见自己的小儿子风尘仆仆地回来了，有点吃惊，不由得张大了嘴巴，这更显出了她的老迈。她刚才还以为进来的是老大呢。

"谨儿，你是刚回来吗？你奶奶她老人家没能等到见你最后一面，她走了……她临走时，念着你的名字，说既然你没回来，就把她最珍爱的东西留给你，你见到它，也就等于见到奶奶了……"杨惠月哽咽地说着，颤抖地站起身来，从写字台的抽屉里拿出一个匣子，递给了张延谨。

张延谨泪水泉涌。奶奶董诗龙的面容在泪光中愈加的清晰，比任何时候都要清晰，她的每一道皱纹，每一根白发，每一颗短缺的牙齿，好像都清清楚楚地出现在了张延谨眼前。

　　张延谨打开匣子，首先看到了奶奶的一张照片。奶奶的眼神记录着她的命运多舛，年纪轻轻便离开家乡黄龙县，和爷爷张川海一起，在枪林弹雨中摸爬滚打，九死一生。四十多岁便失去了最亲爱的伴侣，在那兵荒马乱的岁月，领着一家人东奔西跑，没有一个安稳的家。后来她选择在北京居住，教导爹爹张逸远热爱中国共产党，热爱国家，为了新中国奋斗不息……

　　照片下面是躺在剑鞘中的凤鸣剑。张延谨知道，奶奶视这把宝剑为生命，经常擦拭，对于宝剑中藏着的故事，奶奶绝口不提，只说这是你爷爷送给我的。

　　如今，奶奶却把这把短剑留给了自己。在石坷村的日子，舅爷讲故事时没少提到这把短剑。张延谨知道它不仅仅是爷爷和奶奶爱情的信物，正是这把短剑，每次都保护着奶奶逢凶化吉，如今奶奶把它传给了自己，其中蕴含的意义不言而喻。

　　奶奶！张延谨在心里叫了一声。这一刻他才知道什么叫痛彻心扉。他小时候，妈妈工作忙，陪伴他最多的是奶奶。他感受到的亲情和温暖，大都是奶奶赐予的。他忽然觉得，奶奶就是他每天抬头仰望的阳光，也是他在寒夜里跋涉的力量。他在逆境中挣扎的勇气，也都是奶奶给予的。然而，他却一度忽略了奶奶的身体，也曾厌烦过奶奶的唠叨，如今，奶奶像是一颗流星，无声的坠落在茫茫的暗夜里，他才幡然醒悟：失去奶奶，便是失去了他温暖的阳光。

　　"谨儿，振作起来吧，你奶奶走时，很安详。"妈妈杨惠月安慰着自己的儿子。

　　"我哥和我姐他们回家了吗？"张延谨问。

　　"是的，早上刚回去的，不知道你能赶回来嘛。我一会儿打个电话，让他们明天再回来，咱们一家在一起吃个饭。"妈妈说。

　　"好，我也想他们，想我可爱的侄子、外甥。"张延谨说。

　　"这次回来，能住些日子吗？"妈妈问。

　　"本来打算住些日子的，没想到奶奶走得那么急。妈，你知道吗，黄龙的克山病很严重，我离不开。上级刚批准了我在公社建设卫生所的报告，由我主持来修建，我还得抓紧时间回去。"张延谨说。

　　杨惠月听后，沉默了半晌。她说："孩子，你安心去工作吧，去实现你的抱负。我在北京挺好的，你哥哥、姐姐也常带着孩子过来看我。我后半年就能办退休手续了，等退休了，我去黄龙看你。"

　　一周后，张延谨便返回了黄龙县。省上拨付建设公社卫生所的专项款刚刚到位，县上决定先在白马滩、界头庙等十个公社修建卫生所。为此，专门成立了"黄龙县改善群众就医条件领导小组"，组长由李军县长亲自担任，副组长是张延谨，负责统筹安排在黄龙县十个人民公社修建卫生所的具体事宜。

张延谨忘我的投身到工作中去了。当时，交通工具不好解决，在他的协调下，把各村的马车集中起来，到深山里拉木材，光木材就运了一个多月，接着每个公社就到离得最近的城里采购钢材、水泥、沙子。马车的胶轮受不了这么大的强度和频率，一换再换。

为了节约经费，把钱用到刀刃上，更是为了工程的质量，张延谨一边到处跑着购买材料，一边到建设工地指导施工，来去靠的就是一辆自行车。功夫不负有心人，仅仅用了半年的时间，十个公社卫生所的病房、药房等都建起来了，不但满足了全县群众就医看病的需求，就连临县的患者也会到这些卫生所看病。

然而，克山病却像摸不着、看不见的怪兽一样，突然就会窜进某个村子，兴妖作怪，病魔耀武扬威，就好像是要向张延谨以及一起来支援黄龙的同志们发起挑战似的。

克山病病人发病时，往往都是又急又重，口吐白沫，浑身抽搐，无法说话。有一位姓窦的老同志，常用一根消了毒的针，在患者的胸前挑出血，然后用拔火罐的办法，将血拔出，这时患者症状就能得到缓解。张延谨向这位老同志请教，也学到了同样的治疗方法。也多亏了每个公社的医疗条件得到了改善，患者可以住院了。在医院治疗，张延谨采取给患者大量输入维生素C的办法，取得了良好的效果。但这只能使病情得到缓解，患者平时上火或着凉又都会犯病。

在张延谨和北京医疗队、西安医疗队共同的努力下，不断总结经验，感觉克山病像是一种与硒缺乏的相关疾病。经过医疗队充分讨论，由张延谨执笔，写了一份报告上去，建议黄龙县采取改良水土，提倡以食物流通、不吃单一的本地口粮、多吃碘盐等措施，逐步消灭克山病。

县上很快落实了他们的建议，后来还专门修建了尧门河水库，让人们的饮用水得到了净化处理和太阳的充分暴晒。就这样，黄龙的地方病慢慢地少了，直至消失。

张延谨在工作中，与西安来的小唐医生擦出了爱情的火花，两个人于1957年春登记结婚，喜结连理，比翼双飞。他们决心扎根黄龙，为改造黄龙、建设黄龙奉献青春。

后　记

本小说的创作灵感源于黄龙县厚重的历史文化底蕴。

在陕西黄龙的大山里，埋藏着一段鲜为人知的古道，和古道一起掩埋的是一个传奇的故事。2015年，陕西省延安市黄龙县文管所将明代的麻线岭古道修路碑顺利搬迁至博物馆进行异地保护。

黄龙县麻线岭古道修路碑位于黄柏公路右侧的麻线岭古道上，立于明代成化九年，距神道岭旅游区山门2公里。石碑高2.3米，宽0.7米，厚0.3米，刻字10行共700余字，碑额首题"陕西新修东路碑记"，字体为阴刻篆体。此碑文正文主要记述了明成化年间朝廷为防止北方蒙古部族的侵扰，修筑延绥镇长城运送物资兵员的军事快捷运输主干道。碑文同时还记载了该古道的走向、起点、终点。该石碑对于研究明代道路交通建设，以及长城的修筑与社会历史背景提供了珍贵的实物依据。

麻线岭古道始建于明代成化八年（1472），位于黄龙县城东约50公里，红石崖乡、白马滩镇、圪台乡境内。由南向北延伸，起点为明代同州府（今渭南市大荔县境），经由渭南市合阳县、延安市黄龙县、宜川县、延长县、延川县、榆林市清涧县、绥德县、米脂县，终点为榆阳区，总长约700公里，在合阳县皇甫庄乡与黄龙县红石崖乡交界的放马沟进入黄龙县境内，沿石堡镇与白马滩镇的分水岭关山梁一路向北，至大岭山林业瞭望台转向东，至约10公里处，又转向北并与黄龙至柏峪公路相交，一路向北至圪台乡出县境，黄龙县境内全长约80公里，现存较为明显路段约53公里，均位于山顶，沿山梁堑山堰谷凿石，现存路面宽10~15米，路基为块石堆积，原始路面为黄砂石粉碎铺就，路面坚实平整，部分道路内侧有石块垒砌护坡，整体坡度较缓，弯度较小，便于快速行进。沿线发现多处采石场。据古道沿线所发现的碑刻记载，该道路主要是由于明成化年北方蒙古部族南下扰边，朝廷为平边患，在陕西北部设延绥镇，并由地方府衙主持修筑驿道，以便于快捷运输兵员、粮饷等补给之用，时陕西分东、西两路，西路沿长安古道（秦直道）直抵榆林，该古道为陕西东路，兼山西、河南及陕西东路地区向榆林卫的物资运输，据《黄龙县志》记载："成化八年（1472），韩城参议严宪凿麻线岭道，以通馈饷。"麻线岭山顶处发现残碑一通，碑残高1.9米，宽9米，厚3.5米，碑文阴刻楷书，首行题"奉政大夫陕西等处提刑按察司金事伍福撰拜篆额"，正文主要记述该路用途及走向。

就是这一段历史，被掩藏在茂密的森林里；就是这一条古道，被湮没在丛生的野草中；就是这一个故事，被铭刻在冰冷的石碑上。曾几何时，这层层叠叠的大山中，仅有一条麻线岭古道，历经沧海桑田，如今的黄龙大山，北有青兰高速过境，南有榆蓝高速贯通，西有韩黄高速相连，成了交通枢纽。这古道是一条漫长的茶马古道，南起南岭，北到塞北。这故事是一个悠长的抗争故事，人间烟火，林间雪月。

据历史记载，茶马古道是指存在于中国西南和西北地区，以马帮为主要交通工具的民间国际商贸通道，是中国西南民族经济文化交流的走廊。茶马古道是一个非常特殊的地域称谓，是一条世界上自然风光最壮观，文化最为神秘的旅游绝品线路。茶马古道源于古代西南边疆和西北边疆的茶马互市，兴于唐宋，盛于明清，"二战"中后期最为兴盛。茶马古道分川藏、滇藏两路，连接川滇藏，延伸入不丹、尼泊尔、印度境内（此为滇越茶马古道），直到西亚、西非红海海岸。

据资料显示，中国茶马古道有三条：第一条是陕甘茶马古道，是中国内地茶叶西行并换回马匹的主道。第二条是陕康藏茶马古道（蹚古道），主要是陕西人开辟的，近年来又被学术界称为西南丝绸之路。第三条滇藏茶马古道。陕甘茶马古道是古丝绸之路的主要路线之一，主要的运输工具是骆驼。而茶、马，指的是贩茶换马（这里的茶和马均是商品）。

与历史紧密相连的麻线岭古道，它至今还保存在黄龙大山神道岭之上，成为一段珍贵的记忆，留下许多脍炙人口的传说。

构思三载，历时一年有余，几经打磨，长篇小说《麻线岭》终于成稿。回想自己伏案创作时的情景，虽然辛苦，但能为黄龙文化增添厚重色彩，让黄龙文化焕发出勃勃生机，让大家更多地了解黄龙，热爱黄龙，便不觉得累。

"文章合为时而著，歌诗合为事而作"。这既是古训，又是历代文人赋予自己历史使命感的集中概括。那么，在建设社会主义强国的今天，增强文化自觉，坚定文化自信，展示中国文艺新气象，铸就中华文化新辉煌，就是我们的使命。

长篇小说《麻线岭》是为了家乡的文化繁荣而创作，以期能为推动黄龙旅游作些贡献。在这一点上，可以说，我是乘着"中国作家协会第十次全国代表大会"的春风而写作，何其幸哉！

在创作期间，中共黄龙县委宣传部的主要领导给予我很大的帮助和鼓励，让我获取了不竭的创作动力；我的同事和几位文友读了书稿后，赞赏之余为了使作品更加完美，也诚恳地指出了不足之处。在此，我衷心地感谢对我给予过帮助的领导和朋友们！

谨以此书献给生活在黄龙山和走出黄龙山的亲人们！

窦可军

2022 年 3 月